幼すぎた愛は

ダイアナ・パーマー 作

平江まゆみ 訳

ハーレクイン・プレゼンツ・スペシャル
東京・ロンドン・トロント・パリ・ニューヨーク・アムステルダム
ハンブルク・ストックホルム・ミラノ・シドニー・マドリッド・ワルシャワ
ブダペスト・リオデジャネイロ・ルクセンブルク・フリブール・ムンバイ

WYOMING WINTER

by Diana Palmer

Published by Harlequin Japan, a Division of K.K. HarperCollins Japan, 2018

幼すぎた愛は

主要登場人物

コリーン・メアリー・トンプソン……法律事務所勤務。愛称コーリー。
ベス・ルイーズ……コーリーの娘。愛称ルーディ。
ジャレッド・トンプソン……コーリーの父親。牧師。
ルーシー……コーリーの同僚、友人。
アニーとタイ・モズビー……コーリーのいとこたち。
ロドニー・トンプソン……コーリーの兄。愛称ロッド。
バリー・トッド……ロッドの友人。麻薬組織の元締め。
ダービー・ハウランド……コーリーのボス。
メアリー……ダービーの亡妻。
ジョン・カルヴィン・カルホーン……ルーディの父親。愛称J・C。牧場の保安主任。
レン・コルター……J・Cのボス。
メリー・コルター……レンの妻。
デルシー……コルター家の家政婦。
コーディ・バンクス……保安官。

1

コリーン・トンプソン――通称コーリーは軽いパニック状態に陥っていた。彼女の兄ロドニーが友人のJ・C・カルホーンをうちへ連れてこようとしていたからだ。J・Cは三十二歳で、まもなくアメリカ陸軍の予備役を終えようとしていた。彼とロドニーは四年ほど前にイラクで出会った。二人は同じ部隊に所属していた。ロドニーは初めての服務期間中で、予備役のJ・Cは限定的な任務のために召集され、ロドニーと同じ地域に配属されていたのだ。何度か顔を合わせるうちに二人は言葉を交わすようになり、互いがワイオミング州の同じ町から来たことを知った。J・Cはレン・コルター――新兵時代に知り合ったケイトローの牧場主の下で働いていたが、十二年前に初入隊するまでは警察に勤めていたということだった。

ロドニーは服務期間が正式に終了する前に軍を離れた。その理由について本人はいっさい語ろうとせず、しばらくは自宅で暇を持て余していた。J・Cが海外任務を終えてからは、この年上の友人をたびたびトンプソン家へ連れてきたりもしていたが、それもロドニーが新しい仕事に就くまでの話だった。彼らはしだいに疎遠になっていった。今でも一緒に出かけることはあるが、以前ほど頻繁ではなかった。

コーリーには忘れられない思い出があった。彼女の誕生日にJ・Cが猫をくれたことだ。彼女はその大きなシャム猫をビッグ・トムと名づけ、毎晩同じベッドで眠っていた。

自宅で会う機会こそ減ったものの、コーリーはよく町中でJ・Cを見かけていた。ケイトローはレストランが二軒しかない小さな町だ。彼女はダウンタウンの法律事務所で受付係兼タイピストとして働いていたため、否応《いやおう》なしにJ・Cと顔を合わせることになった。しかも、ハンサムな独身男でありながら女性を寄せつけないJ・Cは、ゴシップのネタにされることも多かった。

コーリーを見かけると、J・Cは決まって足を止め、声をかけてきた。彼は礼儀正しく、気さくで冗談がわかる男だった。そんな彼にコーリーはいつも胸をときめかせていた。以前、ロドニーの車が故障し、J・Cがうちまで送ってきたことがあった。そのとき、郵便物を取りに外へ出ようとしたコーリーに、J・Cはジャケットを着せかけてくれた。手だけの軽い接触。だが、コーリーは喜びで頭が破裂しそうになった。彼に会えば会うほど彼を求める気持ちが強まっていった。

ロドニーがJ・Cを夕食に招いたのはこれが初めてではなかった。J・Cはいつも口実をつけて断っていたが、今回は違った。コーリーは数日前にもJ・Cと顔を合わせていた。雪の中を徒歩でオフィスへ戻ろうとしていた彼女をJ・Cが見つけ、車で送ってくれたのだ。黒い大型SUVの車内は暖かかった。隣の運転席にはJ・Cがいた。コーリーはずっとここにいたいと思った。二人は来るべき大統領選挙やアメリカの現状、雪に覆われたケイトローの美しさについて語り合った。J・Cは彼女のハイヒールをからかった。すでに雪が積もりつつあるのに、なぜ歩きやすいブーツをはかないのかと。しゃれたパンツスーツを着ていたコーリーは、ブーツはこの服装に合わないと反論した。すると、J・Cは唇をすぼめた。彼女をしげしげと眺めたあげく、君なら何を着ても似合うはずだと断言した。思いがけない幸せなドライブが終わると、コーリーはしぶしぶSUVを降りた。火照った顔いっぱいに笑みを浮かべながら、オフィスへ入っていった。

J・Cは地元にフルタイムの仕事を持ちながら、イラクの部隊に警察の手法を教えるために定期的に海外へ戻っていた。数カ月後には新しい隊を訓練するためにまたイラクへ向かう予定だった。彼はワイオミング州ケイトローの郊外にある大牧場〈スカイホーン〉で保安主任として働いていた。牧場主のレン・コルターも元軍人で、かつての上官の要請を受けた保安主任が新兵訓練で留守にする間は代理を立てて対応してくれていた。

J・Cは指示を出すことを得意としていた。しかも、見た目もゴージャスだった。短く刈られた漆黒の髪。銀色に輝く淡いグレーの瞳。彼は背が高く筋肉質だが、ボディビルダーのような体型ではなかった。しなやかで力強いその体はロデオのカウボーイを思わせた。コーリーはただ座って彼を眺めているのが好きだった。J・Cは彼女が知る誰とも違っていた。本人はめったに口にしないが、かなり変わった経歴の持ち主だった。ロドニーから聞いた話では、J・Cの父親はカナダのブラックフット族で、母親はアイルランド系の赤い髪をした小柄な女性だったらしい。珍しい組み合わせだが、それがハンサムな子供を生み出した。でも、J・Cは絶対に父親の話をしないんだよね、とロドニーはつけ加えた。

コーリーは自分自身の家族を持ちたいと心から願っていた。彼女の母親は二年前に骨肉腫で亡くなったが、長い闘病生活の間も、子供たちや夫の前では常に陽気にふるまう気丈な女性だった。彼女の父親はメソジスト派の牧師で、地域社会の中心的な存在だった。彼は信者たちだけでなく、誰からも愛されていた。それは彼女の母親についても言えることだ。ルーディの愛称で知られたベス・ルイーズは、助けを必要とする病人や一時的な家庭を必要とする子供がいれば、いつも誰よりも先に駆けつけた。地元の動物愛護団体に保護された犬たちを、引き取り先が見つかるまで預かる活動もしていた。

しかし、それもベス・ルイーズが亡くなるまでの話だ。彼女を失った家は急に空っぽになった。妻の死後、コーリーの父親ジャレッド・トンプソンは自殺しかねないほど落ち込んだ。それでも、彼は信仰を支えに乗り切った。のちに彼はコーリーにこう語った。充実した人生を送り、さらに幸せになれるすばらしい場所へ旅立った人に対して、その死を嘆くのは正しいことじゃないんだよ。信仰ある人々にとって、死は終わりではない。人は理由があって死ぬ。残された者たちにはその理由がよくわからないかもしれない。それでも、事実は事実として受け止めるしかないんだ。

コーリーとロドニーも母親の死を嘆いた。もっとも、兵士として海外にいたロドニーは、母親の葬儀にも参列できなかったが。軍隊に入るまでの彼は素直で気立てのいい若者だった。だが、軍を離れて帰宅したときには別人に変わり果てていた。ロドニーはしゃれた車やブランド物の服に執着するようになった。どちらも彼の収入にはそぐわない高級品だ。ロドニーが地元のホームセンターに就職できたのは、その店のオーナーがトンプソン牧師の友人だったからだ。ロドニーは天性のセールスマンのように思えたが、賃金が少ないことをいつもこぼしていた。彼は次から次へと新しいものをほしがった。新しいものを手に入れても、その満足は長続きしなかった。

しかし、コーリーにはそれ以上に気がかりなことがあった。兄がよく放心状態になることだ。ロドニーは泣き腫らしたような赤い目をしていた。足がふらついているときもあった。彼女は不安だった。兄は海外で負傷したのかもしれない。それを自分たち家族に隠しているのかもしれない。アルコールのせいでないことはわかっていた。ロドニーはほとんど酒を飲まないからだ。それだけによけいに気がかりだった。

中東での服務期間中、ロドニーは自由時間をJ・Cと過ごしていた。彼はめったに手紙をよこさなかったが、たまに送られてくる手紙にはよくJ・Cのことが書いてあった。休みの日にJ・Cと町へ出かけた。J・Cは変わった男だ。彼は酒を飲まない。ビールはたまに飲むが、強い酒にはいっさい手を出さないと。ロドニー自身もそうだった。しかし、いつも妹をからかい、妹のために野の花を持ち帰り、妹とテレビを観《み》ていた若者は消えてしまった。中東から戻ってきたのはその若者とは別の男だった。心の内に闇を抱え、物欲に取りつかれた男だった。

ロドニーは自宅にある古いものを批判した。原始的だとけちをつけた。

コーリーの意見は違った。きちんと片づいた小さな家を見回しながら、彼女は考えた。これは生活感というものよ。ソファには新しいカバーがかけてあった。きれいな花柄のワインレッドのカバーだ。父親の肘掛け椅子にかけられたカバーも同じワインレッドだった。床には染み一つなく、そこに敷かれたラグも彼女がまめに洗っているので清潔そのものだった。蜘蛛《くも》の巣はどこにも見当たらなかった。リビングの中心には、父親が骨董《こっとう》品屋で見つけてきたコーヒーテーブルが置いてあった。暖炉ではオレンジ色の炎が爆《は》ぜ、樫《かし》の焼ける匂いを漂わせていた。

私だってそこまで捨てたものでもないわ。廊下の鏡をのぞき込んで、彼女は考えた。襟まで届く焦茶色の髪には天然のウェーブがかかっていた。卵形の顔は美しいとまでは言えないが、愛らしく感じがよかった。濃いまつげに縁取られた大きな瞳は深い緑色で、唇は完璧な弓形を描いていた。彼女は砂時計のような体型をしていた。腰は細くくびれ、脚は長かった。その長い脚はいつもデニムのジーンズに包まれていた。彼女はドレスをほとんど持っていなかった。教会へ行くときや法律事務所で受付係兼タイピストとして働くときはこぎれいなパンツスーツを着用したが、自宅ではジーンズとブーツ、プルオーバーのセーターで過ごしていた。今日着ているのはきれいな緑色のセーターで、Vネックの胸元から小ぶりな乳房が控えめに存在を主張していた。露出度の高い服は着なかった。なんといっても、彼女は牧師の娘なのだ。信徒たちの前で父親に恥をかかせるような真似《まね》はしたくない。だから、彼女は悪態さえつかなかった。

でも、兄さんはよく悪態をつくわ。私がどんなに注意しても。

ちょうどそのとき、当のロドニーが帰ってきた。彼は戸口で立ち止まり、足踏みしてブーツの雪を落とした。それから、降り込む雪を閉め出すために急いでドアを閉めた。

「ちくしょう、なんて寒さだ！」ロドニーは悪態をついた。「雪のくそったれが……」

コーリーは兄の言葉を遮った。「そういうのはやめてくれない？　パパは牧師なんだから」彼女はうなった。「兄さんには本当に参るわ！」

ロドニーは妹と同じ深い緑色の目をしていたが、豊かな髪は妹よりも明るい茶色でウェーブがかかっていなかった。彼は背が高く、完璧な歯と少し悪そうな笑顔の持ち主だった。聖歌隊の少年ではない。高校時代は常にトラブルに巻き込まれていた男だ。それでも、早く除隊できたということは、軍隊では問題を起こさなかったのだろうか。

「父さんだって悪態くらいつくさ」ロドニーが言い返した。「おまえは聞いたことがないのか？」

「そうね、〝いまいましい〟くらいは言うわ。でも、パパの悪態はその程度よ」コーリーは兄をにらみつけた。「兄さんが癇癪《かんしゃく》を起こしたときはそんなものじゃないでしょう」しかも、最近は癇癪を起こしてばかりじゃないの。

ロドニーは肩をすくめ、あっさりと言った。「僕は問題を抱えてるんだ。それを克服しようと頑張ってはいるんだけどね。なにしろ、何年も兵士たちに囲まれ、戦場で過ごしてきたから」

「それは私も理解しているつもりよ。だとしても、少しは自分を抑えられない？　パパのために？」

「ほんと、ご立派な人間だよな、おまえは」ロドニーの唇から憤慨の息がもれた。「おまえは一度も道を踏み外さなかった。駐車違反もスピード違反もしたことがない。横断歩道のないところを横切ったことさえない。まったく恐れ入るよ！」

コーリーは眉をひそめた。「私はママに教わったとおりにしているだけよ」母親のことを思い出し、彼女は悲しい気持ちになった。「兄さんはママが恋しくないの？」

ロドニーはうなずいた。「母さんは僕が知る中でいちばん心優しい女性だった。おまえを別にすればだけどな」彼はくすりと笑い、妹を抱擁した。ほんの一瞬だけコーリーが崇拝していた兄に戻ったように思えた。「おまえは最高の妹だ」

コーリーは抱擁を返した。「私も。兄さんを愛しているわ」彼女は鼻に皺《しわ》を寄せながら身を引いた。「ねえ、これ、なんの臭いなの？　タバコに似ているけどタバコとは違うわ」

ロドニーは抱擁を解き、目をそらした。「タバコだよ。舶来物のタバコ。こういうのを手に入れてくれる友人がいるんだ」

「J・Cじゃないわよね。彼はタバコを吸わないもの」いぶかしむ口調でコーリーは言った。

「ああ、J・Cじゃない。ジャクソン・ホールに住んでる男でね。ときどき会ってるんだ」

「そう」コーリーは微笑した。「ごめんなさい。私、マリファナかと思っちゃった」

ロドニーは眉を吊《つ》り上げた。「この家でマリファナなんか吸ってみろ。父さんにコーディ・バンクス保安官に通報されて、あっと言う間に郡の拘置所にぶち込まれちまう！　それくらい、おまえもわかってるだろう！」

「ええ、わかっているわ」しかし、コーリーは知っていた。親に内緒でマリファナを吸っている若者が大勢いることを。彼女が通っていた高校でも、そのことを得意げに吹聴《ふいちょう》する女生徒がいたくらいだ。

コーリー自身はどんな薬物にも手を出したことがなかった。それが吸引タイプのものであればなおさらだ。彼女は肺が弱かった。だから、タバコも吸わなかった。

「今夜はJ・Cが食事に来るんじゃなかったの？」少し置いてからコーリーは尋ねた。内心の興奮が声に出ないように気をつけながら。

「そうだよ」ロドニーは唇をすぼめ、妹の様子を観察した。必死に興奮を隠そうとしてる。コーリーはわかりやすいんだよ。特にJ・Cのことになると。「じきに着くはずだ。レンに頼まれた用事をすませてから」

「そうなの？　感謝祭の七面鳥が残っているから、あれを片づけないと。あとはマッシュポテトとグリーンサラダ。デザートはアップルパイでいいわね。彼は七面鳥は好きかしら？」気遣わしげな口調でコーリーはつけ足した。

「彼はなんでも食べるよ」ロドニーは妹に向かってにんまり笑いかけた。「前に本人が言ってた。胡椒《こしょう》をたっぷりかけたら蛇もそこそこ食えるって」

「嘘《うそ》でしょう？」

「陸軍では特殊作戦部隊にいたからな」ロドニーは笑った。「あそこの連中は任務中はどんなものでも食料にする。虫、蛇、捕まえられるものならなんだって。前に彼とレンの部隊にいた男は、ほかに何も見つからなかったときに老いぼれ猫を料理した」

「なんてひどいことを」コーリーはひるんだ。

「くたばりかけの猫だったし、連中も飢え死に寸前だったんだ。味は最悪で、食ったやつは全員吐いたって話だけどね」

「いい気味だわ！」

ロドニーは笑って再び妹を抱擁した。「おまえはお人好《ひとよ》しだな。ほんとに母さんそっくりだ。母さんは猫が大好きだった」彼は顔をしかめ、周囲に目を配った。「ビッグ・トムはどこだ？」

「裏で兎《うさぎ》を追い回しているわ」コーリーは答えた。

ビッグ・トムは外が大好きなのだ。彼が夜だけ家の中で眠るのは、熊や狐《きつね》、狼《おおかみ》といった肉食動物たちが周囲のあちこちにいるからだった。トンプソン家はケイトローの町から外れたロッジポールパインの森の中にあった。近くに民家はなく、隣人と呼べるのはレン・コルターくらいだ。レンの牧場とトンプソン家の敷地は隣り合っていたが、彼の牛たちがこのあたりまで来ることはなかった。

「変な話だよな」ロドニーがつぶやいた。

「何が変なの？」

「J・Cがおまえに猫をくれたことだよ」

確かにJ・Cからのプレゼントは思いがけないことだった。彼は自分のキャビンの近辺をさまよっていた野良猫を保護し、獣医の診察を受けさせ、予防接種などもすませてから、動物好きのコーリーに託したのだ。こうしてビッグ・トムはトンプソン家の飼い猫になった。彼が家具に爪を立てたことは一度もなかった。牧師は信徒の家を訪ねるために留守にすることが多かった。ロドニーが軍務に就いている間、小さな家にいたのはコーリーだけだった。しかし、今の彼女にはビッグ・トムがいた。

「彼はとてもいい猫よ」

「J・Cも動物好きだが、おまえには負けるな。J・Cは牛の扱いがうまいんだ。ウィリスの狼も彼には体を撫《な》でさせる。それってすごいことなんだぞ。僕はあいつを撫でようとして手を食いちぎられそうになった。あのくそったれが……」

「ロッド！」

ロドニーは歯を食いしばった。「ちくしょう」

「ロッド！」

ふっと息を吐くと、彼はあきらめ顔で提案した。「空き瓶を用意してくれよ。失言するたびに五セント硬貨を一枚入れるから」

「もしそれをやったら、一カ月でタヒチ旅行が可能になるわね」コーリーは皮肉を返した。

ロドニーは笑った。「そいつはまずいな」

「大きな瓶を見つけるわ。兄さんはそこに二十五セント硬貨を入れるの。失言するたびにね」

ロドニーは長々と息を吸い込み、微笑した。「オーケー、ジャンヌ・ダルク」

コーリーはくすくす笑い、オーブンの中のアップルパイをチェックするためにキッチンへ戻った。

シェパードコートとジーンズとブーツに身を包んだJ・Cは信じられないほどハンサムだった。彼の豊かな黒髪には点々と雪がついていた。

「あなたは絶対に帽子をかぶらないのね」コーリーはコートを受け取るために手を伸ばした。その手はかすかに震えていた。J・Cはかなりの長身なので、彼のコートを脱がすにはつま先立ちをしなければならなかった。

「帽子は嫌いなんだ」J・Cはコートをホールのラックにかける彼女へ視線を投げた。淡い灰色の瞳を細めて、彼女のほっそりとしたセクシーな体を観察した。レディのような身なり。しかし、彼は知っていた。人前では猫をかぶる女もいることを。コーリーは学校を出たばかりだという。少なくとも二十二、三歳には見えるから、その学校とは大学のことに違いない。彼はそう確信していた。ケイトローには数千の人々が暮らしていたが、彼は住民たちとの交流を避けていた。彼がコーリーについて知っているのはロドニーから得た情報だけだ。そして、それもたいした情報ではなかった。

「気づいていたわ」コーリーは笑顔で振り返った。

J・Cは小ぶりな乳房に目をやり、荒れ狂う欲望を押しとどめた。ここまで体が反応したのは何年ぶりだろう。過去に女は何人もいたが、この感覚は初めてだ。自分でも説明のつかない感覚にいらだち、彼は顔をしかめた。

「別に責めているわけじゃないのよ」彼の表情を誤解して、コーリーはあわててつけ加えた。

J・Cは肩をすくめた。「気にするな。今夜は何が出るのかな?」

「残り物の七面鳥とクランベリーソース、マッシュポテト、サラダ、そしてアップルパイよ」急に不安に襲われ、コーリーはためらった。「それでもかまわない?」

J・Cは微笑した。彫刻を思わせる官能的な唇の下から真っ白な歯をのぞかせて。「いいね。七面鳥は大好物だ。チキンも好きだが、僕が食べるチキンはたいていバケツ入りでね」

コーリーは目を丸くした。「あなたはチキンをバケツに入れるの? 牛の乳を搾るみたいに?」

J・Cはしかめっ面で彼女を見返した。「世の中にはチキンを売る店があるんだよ。チキン以外にもビスケットや……」

コーリーの顔が真っ赤に染まった。「いやだわ、私、頭が働かなくて」彼女はしどろもどろで言葉を続けた。「中に入りましょう。パパはもうテーブルに着いているわ」

ロドニーは先に奥へ向かった。だが、J・Cはコーリーのセーターの後ろ側に長い指を滑り込ませ、彼女をさりげなく引き留めた。コーリーは背中に大きな体を感じた。ぬくもりと力強さを感じた。彼女の心臓の鼓動が乱れ、膝が震えはじめた。

「今のは冗談だ」J・Cが彼女の耳元でささやいた。官能的な唇がその耳をかすめた。

コーリーは息をのんだ。全身が震えている気がした。

J・Cは彼女の両肩をとらえ、喉の脇に沿って唇を這《は》わせた。ささやくような物憂げな愛撫《あいぶ》で彼女の心をとろけさせた。

「映画は好き？」

「あの、ええ……」

「土曜日に映画館で新作のコメディが上映される。一緒に行こう。シーフードの店で食事をしてから」

コーリーは驚きの表情で振り返った。「あなた……私と出かけたいの？」大きな緑色の瞳を喜びに輝かせながら、彼女は尋ねた。

J・Cはゆったりとほほ笑んだ。「ああ。君と出かけたいんだ」

「土曜日に？」

彼はうなずいた。

「時間は？」

「五時頃に出発しよう」

「楽しみだわ」コーリーは灰色の瞳をのぞき込んだ。

「ああ、楽しみだ」J・Cはつぶやいた。だが、彼が見ていたのはコーリーの唇だった。

「コーリー？　夕食は？」ダイニングルームのほうから父親の声が聞こえてきた。

「夕食」コーリーはぼんやりと繰り返した。「そうよ、夕食！　はい！　今行くわ！」

J・Cは彼女のすぐ後ろをついていった。その顔には自惚《うぬぼ》れた傲慢な笑みが浮かんでいた。言葉にしなくてもわかる。コーリーは僕を求めている。

彼はまずコーリーを座らせ、それから自分の椅子を引いた。

「よく来てくれたね、J・C」牧師が穏やかに声をかけた。「コーリー、祈りの言葉を」

父親と兄が頭を垂れると、コーリーは感謝の祈りを捧《ささ》げはじめた。呆気《あつけ》にとられながらも、J・Cは彼らの真似をした。彼は信心深い男ではない。しかし、郷に入りては郷に従えだ。

食事は和やかな雰囲気のうちに進んだ。トンプソン牧師が最近イスラエルで発掘された古代遺跡について触れると、J・Cは的確な意見を述べた。牧師は彼が聖書の歴史に精通していることに驚いたようだった。

「母がアイルランド南部出身のカトリック教徒だったので」J・Cはぼそぼそと説明した。「地元の教会に考古学マニアの神父がいて、彼女はよくその神父から本を借りていたんです」

「ネットで買えばよかったのに」ロドニーが口を挟んだ。

J・Cは笑った。「僕たちはユーコン準州にいたんだぞ。ネットどころか、うちにはテレビもなかったよ」

「テレビも?」ロドニーは声をあげた。「じゃあ、何で気晴らししてたんだ?」

「狩りや釣りかな。薪割《まきわ》りの手伝いもした。近所の人たちから外国語を習ったりもした。そして、本を読んだ。テレビはいまだに観ないね。そもそもテレビを持っていない」

「おい、聞いたか?」トンプソン牧師がJ・Cを指さした。「知的な人間はこうやって生まれるんだ。テレビで服を脱いだり、下品な言葉を使ったりする人間を観ていても賢くはなれんぞ」

「またいつもの説教か」ロドニーはぼやいた。「父さんは衛星放送しか観せてくれないんだ。しかも、その料金は僕が払ってる」

「この世界は汚れている」牧師の口調は重かった。「不道徳な行為が蔓延《まんえん》している。これでは津波と戦うようなものだ」

「まあまあ、パパ。パパはちゃんと自分の役割を果たしているわ」コーリーが笑顔でなだめた。

牧師は笑みを返した。「おまえは私の宝だよ、スウィートハート。本当に母親そっくりだ。彼女は優しい女性だった。決して人込みに流されなかった」

「私、人込みは嫌いよ」コーリーは言った。

「僕も」ロドニーが同調した。

J・Cは虚空を見つめた。「僕は人間そのものが嫌いだ。どんなに善良な人間だろうと、チャンスさえあれば人を裏切る」

「それはまた手厳しい意見だね」牧師はやんわりと言った。

七面鳥を食べ終えると、J・Cはブラックコーヒーをすすった。「人は遺伝子の産物であると同時に環境の産物でもある」彼は牧師を見やったが、その瞳に光はなかった。「僕は最愛の人に裏切られた。だから、人を信じることができないんです」

「人は皆、理由があって存在している」重々しい口調で牧師は続けた。「人との出会いにも理由があるんだよ。我々の中にある善を引き出す者もいれば、悪を引き出す者もいる。人生は試練だ」

「だとしたら、僕はすでに失格だな」ロドニーはため息をつき、妹を顎で示した。「コーリーが大きな空き瓶を用意してね。悪態をつくたびにそこに二十五セントを入れろって言うんだ。僕はあと数日で破産する！」彼はうめいた。

トンプソン牧師は愉快そうに笑った。「よく考えたな。さすがは私の娘だ！」

「一礼で応えたいところだけど、パイが冷めちゃうわよ」軽口をたたきながら、コーリーはパイを取り分けた。

パイはJ・Cの舌を満足させたようだった。彼はコーリーに視線を投げた。彼女が自分の反応をうかがっていたことに気づき、にんまり笑ってみせた。コーリーは頬を赤らめ、ぎこちない手つきでフォークを握った。

牧師はこの無言劇を懸念とともに見守っていた。彼の娘は世間を知らない。J・Cは家庭生活や子育てには興味がないと公言しているが、コーリーは結婚と子供を望んでいるはずだ。悲劇に終わる可能性が高い組み合わせ。牧師は将来の危険を予見した。そして、その危険を阻止できないものかと考えた。

トンプソン一家はテキサス州に親戚がいた。ジェイコブズ郡にあるコマンチウェルズという小さな町に。コーリーをそこへやるのはどうだろう。J・Cと距離を置けば、あるいは……。

それが現実的な解決策でないことは牧師自身にもわかっていた。コーリーはこの町を愛している。この町で働いている。それに、J・Cを見やっては何度もため息をついている。つまり、すでに恋に落ちかけているということだ。コーリーはめったにデートをしない。年上の女友達に誘われてダブルデートをしたこともあるが、その女友達が結婚してビリングスへ移ってからは外出の回数も減ってしまった。仕事をして、料理を作って、掃除をして、本を読んで。これが若い女性の生活と言えるだろうか。若いうちはもっと外へ出て、人生について学ぶべきなんだが。

このままではコーリーは感心しない形で人生を学ぶことになるだろう。牧師はJ・Cを見やった。娘を見るJ・Cの目つきに気づき、喉をロープで絞められたような気持ちになった。彼は視線をそらした。

いったいどうすればいいのだろう。彼にはわからなかった。わかっているのは愛する娘が破滅へ突き進んでいるということだけだった。

コーリーはJ・Cを見送るためにポーチへ出た。ポーチは小さな照明が点《とも》されていた。外では雪がしんしんと降りつづいていた。

「予報では十五センチの積雪になるみたいよ」彼女は長々とため息をついた。

J・Cは微笑した。「僕は二メートルの積雪でも運転できる。映画館さえ営業していれば、目的地はそのままだ。もし映画館が休みだったら、僕のうちに来ればいい。チェスを教えてあげるよ」

コーリーは興奮に唇を開いた。冗談なんかじゃない。J・Cは本気で私を誘っているんだわ。彼女は淡い銀色の瞳を見上げた。彼の腕に抱きしめられたいと強く願った。

J・Cは彼女の反応を楽しんでいた。なかなかの名演技だ。世間知らずなふりをしながら、初めての情事へ突き進む女性の興奮ぶりをうまく表現している。彼は自分が目にしているものを信じなかった。うぶなふりをして男を焦《じ》らしたあげく、ベッドで豹変《ひょうへん》する世慣れた女たちを大勢見てきたからだ。これは信用の問題だ、と彼は考えていた。彼は女を信用しなかった。信用しないだけの理由があった。

でも、調子を合わせるくらいはしてやろう。手練手管ならこっちのほうが上だ。J・Cは彼女の腰をとらえ、少しだけ距離を置いて抱擁した。

「体が冷えるぞ」二人の唇をぎりぎりまで近づけてから、彼はささやいた。

「そこまで寒くはないわ」ささやき返すコーリーの声はうわずっていた。

「そう?」J・Cは鼻と鼻を触れ合わせ、彼女の脇腹を撫でた。大きな両手が乳房をかすめそうになった。だが、実際に触れることはなかった。

コーリーは唇を開いた。唇がひりついている気がした。全身がひりついている気がした。彼女は男のことをよく知らなかった。だから、J・Cが自分に何をしているかも理解できなかった。それはゲームだった。昔からあるゲーム。女の欲望をかき立てるための焦らしのゲームだった。

「もう行かないと」彼女の唇のすぐそばでJ・Cはささやいた。

「本当に?」コーリーはつま先立ちになっていた。間近にある固い唇を懇願するかのように。

「ああ」J・Cは再び鼻を触れ合わせた。そうやってコーリーを焦らした末に、不意に彼女の体を遠ざけた。「ここでぐずぐずしていたら風邪をひくぞ」

「そ……そうね」コーリーは答えた。彼女は落胆していた。歯がゆさを感じていた。

J・Cはそれを見抜いた。してやったりの気分になった。「土曜日に迎えに来る。五時きっかりに」

コーリーはうなずいた。「五時きっかりね」

「おやすみ、コーリー」

彼女が答える暇はなかった。J・Cは素早くステップを下り、黒いSUVに乗り込んだ。エンジンをかけ、バックで外へ出ると、そのまま走り去った。彼は振り返らなかった。ただの一度も。

コーリーは家の中へ戻った。体が冷えていた。心には鬱憤がたまっていた。なぜJ・Cはキスをしなかったの? 彼はキスをしたがっていた。それは間違いないわ。飢えたまなざしで私の唇を見つめていたんだから。でも、彼は私を押しのけた。いったいどうして?

信頼できる女友達がほしい、とコーリーは思った。男性について、彼らの反応について相談できる女友達が。同僚のルーシーは友達と呼べる存在だ。しかし、既婚者のルーシーに男性や恋の駆け引きについて質問することはためらわれた。もしそんな質問をすれば、ルーシーは理由を知りたがるだろう。そして、おくてな彼女をからかうだろう。それでも、コーリーは考えずにいられなかった。なぜＪ・Ｃはキスを望んでいながらそうしなかったのか。

コーリーはダイニングルームのテーブルを片づけはじめた。

「Ｊ・Ｃは帰ったのか？」父親が尋ねた。

彼女はうなずき、微笑した。「外はまた雪よ」

「ああ」父親は二杯目のコーヒーを手にまだテーブルの前に座っていた。一つ深呼吸をすると、彼は唐突に切り出した。「コーリー、Ｊ・Ｃに対するおまえの気持ちはわかっている。だが、彼の頭に結婚という文字はない。それだけは忘れるな」

コーリーが片づけの手を止め、父親に視線を向けた。その表情を見て、彼はたじろいだ。

「おまえにはＪ・Ｃのような男と接した経験がない。おまえのデートの相手はおまえのような若者、現代世界に染まっていない純朴な青年ばかりだった。昔のカウボーイたちの表現を借りれば、Ｊ・Ｃは象を見た男だ。彼は世界の各地へ行き、暴力的な男たちに囲まれて生きてきた」

「それは私もわかっているわ。ただ……」コーリーは下唇を噛《か》んだ。「こんな気持ちは初めてなの」

「おまえはもう十九歳だ。そういう気持ちになっても少しもおかしくない。ただ、世の中がどれだけ乱れようと、信仰を持つ者たちは確固たる規範に基づいて生きている。我々の規範は結婚してから子供をもうけることだ。婚姻を伴わない親密な関係を我々は推奨しない」

「覚えておくわ」

「そういう気持ちを抱くのは自然なことだ。結局、我々は生身の人間だからね。だが、不道徳な真似をする者が大勢いたとしても、それで不道徳な行為を正当化できるわけじゃない。本気でおまえを愛している男なら、おまえとの結婚を望むはずだ。おまえと家庭を築き、ともに教会へ足を運ぶはずだ。信仰心のない男と関われば、おまえは罠《わな》に落ちるかもしれない。どれだけ多くの若い女性がその罠に落ちたことか。関係が破綻し、未婚の母となった女性たちを私はこの目で見てきた。おまえに同じ苦しみを味わわせたくないんだよ」

避妊の方法は色々とあるのよ。コーリーは唇を噛み、その言葉をのみ込んだ。教会の信徒たちの多くがそうであるように、彼女の父親も物の見方が世間とずれている。現代の若い女性たちの常識がわかっていないのだ。

私はJ・Cがほしい。なぜ愛する人と寝てはいけないの？　それは息をするように自然なことだわ。少なくとも、コーリーはそうに違いないと想像していた。彼女は誰とも深い関係になったことがなかった。デートの相手にブラウスの下へ手を入れられたことならある。しかし、途中で邪魔が入ったため、彼女の服を脱がせようとする青年の努力は無駄に終わった。彼女は残念だとは思わなかった。男女のことに興味はあったが、その青年のキスでは心が動かなかったからだ。

でも、J・Cは違うわ。彼を前にすると、知らない世界へ飛び込みたくなる。私は彼がほしいの。生まれて初めて欲望というものを感じているの。彼も同じ気持ちのはずよ。それなのに、彼はなぜ急に身を引いたの？　なぜ私にキスをしなかったの？

自分の意見が娘に届いていないことに気づき、牧師はつけ加えた。「おまえの母親のことを考えろ」

コーリーは視線を上げた。「ママのことを？」

「彼女は私が知る中で最も道徳的な人間だった。彼女は結婚まで待った。だから、私も待つしかなかった。それほど彼女を愛していたんだ」牧師は目を伏せた。「もし信仰と仕事がなければ、彼女のいない人生は虚《むな》しいものになっていただろう。私が生きつづけたのは、それが彼女の望みだろうと考えたからだ」彼はそこでまた視線を上げた。「もし彼女が今も生きていれば、おまえが道徳的に生きることを望んだはずだ」

ええ、そうでしょうね。コーリーは心の中で同意した。でも、ママには強い恋心がなかったのかもしれない。私ほど欲望に取りつかれていなかったのかもしれない。パパとママの若い頃とは時代が違うのよ。当時の小さな町では、自由な生き方は認められなかった。今は町の若者の半数が自由恋愛を楽しんでいるわ。その中で実際に結婚するカップルなんてほんの一握りよ。

「一緒に暮らしたほうが相手のことがよくわかるし、自分が結婚に向いているかどうかも判断しやすいんじゃないかしら」コーリーは思い切って言ってみた。ただし、父親に目を向ける勇気はなかった。

牧師はゆっくりと息を吸い込み、コーヒーをすすった。「おまえの人生だ、コーリー。おまえはもう大人だ。私が生き方を押しつけることはできない。私に言えるのは、オープンな関係にある男女の多くが結婚せずに終わるということだけだ。そういう関係は責任を伴わない。結婚ほどの責任は。なにしろ、新しい命をこの世にもたらし、その命を育てていくわけだからな。J・Cは子供を望んでいない」

「彼の気が変わる可能性もあるわ」

「そうだな。だが、私はその可能性は低いと思う。彼はいくつだ？　三十二か？　その年でまだ子供を望んでいない男が、今さら気が変わるとは考えにくい。それにもう一つ」牧師は抑えた口調で続けた。

「相手を自分の望むように変えられるとは思わないことだ。そんな考えで人と関わるのは間違っている。

人は変わらない。悪癖が改善されることはない」

「子供が好きじゃないこと?」皿の上の銀器をいじりながら、コーリーはつぶやいた。「自分の子供ができたら、変わるかもしれないわ」

牧師はたじろぎ、まぶたを閉じた。

そんな父親の反応に傷つき、コーリーは声を荒らげた。「パパ、自分でもどうしようもないの。私は彼に夢中なのよ!」

牧師は長々と息を吸い込んだ。「わかっている」彼は視線を上げた。コーリーの顔には固い決意の表情があった。コーヒーを飲み終えると、彼は立ち上がり、娘の頬にキスをした。「私はいつでもおまえの味方だ。いついかなるときも。おまえが何をしようと。私はおまえの父親だ。おまえを愛する気持ちは永遠に変わらんよ」

込み上げた涙がコーリーの瞳を濡《ぬ》らした。彼女は食器をテーブルに置き、父親に抱きついた。

牧師は彼女の背中を軽くたたき、髪にキスをした。十数年前、傷つき、慰めを求める幼い娘にそうしていたように。昔からそうだった。コーリーは母親を心から愛していたが、基本的にはパパっ子だった。

「すべてうまくいくよ」牧師は言った。娘に、自分自身に言い聞かせるように。

「そうよ。そうに決まっているわ」コーリーは答えた。新たに込み上げてきた涙と闘いながら。

2

そして、土曜日がやってきた。コーリーは三時までには服を着替え、出かける用意をすませていた。緊張のあまり、じっとしていられなかったからだ。J・Cはシーフードの店で食事をすると言ったが、どういう服装で行けばいいのだろう。おしゃれなワンピースか、それともジーンズか。彼女はスーツ姿はおろかジャケットを着ているJ・Cさえ見たことがなかった。ということは、彼は今日もジーンズ姿で来るのだろう。いつものように。

だから、コーリーもジーンズを選んだ。裾から膝にかけてサイドにレースをあしらったジーンズと、同じようにレースが使われた白いブラウスを。白いブラウスは彼女の焦茶色の髪と明るいオリーブ色の肌によく映えた。鏡の中の彼女はエキゾチックに見えた。緑の瞳が興奮にきらめいた。悪くないわ。コーリーは厚化粧を嫌った。生まれつききれいな肌をしていたこともあり、パウダーを軽くはたいて、口紅を塗る程度だった。アレルギー体質なのでマスカラは使えなかったが、もともと濃く豊かなまつげにマスカラは必要なかった。

彼女の髪には天然のウェーブがかかっていた。だから、髪を洗って、櫛《くし》で整えるだけですんだ。コーリーは鏡の中の自分ににんまり笑いかけた。いいじゃない。これならJ・Cがキスしてくれるかもしれないわ。期待で息が止まりそう。J・Cは世慣れているもの。キスの仕方も知っているはずよ。でも、私にはさっぱりわからない。彼が教えてくれたらいいんだけど。

「ずいぶんめかし込んだな」廊下に現れたロドニー

がからかった。「上出来だ」

コーリーは笑った。「ありがとう」

「J・Cは家庭的な男じゃないぞ」ロドニーは唐突に切り出した。「彼には家族がいない。母親は亡くなったし、父親とは音信不通だ。父親がどこにいるかも知らないいんじゃないかな」

コーリーは振り返り、兄を見上げた。「なぜ？」

「本人はその話をしないんだ。でも、一度だけ口を滑らせたことがある。十歳のときに預けられた里親について。ユーコン準州に住む夫婦で、妻のほうは教師だったとか。彼の母親も教師だったから、母親の知り合いだったのかもな。彼はしばらくその夫婦と暮らしてた。そこに悲劇が起きた。火事で夫婦が亡くなったんだ。二人とも。それ以来、J・Cはずっと一人で生きてきた」

「でも、今は兄さんがいるわ」

「僕たちはそこまで親しい仲じゃない。おまえも彼には近づけないだろう。彼は人を信じない。人と何かを分かち合うことをしないんだ」ロドニーは顔をしかめた。「おまえの気持ちは知ってるよ。もしかしたら、それで何かが変わるかも」妹のつらそうな顔を見て、彼はつけ加えた。「とにかく、おまえはJ・Cに傷つけられないように注意することだ」

「それ、どういう意味なの？」

「J・Cは女にひどい目に遭わされてる。本人から聞いたんじゃない。軍の基礎訓練で彼と一緒だった男から聞いたんだ。女はコールガールだった。J・Cはそのことを知らなかった。当時の彼は世間知らずで、女性経験も少なかった。彼はその女の虜《とりこ》になった。そして、女が別の男に自分のことを話してるのを聞いてしまった。女は笑いながら吹聴《ふいちょう》してたそうだ。あの人、なんでも買ってくれるのよ。私のことを純情だと思ってるの。純情ぶるのはお手のものだわ。そういうのが好きな客は大勢いるからと。

J・Cは荒れ狂った。バーで大暴れしたあげく、女の客だった男を病院送りにした。軍を除隊したときにはまったくの別人になっていたらしい」ロドニーは静かにつけ加えた。「それほどひどい経験をしたってことだよ」

「気の毒に」コーリーはつぶやいた。

「だから、前もって警告してるんだ。その経験を境に、J・Cの女性への態度は変わった。彼はプレイボーイじゃないが、つき合ってる女は何人もいる」

コーリーは歯を食いしばった。薄々察していたことではあるが、兄の口から事実として聞かされると胸がざわついた。「そういう男性は大勢いるわ。そうでしょう？　それでも彼らは結婚して、家庭を築いて……」

「それは期待しないほうがいい。J・Cは暴力と背中合わせの仕事をしてる。レンの牧場では保安主任を務めてるし、しょっちゅう海外に行って、反政府活動が盛んな地域で警察官の訓練に協力してる。彼は危険が好きなんだ。小学校とか誕生パーティとかかわいい女の子には興味がないんだよ」

話を聞けば聞くほど、コーリーの気持ちは沈む一方だった。

そんな妹の様子に気づいて、ロドニーはたじろいだ。口調を和らげて、彼は続けた。「おまえがJ・Cを好きなのはわかってる。だから、僕はこういう話をしてるんだ。おまえも知ってるように、うちの父さんは時代についていけてない。父さんはおとぎ話の世界に住んでるんだ。実際、父さんと母さんはおとぎ話のような結婚をした。でも、たいていの人間はそうはいかない。現実を受け入れて、前へ進むしかないんだよ」

「つまり、先のことは考えずに今を楽しめってことね」コーリーの声はうつろだった。

「まあ、そんなところだ」ロドニーは息を吸い込んだ。「コーリー、僕はおまえを傷つけようとしてるわけじゃない。ただ、自分が直面している現実をおまえに知ってほしいだけだ。J・Cは僕の友達だけど、おまえは僕の妹だ。彼は女性を尊重しない。いや、尊重する気持ちを失ったと言うべきかな」

コーリーは落ち着きなく肩を動かした。「兄さんは私が彼と出かけることに反対なの？」

ロドニーはためらった。確かに彼は妹を友人に近づけたくなかった。しかし、それは妹の幸せを願うからではない。J・Cは法と秩序を重んじる男だ。ロドニーは悪事に手を染めていた。麻薬を使用していた。J・Cはそのことに気づいていた。だから、海外にいた頃に比べて一緒に過ごす機会が減ったのだ。ロドニーには父親に知られたくない秘密があった。J・Cはそのことにも気づいていた。彼が沈黙を保っているのは、具体的な事実を把握していないからだ。だが、コーリーは黙っていないだろう。もし少しでも疑いを抱いたら、父親に密告するだろう。だからこそ彼女をJ・Cに近づけるわけにはいかないのだ。

とはいえ、ロドニーはロドニーなりに妹のことを大切に思っていた。一分ほど押し黙ってから彼は口を開いた。「ハニー、おまえは自分が正しいと思うことをすればいい。おまえがどんな決断を下そうと、僕はおまえの味方だ。オーケー？」

コーリーは衝動的に兄に抱きついた。ロドニーの顔が苦しげにゆがんだ。しかし、彼の肩に頬をあずけていたコーリーはそのことに気づかなかった。

「ありがとう、ロッド」彼女は身を引き、視線を上げた。「パパも言ってくれたわ。何があろうと、自分は私の味方だって。パパは私がJ・Cに抵抗できないと思っているのよ」

「彼がその気になったら、抵抗できる女は一人もいないだろうね」ロドニーは口走った。それから自分の失言に気づき、歯を食いしばった。

「いいのよ」コーリーは無理に笑顔を作った。「みんな言っているわ。彼は変化を好む男だと」

「今の彼はね」ロドニーはうなずいた。「以前の彼は真面目を絵に描いたような男だったらしい。コールガールにだまされたことで彼は変わったんだ」

「その女性は一度痛い目に遭うべきね」

「ああいう女は何をされてもびくともしないよ。心が氷でできてるから。女が体を売るのは簡単に金を稼げるからだ。支配欲も関係してるかもしれない。体を売るときだけは男の上に立てるから」

自分が知らない世界の話に、コーリーはただうなずくことしかできなかった。

「おまえならJ・Cを以前の彼に戻せるかも」ロドニーは優しく言った。「まあ、可能性はゼロじゃないよな」

コーリーは微笑した。「そうね。可能性はゼロじゃないわ」そこで彼女は兄の臭いに気づいた。「ねえ、ロッド、タバコ臭いわよ！」

「ジャクソン・ホールの友人が訪ねてきてさ。今こっちのモーテルに泊まってる。今夜も彼に会いに行くから、帰りは遅くなるよ。西海岸から来た彼の知り合いと交渉中なんだ」

交渉中？　コーリーは眉をひそめた。

「ホームセンターがらみの商談だよ」ロドニーはあわててつけ加えた。「工具のサンプルについての」

「ああ、そういうこと」コーリーは笑って向きを変えた。兄の顔をよぎった後ろめたそうな表情には気づかなかった。

彼女の推測は当たった。J・Cはジーンズにハンドメイドのブーツをはき、青いチェックの長袖シャツの上にシェパードコートを羽織っていた。コーリーのカジュアルな服装を見て、彼は頬を緩めた。

「君がフォーマルな格好をしていなくてよかった」J・Cはくすくす笑った。「ちゃんと言っておくべきだったね」

「気にしないで。私は人の心が読めるの」

J・Cの眉が上がった。

「本当よ」コーリーは緑の瞳をきらめかせた。

「じゃあ、そういうことにしておくか」J・Cは切り返した。「もう出られる?」

「ええ」

廊下に現れた牧師がJ・Cに視線を投げて微笑した。彼は手に本を持っていた。「楽しんでおいで。あまり遅くなるなよ、コーリー」

「ええ、パパ」彼女は父親にキスをした。牧師は笑みを返したが、書斎へ引き返す彼の顔には懸念の表情があった。彼はJ・Cには一言も声をかけなかった。

「パパは人づき合いが苦手なの」町へと向かう黒いSUVの中で、コーリーは弁解した。「牧師のくせにおかしいわよね。助言や慰めを求める信徒たちの話を聞くのも牧師の仕事なのに」

「気づいていたよ」

「パパはあなたを嫌っているわけじゃないのよ」コーリーは説明できないことを果敢に説明しようとしていた。

そんな彼女に視線を投げて、J・Cは微笑した。「いいよ。気にしなくて」

コーリーも微笑した。「オーケー」

「魚料理は好き?」

「好きよ。フライ、ポシェ、グリル。どんな魚料理も大好き。あなたは?」

J・Cはくすりと笑った。「僕はユーコン育ちだからね。向こうは至る所に湖や川がある。僕は四つのときに祖父から釣りを教わった」

祖父。父親じゃないのね。コーリーは兄から聞いた話を思い返した。「私の祖父は二人とも私が生まれたときには亡くなっていたわ。一人だけ生きていた祖母も私が小学生のときに亡くなって」

「それは残念だ。僕には祖父がいた。僕の母親が亡くなるまでは。彼はブラックフット族の長老で、そのルーツはカルガリーにあった」J・Cはコーリーの戸惑いの表情に気づいた。「カルガリー。カナダ西部のアルバータ州にある都市だ。カルガリー・スタンピードという言葉を聞いたことはないかな？毎年開催されるロデオ大会でね。僕の祖父も参加していた」

「ああ！　それなら聞いたことがあるわ」

「僕の父親はロデオはそこまで好きじゃなかったが、祖父の助手として大会に参加していた。そこで客席から声援を送っていた赤毛の小柄なアイルランド女性を見初めたんだ。彼は大会後にその女性を見つけて声をかけた。彼女の瞳や髪の色に心を奪われた。彼女のほうは人類学の学生で、彼のような先住民族に関心を持っていた。彼らはデートを重ね、一週間後には結婚していた」

「あなたのお母さんは赤毛だったの？」コーリーは彼の黒い髪を、淡い銀色の瞳を見つめた。

J・Cは笑った。「意外だろう？」

「そうね」

「でも、この目は母親譲りだ。彼女の目も淡い灰色だった」

「お母さんを愛していたのね」

J・Cは雪に縁取られた道路を見据えた。「ああ。母は常に僕の味方だった。命がけで僕を守ってくれた」彼は長々と息を吸い込んだ。ロドニーにさえ話したことのない事実。コーリーには人の秘密を引き出す能力があるんだろうか。「僕は十歳のときに母を失い、里親家庭に引き取られた。彼らは親切でいい人たちだった。自分たちに子供がいなかったから、僕を猫かわいがりしてくれた。でも、二人とも火事で焼け死んだ。僕が学校から戻ってくると、家が燃えていた。直後に救急車と消防車がやってきた」あのときのことを思い出すと今でも胸が痛くなる。J・Cは目をそらした。「その頃には家全体に火が回っていた。僕は彼らを助け出すことができなかった」

「つらい思いをしたのね」コーリーはつぶやいた。その思いやりあふれる言葉がJ・Cの中にあった何か――彼が長年隠してきた何か――を刺激した。「僕は玄関の炎を突破できなかった」彼は歯を食いしばった。「やろうとはしたんだ。でも、隣人が僕を引き戻し、消防車が放水を始めるまで押さえつけていた。二人とも、いい人だったのに」

コーリーの表情が曇った。目の前で愛する人たちが死んでいくのに、自分はどうすることもできない。それがどんなに苦しいことか、私には想像することしかできないわ。

J・Cは助手席に視線を投げた。コーリーが本気で同情しているのは明らかだ。道路に視線を戻すと、彼は言った。「君は無理強いをしないね。人が話すのをただ聞いている」

コーリーは悲しげに微笑した。「私は面白いことが言えないから。それで、聞き役に回ってしまうのね」

「初めて会ったときからそうだった。君はいつも人の話を聞いていた。ロッドがよく言っていたよ。うちの妹はただ座って、空想にふけるかギターを弾いていると。ギターは今も弾いているのか？」

「そうでもないわ。前ほど練習しなくなっちゃった。今はフルタイムで働いているし、週に二回、夜間のビジネス講座に通っているから」

「勤め先は〈ウェントワース＆タータグリア〉だっけ？」J・Cはケイトローでは有名な法律事務所の

名前を口にした。

「ええ。学校を出てからすぐに勤めはじめたの」

「じゃあ、そろそろベテランの域だ」

まだ六カ月の新米よ。でも、J・Cは私の本当の年齢を知らないみたい。兄さんから聞いていないのね。私も言うつもりはないわ。もし私がまだ十九だと知ったら、彼は二度とデートに誘ってくれないかもしれない。彼は三十二の大人だもの。彼には私も大人だと思わせておこう。

「たぶんね」コーリーは笑顔で答えた。

J・Cはその答えで納得した。彼はロドニーに妹の年をきいたことがなかった。コーリーが自分よりもかなり若いことはわかっていたが、具体的な年齢差は知らなかった。まあ、いいさ。どうせ真剣なつき合いじゃないんだから。僕はただ魅力的で物わかりのいい女と時間をつぶしたいだけだ。コーリーは面倒くさいタイプの女には見えない。そのほうがこっちにとっても都合がいい。

シーフードの店は混んでいた。しかし、J・Cは空いたばかりのテーブルを見つけ、別の若いカップルより先に確保した。彼ににんまり笑いかけられ、カップルは声をあげて笑った。

「たいしたものね」席に着きながら、コーリーは言った。「見事な速攻だったわ」

「ありがとう。要領は敵陣を攻めるときと同じさ」

J・Cはくすりと笑った。

コーリーは首をかしげて微笑した。「つまり、速攻の名人ということね」

「僕は腹ぺこだ。君は？　何が食べたい？」

本当は〝あなた〟と言いたい。しかし、内気なコーリーにそんな大胆なことは言えなかった。彼女はメニューを開き、注文する品を決めた。

彼らは心地よい沈黙の中で食事をした。

「君は釣りをする？」Ｊ・Ｃが問いかけた。

コーリーはフォークを握る手を止めた。「そうね。前はよくパパと行っていたわ。桟橋に何時間も座って、何かが餌に食いつくのを待つの。たいていは何も釣れなかったけど」

「春になったら、僕が連れていってやるよ」

コーリーの心臓が跳ね上がった。遠い先の招待に胸がときめいた。「楽しみだわ」彼女は答えた。思いを込めたまなざしでＪ・Ｃの顔を見つめた。

「ああ、楽しみだ」Ｊ・Ｃがつぶやいた。

二人の視線がぶつかった。コーリーの心臓の鼓動が乱れ、指が震えはじめた。手にしていたフォークが皿に落ちて音をたてた。彼女はぎくりとし、真っ赤な顔でフォークをつかんだ。

Ｊ・Ｃは低く笑った。彼はコーリーのわかりやすい反応を楽しんでいた。欲望を超えて、女性に心を奪われる。彼にもそんな時代があった。コールガールにプライドとエゴを打ち砕かれた時代が。だが、それはもう昔の話だ。今の彼は経験を積み、世慣れていた。女に懇願させたあげく立ち去る術《すべ》を学んでいた。

彼は灰色の瞳を細めてコーリーの顔を観察した。コーリーに対しても、僕は同じことができるだろうか？　彼女を懇願させ、自分の思いどおりに従わせたあげく、あっさりと立ち去ることができるだろうか？　そのときのことを考えると胸が苦しくなる。僕たちの関係はまだ始まったばかりなのに。だったら、考えるな。この瞬間を生きろ。

Ｊ・Ｃは彼女にほほ笑みかけた。「料理の味はどう？」緊張感を和らげるために、彼は問いかけた。

「最高よ。私、フライドポテトも大好きなの。ここのフライドポテトは新鮮なジャガイモの味がするのよね。冷凍食品を使っていないから」

「わかるよ。僕もフライドポテトにはうるさいほうでね」

「うちではパパのためにときどき作っているわ。パパはフィッシュ・アンド・チップスが好きなの」

「でも、僕のことは好きじゃない」

「そういうことじゃなくて」コーリーは必死に言葉を探した。「パパは私のことを守ろうとしているだけなの。昔からそうだったわ。私は日曜学校と教会に通っている。聖歌隊で歌い、日曜学校の年少クラスで教えている」彼女は下唇を噛《か》んだ。「あなたのように見聞の広い人から見たら、とんでもなく保守的な生き方よね。でも、このあたりではそれが普通なの。なかには保守的じゃない人たちもいるわ。私たちの教会の信徒にも、結婚せずに一緒に暮らしている人たちがいる。麻薬に手を染めた人たちや、婚外子をもうけた人たちも。パパはそういう人たちを批判しない。ただ助けようとするだけよ」

J・Cは自分の皿に視線を落とした。僕には結婚する気がない。コーリーはそのことを知っているんだろうか？

「あなたが結婚するタイプの男性じゃないことは知っているわ」コーリーがだしぬけに言った。「でも、私はあなたと一緒にいたいの」

J・Cは視線を上げ、短く笑った。「君は本当に人の心が読めるんだね」

緑の瞳をきらめかせて、コーリーはにんまり笑った。「占いもできるのよ。ただし、パパに聞こえる場所ではやらないわ」声をひそめて彼女は続けた。「パパは占いを魔術だと思っているから！」

J・Cはにんまり笑い返した。「僕の父方の祖母は千里眼だった。幻視能力があった。医者には偏頭痛に起因する幻想だと言われそうだが、彼女の幻視はかなり正確だった。彼女には未来が見えた」

「あなたの未来については何か言っていた？」

J・Cはうなずいた。食事を終えると、冷めかけたコーヒーを口へ運びながら顔をしかめた。「ああ。でも、意味をなさない内容だった」

「なんて言われたの？」

彼はコーヒーカップを置いた。「いつかおまえは手が届かない何かを求めるだろう。誤った判断で悲劇を招き、おまえ自身と誰かを傷つけるだろう。でも、そのことで最も苦しむことになるのは別のもう一人だ。そう言われたよ」彼はいったん言葉を切り、コーリーの怪訝《けげん》そうな表情を見て笑った。「彼女の幻視は曖昧なときもあった。それに、当時の僕はほんの子供だった。彼女も言っていた。私の言葉を理解するにはおまえはまだ若すぎると」彼の顔がこわばった。「僕は母親を失ったのと同時期に祖母も失った。祖父とも疎遠になった。大人になってから捜してみたが、祖父はすでに他界していた」

「気の毒に」コーリーはつぶやいた。「愛する人を失うつらさは私も知っているわ。私にはまだパパとロッドがいるけど」

彼女が言いたいことはJ・Cにも伝わった。彼には誰もいないということだ。実際、そのとおりだった。

J・Cは腕を伸ばし、彼女の手に自分の手を重ねた。「君には僕のつらい記憶を引き出す力があるね。僕としてはあまり喜べないが」

大きな手の感触がコーリーの心臓を轟《とどろ》かせた。全身に電流が走った気がした。「あなたは人を近づけないでしょう。私もそうなの」彼女はためらいがちに打ち明けた。「でも、あなたと私は違うわね。あなたは人を信じない。私は人を信じるわ。ただ、内気だから殻に閉じこもっているだけよ」

汗ばんだ柔らかな手のひらを親指で撫《な》でながら、J・Cは静かに彼女を見つめた。「僕は一人でいるほうが楽しいんだ」

コーリーはうなずいた。「私も」

「でも、君といるのも楽しい」

コーリーの顔に笑みが広がった。「本当に?」

「本当だ」J・Cの指に力が加わった。「また一緒に出かけよう」

「ええ、ぜひ」

「デザートは?」

「私、甘いものはそれほど好きじゃないの」

彼は笑った。「また一つ共通点が見つかった。オーケー。次は映画だ」彼は勘定書きをつかみ、コーリーの椅子を引いた。


映画は面白かった。いつものコーリーなら大いに楽しめただろう。しかし、今夜の彼女は自分に回されたJ・Cの腕の感触に意識を奪われていた。二人は映画館の後方にあるカップル用のシートに座っていた。J・Cの指が彼女の喉に、肩に、脇腹に触れた。そのさりげない接触が彼女の心臓を轟かせた。全身が欲望でひりついている気がした。

映画を観《み》る間、J・Cは彼女の髪に頬をあずけていた。前評判の高い映画だったわりに観客は少なかった。案内係もしばらく通路を行ったり来たりしてから姿を消した。

「やっと二人きりになれた」J・Cが彼女の耳元でささやいた。彼女の首筋から肩へ、レースのブラウスの下へと唇を動かした。

彼の舌先を素肌に感じて、コーリーは身震いした。男性に対して体がこれほど強く反応したのは初めてだ。彼女の仲間内には男の子たちもいたが、彼らはただの男の子にすぎなかった。だが、J・Cは経験豊富な大人の男なのだ。もし彼が本気になったら、抵抗できるとは思えなかった。

J・Cもそのことを知っていた。本来なら喜ぶべきことだろう。だが、喜ぶ気にはなれなかった。コーリーは彼が最近接してきた女たちとは違う。彼の祖母、彼の母親のような女なのだ。彼女たちも保守的だった。伴侶を裏切ったことは一度もなかった。彼の母親が言っていた。私は本当にうぶで、あなたの父親と結婚するまでキスの方法も知らなかったのよと。彼の母親はカトリック教徒で、祖母は民族独自の宗教を信仰していたが、どちらも信心深かったことには変わりない。彼女たちは夫を愛し、夫と家庭を築くタイプの女だった。J・Cはそういうタイプの女に関わりたくなかった。

しかし、かたわらにあるコーリーの体は柔らかかった。その感触はあまりに心地よかった。彼はどうしてもコーリーがほしかった。いや、今なら間に合う。本当はここで引き下がるべきなのだ。

コーリーの頬が彼の髪を撫でた。彼女の心臓が激しく脈打っているのがわかる。彼女は浅い息を繰り返していた。体が小刻みに震えていた。

この場で彼女を押し倒し、今すぐ自分のものにしたい。J・Cは激しい衝動に駆られた。これほど強く誰かを求めたのは生まれて初めてだった。

その事実にうろたえて、彼はわずかに身を引いた。先を急ぐな。僕には考える時間が必要だ。

コーリーは彼の動きに戸惑ったようだった。J・Cは彼女の手をつかみ、きつく握りしめた。

コーリーは安堵《あんど》した。J・Cは私を慰めてくれている。いったん熱を冷まそうとしている。彼女はその気遣いに感謝した。J・Cの欲望を感じていたからだ。彼はずっと女性に縁がなかったのかもしれない。女性に飢えているのかもしれない。だけど、私は彼の望みに応えることはできないわ。無責任な関係には飛び込めない。ゴシップが飛び交うこの小さな町で、パパに恥ずかしい思いはさせられない。

彼女は無理に笑顔を作り、映画に集中しようと努力した。

コーリーを自宅まで送る間も、J・Cは彼女の手を握っていた。彼はコーリーに惹《ひ》かれていた。同時に怖《お》じ気《け》づいてもいた。もしこのまま突き進めば、厄介なことになるだろう。今すぐに手を引くべきだ。コーリーは心を僕に差し出そうとしている。僕にはそこまでの気持ちはない。自由を手放すことはできない。

J・Cは玄関まで彼女についていった。「なかなかいい映画だったな」

「ええ、面白かったわ」コーリーはうなずいた。しかし、映画の内容はまったく覚えていなかった。

J・Cは彼女を振り向かせた。ポーチの明かりが彼のしかつめらしい表情を照らしていた。一分ほど沈黙したあと、彼は言った。「終わらせられないことを始めるのは賢明とは言えない」

J・Cは関わりを望んでいないということね。落胆しつつも、コーリーは無理に笑顔を作った。「それでも楽しい夜だったわ。食事も、映画も」

J・Cはうなずき、彼女の頬に手を当てた。「君は保守的な家庭で暮らし、堅い職場に勤めている。僕はそうじゃない。僕は危険な生き方を……」

コーリーは彼の唇に指を押しつけた。「もういいわ、J・C。わかっているから」

J・Cはその指をとらえてキスをした。しばらく押し黙ってから口を開いた。「君はちゃんとした女性だ」

「ありがとう」

「今のは褒めたんじゃない」

コーリーは笑った。

一つ深呼吸をしてからJ・Cはかぶりを振った。彼女はパズルだ。

自らの衝動を抑え込むために、彼はコートのポケットに両手を押し込んだ。頭を傾け、灰色の目を細めて、コーリーを見据えた。「僕が何を考えているかわかる?」

「私におやすみのキスをしたいけど、私が中毒になるといけないから、急いで車に乗り込んで帰ろうと考えている」コーリーは淡々と答えた。

J・Cは眉を吊《つ》り上げた。自分の考えをほぼ完璧に言い当てられて、落ち着かない気分になった。

コーリーは笑った。「今、私のことを魔女だと思ったでしょう」

J・Cはほうっと息を吐き出した。

「そして今は、ショックを受けている。いいのよ。そういう反応には慣れているから。カーク三兄弟の一人は霊能者と結婚したわ。彼女は私よりはるかに高い能力を持っているの。職場でもみんな彼女を恐れてオフィスに入ってこようとしないくらいなんですって」

「僕は予言者なんて怖くない」

「ただ気味が悪いと思うだけよね。普通、そういう能力は隠しておくものだから」

J・Cは笑ってかぶりを振った。「参ったな」

「私も人前ではその話をしないようにしているわ。依頼人が逃げ出したという理由で解雇されたくないもの」

「それは得がたい才能だよ」

「そうかもしれないわね」コーリーは相槌《あいづち》を打った。しかし、彼女の表情は晴れなかった。

J・Cは目を細くした。「君には見たくないものも見えるんだね」

コーリーはうなずいた。「愛する人たちに悪いことが起きるときは、先にそれがわかるの」彼女は悲しげにつぶやいた。「お祖母《ばあ》ちゃんが死んだときもそうだった。彼女にも同じ力があったのよ」

「彼女は君の未来をどう言っていた?」

コーリーは両手でバッグをもてあそんだ。「私の人生は過酷なものになるって。私は最悪の決断をして、その代償を支払うことになる。結婚はするけれど、それは愛のための結婚じゃない。数年間は悲劇につきまとわれるけど、最後は幸せをつかみ、充実した人生を送れるって」

J・Cは驚いた。彼が祖母から聞かされた予言とよく似ていたからだ。

彼の考えを読んだかのようにコーリーは続けた。

「妙な話よね？　だって、私がお祖母ちゃんから言われたのとほぼ同じことを、あなたもあなたのお祖母さんから言われたわけでしょう？」

「ああ、奇妙な偶然だ」

「でも、二人とも口からでまかせを言っていただけって可能性もあるわ」コーリーは微笑した。「予言なんてだいたいはそんなものよ。私は未来のことはまったくわからないの。何かよくないことが起こる前に悪寒がして、うつろな気分になるだけ。それもたいていはパパに関係したことね」

「僕にはそういう経験はないな」

「あなたはラッキーよ」コーリーは彼の引き締まった顔を探った。「J・C、あなたは過酷な人生を送ってきた。聞かなくてもわかるわ。顔に出ているもの。大きな苦しみと……」

「そこまでだ」J・Cが硬い表情で遮った。

「私、立ち入りすぎちゃった？」コーリーは微笑した。「ごめんなさい。私は口に足を突っ込んでおくべきね」

その表現がおかしくて、J・Cは笑った。

「今夜は楽しかったわ。ありがとう」

彼は肩をすくめた。「ああ、楽しかった。でも、今夜限りにしよう」

心の痛みを隠して、コーリーはうなずいた。

「僕に白い柵は似合わない。その柵にどれほど魅力的な付属品がついていたとしても」

一瞬、コーリーにはその意味が理解できなかった。理解できたとたん、彼女は笑った。「オーケー」

「君は頭の回転が速いな」

「それほどでもないけど」コーリーはため息をついた。「楽しい夜だったわ」

「ああ、楽しかった。おやすみ」

「おやすみなさい」

「ロッドに伝えてくれ。もしまだポーカーをする気があるなら、僕も受けて立つと。それで彼には通じるはずだ」立ち去るために向きを変えながら、J・Cはつけ加えた。

「伝えておくわ」

後ろ髪を引かれつつも、J・CはSUVへ引き返した。ドアを開け、運転席に乗り込み、エンジンをかけた。彼は振り返らなかった。もし振り返ればここから立ち去れなくなるとわかっていたからだ。


コーリーは走り去るSUVを見送った。J・Cは手を振らなかった。一度も振り返らなかった。彼女はひどい喪失感にさいなまれた。だが、J・Cの言うとおりだ。彼らに未来はないだろう。考え方が違いすぎるのだから。

コーリーは家の中に入った。ちょうど父親が書斎から出てきたところだった。彼は娘の様子をうかがった。何か起きた様子はない。どうやら普通のデートだったようだ。彼はひそかに胸を撫で下ろした。

「楽しかったか？」

「ええ」コーリーはにんまり笑った。「面白い映画だったわ。シーフードの店で食事をしたんだけど、あそこのフライドポテトは最高ね」

「確かにあそこのポテトはうまい」牧師はうなずき、首をかしげた。「また彼と出かけるのか？」

コーリーは首を振った。「彼はとてもいい人だけど、白い柵はいやなんですって」

牧師は娘に歩み寄った。コーリーは芝居をしている。本当は傷ついているのだ。「すべてのものに理由がある。なんであれ、我々の身に起きることは起きるべくして起きているんだよ。我々はありのままの人生を受け入れるしかない。己が望むように人生を変えることはできんのだ」

コーリーは笑みを浮かべ、父親を抱擁した。「そして、私たちと違う人に関わることもできない。ええ、わかってる。彼にもそう言われたもの」彼女は目を閉じた。「それでも、やっぱり傷つくわ」

「傷ついて当然だ。だが、痛みはやがて消える。あらゆるものが消えていく。いつかは」

「ええ、いつかは」コーリーはうなずいた。

しかし、コーリーの痛みは消えなかった。兄がJ・Cの名前を出すたびに、彼女は胸をえぐられるような痛みを感じた。J・Cが自分に合わない男性であることはわかっていた。それでも、なんの助けにもならなかった。彼女はJ・Cを求めていた。J・Cを愛していた。J・Cに飢えていた。

コーリーは仕事へ出かけ、自宅に戻り、料理と掃除をすませ、本を読んでからベッドに入った。翌日もまったく同じことを繰り返した。だが、心の中は空っぽだった。

彼女は知らなかったが、J・Cも同じ問題を抱えていた。彼は毎日仕事に出かけた。仕事中も愛らしい緑の瞳が頭から離れなかった。彼は女に求められることに慣れていた。しかし、女に愛された経験はなかった。それは新しく恐ろしい経験だった。

僕はコーリーを抱いたあげく捨てられるのか？コーリーを抱かずに生きていけるのか？　二つの疑問の間でJ・Cの心は揺れていた。

彼の葛藤はボスのレン・コルターにも気づかれて

しまった。二人で牧場の端の倒れたフェンスを調べていたときのことだ。

「あの木は切り倒す必要があるな」レンが言った。

「ウィリスに伝えておこう」J・Cは牧場監督の名前を口にした。

「何をいらついている？」不意にレンは尋ねた。それは長年の友人としての問いかけだった。「おまえらしくないな」

「最近寝不足でね」J・Cは嘘《うそ》をついた。

「寝不足ね。つまり、コーリー・トンプソンとは関係ないことだと？」

「一度映画に連れていった程度で……」

「一度で充分だ」レンはあっさりと断じた。「この一週間、おまえはずっとぼんやりしていた。取りつく場所を探す幽霊のように、このあたりをうろついていた。聞いた話では、彼女も同じ状態だそうだ」

「彼女も？」J・Cはきき返した。


この表情。火を見るより明らかだ。レンはくすくす笑った。「一度選んだ道は最後までたどっていくしかない。自分の胸に訊いてみろ。おまえは今のほうが幸せか？」

「いや」

「だったら、何をぐずぐずしている？」

J・Cは歯を食いしばった。「彼女は牧師の娘だ。僕は結婚する気はない」

「デートをしたという理由だけでプロポーズする必要はないだろう」レンはもっともな理屈を述べた。

「違うか？」

J・Cはため息をついた。「そんなことをしたら、話がややこしくなるだけだ」

「面倒を避けるには人生は短すぎる」

J・Cはボスに目を向けた。一分ほど見つめてから短く笑った。「確かにそうだな」

コーリーは法律事務所の駐車場で古いピックアップトラックに乗り込もうとしていた。そのとき、黒いSUVが近づいてきて、彼女の横で停止した。

振り返ると、J・CがそのSUVから降りてこようとしていた。

彼はコーリーの正面に立った。怒りと葛藤と不安をないまぜにしたような表情だ。一つ深呼吸をすると、彼はそっけなく言った。「知ったことか」

「何?」コーリーはきき返した。

J・Cは彼女を腕の中に引き寄せた。「今日は今日、明日は明日だ」そうつぶやきながら、彼は二人の唇をそっと触れ合わせた。

コーリーの頭から疑問が吹き飛んだ。衝撃に貫かれ、全身が震えだした。彼女は大きな体に両腕を回した。長いキスの間、ただその体にしがみついていることしかできなかった。

3

J・Cが顔を上げたのはかなり時間がたったあとだった。彼の中には空っぽの空間——彼自身も気づいていない穴があった。しかし、その穴はキスでふさがっていた。コーリーは赤い顔をしていた。形のいい唇が腫れ、緑の瞳には夢見るような表情があった。J・Cの脳裏に疑問がよぎった。コーリーは僕のキスを受け入れた。でも、キスに応えることはしなかった。彼女がこれまでにつき合ってきた男たちは前戯をないがしろにするタイプだったんだろうか？　僕が知る女たちも前戯にこだわりがなかった。ただ貪欲に求めてくるだけだった。

では、コーリーはどうなんだ？　ロッドは遊び人だ。とても牧師の息子とは思えない。たぶん、コーリーもそうなんだろう。ただ、父親の手前、うぶなふりをしているんだろう。現に彼女はキスをいやがっていないじゃないか。

　J・Cの体がすぐそばにあった。男の欲望が伝わってくるほど間近に。コーリーはこんなふうに男を感じたことがなかった。だが、彼女には本から得た知識があった。女を求めるとき、男の体が変化することをロマンス小説から学んでいた。

　J・Cをがっかりさせたくない。でも、どこまで彼の求めに応じていいのかわからない。私は道徳的な人生を送ってきたわ。道を踏み外したことなんて一度もなかった。だけど、誘惑と罪がここにある。青いジーンズをはいて、私を求めている。

　コーリーはため息をついた。「すてきだったわ」

「すてきか」J・Cは笑い、周囲を見回しながらあとずさった。「人通りの少ない時間と場所でよかったよ。僕は飢えていたんだ」

「気づいていたわ」コーリーは頬を赤らめた。

　J・Cは彼女の髪をくしゃくしゃにした。「一時間後に迎えに行く。その間に親父《おやじ》さんとロッドの食事を用意できるかな？」

「ええ。今夜はどこへ連れていってくれるの？」

「ジャクソン・ホールのナイトクラブへ」J・Cはにんまり笑った。「派手なドレスはあるか？」

　コーリーの表情が曇った。

　しまった！　迂闊《うかつ》だった。牧師がそういうものを歓迎するわけがない。コーリーはドレスの一着も持っていないかもしれない。

「プラン変更だ。ランダーの近くにカジノがある。二人でジーンズをはいて、そこに乗り込もう。スロットマシンの遊び方を教えてやるよ」

　コーリーは笑った。「態度でばれちゃった？　私、ドレスを持っていないの」

「その件もなんとかしないとな」

「いいえ」彼女はそっけなく否定した。「私にドレスを買ってくれるつもりなら、それはやめて。自分のものは自分で払うわ」

「ドレスの一着くらい……」

「自分のものは自分で払うわ」コーリーは繰り返した。その顔には頑固そうな表情が浮かんでいた。

J・Cはすぐにそのことに気づいた。自分もよく同じ表情をするからだ。彼はくすりと笑った。「オーケー、ミス自立心。君のやり方でいこう」

コーリーは微笑した。「公明正大にね。じゃあ、支度をして待っているわ」

彼女の頬はまだ上気していた。J・Cはそんな彼女の様子を好ましく思った。かまととぶらない。焦《じ》らさない。僕が触れると、コーリーはまっすぐに反応する。これは幸先《さいさき》がいいぞ。一瞬、彼の良心がうずいたが、そのうずきもすぐに消えた。コーリーはもう充分に大人だ。現実をわかっているだろうし、僕の前にも男がいたに違いない。彼女の過去の男たち……。何を気にしている？　僕が誰かの最初の男になったことがあるか？

「じゃあ、一時間後に」J・Cは念を押した。

「オーケー」

コーリーは去っていくSUVを見送った。それから、自分の車――燃費の悪いおんぼろトラック――に乗り込み、バックミラーに映る自分の顔を見つめた。これは……愛された女の顔だわ。情熱的なキスを思い返し、彼女は息をのんだ。ああいうキスをされたのは生まれて初めてだった。私はJ・Cに恋をしている。J・Cだって私に対して何か感じているはず――もう来ないと言っていたのに戻ってきたんだから。

自宅へ車を走らせる間も、彼女の頬は緩みっぱなしだった。うちに帰り着くと、コーリーは父親に

J・Cと出かけることを伝えた。父親の顔に浮かんだのは落胆と悲しみの表情だった。

コーリーがデートの支度を終えた時点でも、ロドニーはまだ帰っていなかった。彼女は父親のために ささやかな食事を準備した。彼女自身は食事をしなかった。興奮で食欲が失《う》せていたからだ。

「今夜はどこへ行くんだ？」ありあわせの料理を食べ終えると、牧師は穏やかな口調で尋ねた。

コーリーは歯を食いしばった。「ランダーよ」無理に笑顔を作って、彼女は答えた。「ジャクソン・ホールの近くにある町で……」

「カジノだな」牧師は深いため息をつき、娘の後ろめたそうな顔をじっと見つめた。「コーリー、これはおまえの人生だ。私は干渉しない。だが、おまえは私が望まない道をたどろうとしている。J・Cが信心深い人間でないことはすでに知っているな」

「知っているわ。でも、人は変われるものよ」

「だが、ほとんどの人間は変わらない」牧師はいつになく後ろ向きな言葉を口にした。「彼から悪影響を受けないように気をつけなさい。おまえは信条を持つように育てられた。おまえと結婚する気のない男のために、その信条を捨ててはいけないよ」

「彼は悪い人じゃないわ」

「誰も彼が悪い人間だとは言っとらん。私が言いたいのは、おまえと彼では生き方が違いすぎるということだ」娘を見る父親の瞳には年齢を重ねた者の知恵が感じられた。「今は信心深い者には生きづらい時代だ。理想を持たずに生きる者があまりに多い。その中で理想を貫くのは難しいことだが」

「わかっているわ、パパ。でも、どんな決断をしようと、私が私であることには変わりないでしょう」

これ以上の議論は無駄か。目を見ればわかる。この子はすでにJ・Cに夢中だ。J・Cに言われたことはすでに知っているな」

となるなんでもするだろう。

牧師はなんとか微笑した。「ああ。どんな決断をしようが、おまえが私の娘であることに変わりはない。私はこれからもおまえを愛しつづける。おまえが私を必要とするときは必ずそばにいる」

「わかっているわ」コーリーは深い悲しみを感じた。私はパパの期待を裏切ろうとしている。でも、自分を止められない。私はJ・Cがほしい。J・Cのためなら死んでもいい。「私は彼を愛しているの」

「ああ、わかっている」

「きっとうまくいくわ」コーリーは断言した。それを信じられたらいいのにと考えながら。

彼女はビッグ・トムに餌をやった。足下にまとわりつく猫を抱き上げ、キスをしてから家を出た。

カジノは大きく騒々しかった。ランダーだけでなくウィンドリバー山脈も近くにあるため、景色もすばらしかった。ただし、J・Cとコーリーが到着したときにはすでに日が暮れていた。おかげで景色を楽しむことはできなかったが、建物の正面を彩るきらびやかな光が彼女の落胆を和らげてくれた。

「とても……華やかな場所ね」コーリーは感想を口にした。彼らは手をつないで広い店内を歩き回っていた。

「君の心が読めるぞ」J・Cはからかった。「本当は罪深い場所と思っているんだろう。カジノ行きについて親父さんに色々言われたんじゃないか？」

「色々とね」コーリーは白状した。「でも、これは私の人生よ。私自身が選択するべきだわ」

J・Cは彼女を見下ろした。一瞬、胸が痛んだ。コーリーは箱入り娘だ。現実の世界――僕の世界の住人じゃない。

視線を上げたコーリーは、彼の表情に気づいた。「そんな後ろめたそうな顔をしないで。あなたが私を道に迷わせているわけじゃないんだから」

「でも、そんな気分だ」J・Cはつぶやいた。柔らかな緑色の瞳を探ると、喜びの衝撃が全身を貫いた。

「それとも、君が僕を道に迷わせているのかな。本当はべたべたするのは好きじゃないんだが」

「じゃあ、あなたに糊《のり》は贈らないようにするわ」コーリーは約束した。

J・Cはくすくす笑い、彼女の手を握りしめた。

「困った子だ」

「私の軍資金は五ドルよ」周囲に目をやりながら、コーリーは言った。「五ドルでどれくらい粘れるか、試してみましょう」

五ドルじゃ三分で終わりだ。そう考えながらも、J・Cはただうなずいた。

一時間後、コーリーはまだ粘っていた。

「これは何かの記録になるんじゃないか」スクリーンに並んだフルーツの絵柄を眺めて、J・Cは言った。

「運が味方してくれているのね」コーリーは彼を見上げた。「そうでなかったら、私は今あなたとここにいなかったわ」

「どういう意味だ？」

「あなたはすてきな人よ。あなたならどんな女性でも手に入れられる。でも、あなたは今、私なんかのそばにいる」

「君のどこが問題なんだ？」

「何もかもよ」彼女の声が沈んだ。「私はきれいじゃないわ」

J・Cは顔をしかめた。「君はきれいだよ。決まってるだろう」彼はそっけない口調で断じた。「君にはすばらしい長所がいくつもある。優しいし、気立てがいい。そして、絶対に文句を言わない。文句を言うべきときでさえ」

コーリーは赤面した。

「本当の話さ」彼女の顔を見つめながら、J・Cは言葉を続けた。「君を見ていると、僕の母親を思い出す。母は筋金入りの楽天主義者だった」彼の表情がこわばった。「過剰なほど親切で心が広かった」

あなたのお母さんに何があったの？　コーリーが尋ねようとしたそのとき、スロットマシンが鳴った。彼女は笑って両手を掲げた。「見て！　また勝っちゃった！」

J・Cは腕時計をチェックした。「この流れを断ち切りたくはないが、ケイトローまでは長い道のりだ。もし帰りが深夜を回ったら、君の親父さんはいい顔をしないだろう。僕とここに来たことだけでも大問題かもしれないが」

コーリーは立ち上がった。「私が決めたことよ。パパは干渉しないわ。助言するだけ」

J・Cは長々と息を吸い込んだ。「君と僕とでは住む世界が違う」

「そんなこと、たいした問題じゃないわ」

「でも、いつか問題になるかもしれない」J・Cは目を細くした。「僕は君に関わりたくない」

「ありがとう。私もあなたが好きよ」コーリーはさらりとかわした。

「このまま手を引けたらいいのに」J・Cの声がかすれた。彼は長い指でコーリーの顔にそっと触れた。「僕にはそれができない」

コーリーの心臓が喉までせり上がった。彼の言葉に勇気をもらった気がした。

「君には後悔させてしまうかもしれない」J・Cは静かに続けた。「前にも言ったが、僕は白い柵や赤ん坊に興味がないんだ」

「ええ、覚えているわ。私はあなたを変えようとは思わない。人を変えることはできないもの」

「そのとおりだ」

コーリーは無言で彼を見つめた。彼女は恋をしていた。足が地に着かないほどに。J・Cに見つめられると、胸が高鳴った。息が止まった気がした。

J・Cは歯を食いしばった。「そろそろ帰らないと。今夜はここまでにして、コインを換金しよう」

コーリーはささやかな勝利を喜んだ。ひと月のお給料と同じくらいの額だけど、これで請求書が何枚か片づくわ。携帯電話の留守番メッセージの容量も少し増やせるかもしれない。

彼女がそう言うと、J・Cは眉をひそめた。彼は地元の銀行だけでなく海外の口座にも多額の金を預けていた。

コーリーは彼の表情に気づいた。「私だってそれなりに稼いではいるのよ。高給取りとは言えないけど。私はうちの家計を助けているの。携帯電話の料金も自分で払っているわ。それから、二週間に一度は故障する古いトラックのガソリン代。ネットの料金も私持ちね。私が主に使っているから。ロッドも少し助けてくれているわ。彼はゲームをするから。兄さんはネットゲームが大好きなの」

「あいつは前からゲームが好きだった」J・Cは言った。ロドニーが海外での任務中に人が変わってしまったことには触れなかった。信心深い家庭で育った男はよくそうなる。軍隊で多くの死と生き地獄を目にしながら信仰を保ちつづけるのはそれほど難しいことなのだ。

「深刻な顔で何を考えているの？」コーリーが尋ねた。彼らはケイトローへ続く雪道をたどっていた。

「ロッドと海外で任務に就いていた頃のことを思い出していた。僕はその話をしない。ロッドも君に話してはいないと思う」

「そうね。うちに戻ってきたばかりの頃、兄さんはよく夢にうなされていたわ。理由は教えてくれなかった。そのことについてパパとは話をしていたけど、私の前ではしなかった」コーリーは運転席に視線を投げた。「パパは第一次湾岸戦争で従軍したの。牧師なのに、前線に立っていたのよ」

「まさに試練だな」

「ええ、過酷な試練よ。そこで出会った人々の悲惨な状況を目の当たりにして、信仰心を試されたと言っていたわ」

「僕は人生に試された」J・Cはぼそりと言った。「僕にはわずかなものしかなかった。そのわずかなものを十歳のときに失った」

その話を聞きたい。どうしても。しかし、コーリーは何も言わなかった。

J・Cは息を吸った。「僕の母親と結婚したあと、父親は鉱山で働くようになった。過酷な仕事だった。彼が目指していたものとは違っていた。彼には牧場を持つ夢があった。必死に働いて金を貯《た》めれば、土地が買える。家を建てられる。牧畜業を始められる。そう考えていた。でも、夢はかなわなかった」J・Cは真正面を見据えていた。フロントガラスの表面を滑るワイパーが、リズミカルな動きで降りかかる雪を払っていた。「彼は足をすくわれた。母が僕を身ごもったんだ。急に医療費がかかるようになり、赤ん坊の誕生とともに借金ができた。ぎりぎりの生活が続いた。母は働けなかった。僕の世話を頼める人間がいなかったからだ。手伝いを雇う余裕もなかった」

「政府の機関を頼ればよかったのに」

J・Cは短く笑った。「僕の父親は誇り高い男でね。政府の話をすることさえ嫌っていた。彼は母に家族と連絡を取れ、金を借りろと迫った。母はそうしなかった。母の両親は偏見を抱いていた。だから、母は父と結婚した時点で勘当されていたんだ」

彼の父親と母親は異なる世界の人間だった。そう。そういうことだったのね。「悲しい話だわ」

「偏見に国境はないんだよ」Ｊ・Ｃはぽつりと言った。「僕が生まれてから、父は酒を飲むようになった。夢はそう簡単には捨てられない。父は夢を失ったことに耐えられなかった」彼は片手でハンドルを握り、もう一方の手でコーリーの手を探った。彼女と指を絡ませると、胸の痛みが少し軽くなった気がした。「僕が十歳のときだ。母は僕の学校の集会へ行こうとした。僕はテレビで映画を観《み》ていた。僕が行きたくないと言うと、母はあなたはうちにいていいと答えた。そして、気が進まないとごねる父に懇願し、彼が運転する車に乗り込んだ。その日、父は朝からずっと酒を飲んでいた」大きな手の中にあったコーリーの指に力が加わった。「車は猛スピードでカーブを曲がり、そのまま川へ飛び込んだ。父が岸へ泳ぎ着く間に、母は溺れ死んだ」

「ああ、そんな」コーリーはうめいた。

「僕はうちに来た警察からそのことを知らされた。父は現場から逃走した。状況的に見て、刑務所行きは免れなかったからな。母は死んだ。母とともに僕の中にあった何かも死んだ。それ以来、僕は父と会っていないし、話もしていない」そっけない口調でＪ・Ｃはつけ加えた。「僕は政府に保護され、子供のいない親切な夫婦の里子になった。彼らは金持ちで、僕を甘やかしてくれた。でも、僕の心の穴は埋まらなかった。しかも、その暮らしも長くは続かなかった。彼らが火事で亡くなったからだ」

「あなたのお母さんのご両親は？」

「すでに死んでいた」Ｊ・Ｃは冷ややかな声で答えた。「僕がその事実を知ったのは、彼らの法定相続人が僕しかいなかったからだ。僕は彼らの遺産を相続した」彼は言わなかったが、その遺産は数百万ドルに上った。

「苦労をしたのね」コーリーはつぶやいた。「あなたがどんなにつらい思いをしたか、私には想像することしかできないけど。少なくとも、あなたにはあなたを愛してくれる人がいた。そういう人がいない人間も大勢いるわ」

「わかってる」

コーリーは彼の手を握りしめ、優しい声で続けた。

「あなたは今も過去を引きずっている。それはよくないわ。人生にリセットボタンはないんだから」

「わかってるよ、そんなこと」軽く笑ってから、J・Cは呼吸を整えた。「僕はカナダのユーコン準州で育ったが、生まれたのはモンタナ州だ。ビリングスの近くに住む親戚を訪ねていたとき、母が産気づいてね。その結果、僕は二つの国籍を有することになった。だから、アメリカ陸軍に入れたんだ。僕は海外の特殊部隊に配属され、そこでレンやロッドと出会った」

「軍隊生活は長かったの？」

「まあ、それなりに」

まだ何か秘密があるのね。J・Cがそれを明かさないのは、私をそこまで信用していないからだわ。でも、彼が今私に話したようなことをほかの女性たちにも話しているとは思えない。だとすれば、これは喜ぶべきことよ。

「そして、あの女が現れた」J・Cの口調が冷たくなった。彼女の手を握る指に力が加わった。

「あの女？」

「セシリア」J・Cは歯嚙《はが》みした。「僕は基礎訓練を終えたばかりで、ホワイトホースより大きな町を知らなかった。ホワイトホースはユーコン準州の僻《へき》地《ち》にあってね。人口三千人程度の町なんだ」彼の話は続いた。「僕は休暇でニュージャージーへ出かけた。まだ祖父母の遺産を相続する前だったが、酒もタバコもやらないから小遣いに不自由はしていなかった。セシリアは僕と同じ隊のやつからそのことを聞いていた。だから、僕に近づいた」

「まあ」コーリーはつぶやいた。この話の結末は彼女にも推測できた。

「もちろん、僕は何も知らなかった。友人の一人に彼女を紹介されたときも、偶然の出会いとして受け止めた。彼女がその出会いを仕組んだとは考えもしなかった。彼女は美しかった。僕がそれまでに会った中で最も美しい人間だった。彼女には落ち着きがあった。洗練されていて、頭がよかった。完璧な女性だ、と僕は思った。ひと晩のうちに恋に落ちた。麻薬のように中毒性のある女。あれほど大きな喜びを僕は知らなかった。僕は彼女の虜《とりこ》になった」

コーリーは嫉妬心を覚えた。しかし、それを表に出すことはなく、ただ話を聞いていた。

J・Cは現実を忘れ、過去の惨めな思い出に浸っていた。「それから何週間か、僕たちはデートを重ねた。僕は彼女をオペラや芝居や演奏会に連れていった。彼女にブランドの服やダイヤモンドを買ってやった。僕は彼女を愛していた。彼女も僕を愛しているように見えた」

彼の指が痛かった。それでも、コーリーは動かなかった。何も言わなかった。

「あれは彼女の誕生日だった。僕は宝飾店で彼女がほしがっていたサファイアのネックレスを買い、それを渡すために彼女のアパートメントへ行った。ドアが開いていた。彼女は男と一緒だった。その男に僕の話をしていた。間抜けなカモがいて、どんな高いものでも買ってくれる。そう言って、僕を笑いものにしていた。彼女は金のために体を売るコールガールだった。当時の僕はそのことに気づかないほど世間を知らなかった」

「ひどい話ね」コーリーは静かに言った。

J・Cは笑った。ただし、その声はうつろだった。「彼女の言うとおりだよ。実際、僕は間抜けな若造だった。でも、その経験が僕を成長させた。僕はドアを押し開け、アパートメントの中へ入った。彼女はネグリジェを着ていた。相手の男は下着姿だった。僕を見て、話を聞かれたと気づいたときの彼女の顔。あれは一生忘れられないね。僕は何も言わなかった。黙って向きを変え、その場をあとにした」

「彼女は連絡をしてこなかったの？」

「僕の友人を介して、後悔している、一からやり直したいと言ってきたよ。だから、僕はその友人に言ってやった。あの女の顔は二度と見たくないと。彼女とはそれっきりだ。二度と会っていない」

一分ほど沈黙してから、コーリーは口を開いた。

「私は本当に守られて生きてきたのね。この世界にそういう人がいるなんて、まったく知らなかったわ。私には強欲というものがわからないの。自分では感じたことがないから」

「確かにそんな感じだね」

コーリーは微笑した。「私はシンプルなものが好きよ。花園。子猫。森の中の散歩。そういうものが好き。ダイヤモンドや高級なアクセサリー、ブランドものの服をいいと思ったことはないわ。そんなの私らしくないもの」

J・Cは指の力を抜き、彼女の手を撫《な》ではじめた。

「そうだね。君は彼女とはまったく違う」

「ありがとう」コーリーはためらった。「と言っていいのかしら？」

J・Cは笑った。「今のは褒め言葉だよ」

「オーケー」

彼はいぶかる表情になった。「今まで誰にもしたことがなかったんだけどな。彼女の話も。両親の話も」

「私も誰にも言わないわ。私は法律事務所に勤めているでしょう。基本的には電話に出て、口述を書き取るだけの仕事だけど、守秘義務を徹底的にたたき込まれているの。それが私生活にも影響しているのかしら」

「そうらしいな」J・Cは頬を緩めた。「君は聞き上手だ」

「パパが言っていたわ。人には話さずにいられないときがあるって。パパは自殺しようとする男性に会いに行ったことがあるの。その男性は握っていた銃を置いて、パパと一緒に部屋から出てきた。部屋は警察やスワットに包囲されていた。彼らはあんぐりと口を開けていたそうよ。どうやって説得したのかと尋ねられて、パパは答えた。私は一言もしゃべっていない。ただ耳を貸しただけだと。話を聞いてくれる人。哀れな男性が必要としていたのはそれだったのね。彼は事故で妻子を亡くし、もう生きていけないと考えた。誰かと話をしたくても、彼には誰もいなかった。だから、パパが話を聞いたのよ」

「君も人の話を聞こうとする。それは君が思っているよりすごい能力だよ」唇の端をゆがめて、J・Cはぽつりとつぶやいた。「誰もいないという点では僕も一緒だ」

「それは違うわ」コーリーはきっぱりと否定した。

彼から目をそらしたまま、大きな手を握りしめた。

これほど早く僕の心をつかんだ人間がいただろうか。でも、コーリーはそれをやってのけた。わずか数週間で僕の人生の光になった。彼女のことを思えば、僕はここで引き下がるべきだ。でも、それができるとは思えない。


J・Cはコーリーの家のドアまでついてきた。ライトがポーチを照らしていた。書斎の明かりもまだついていた。彼女の父親が日曜日の準備をしているのだ。トンプソン牧師はいつも時間をかけて、説教の内容を磨いていた。

「親父さんが君の帰りを待っているぞ」J・Cが指摘した。

コーリーは笑って否定した。「違うわ。日曜日の準備をしているだけよ。パパは毎晩説教の原稿を見直すの。自分が納得できるまで」

「でも、君のことも気になっているんだよ」J・Cは彼女の柔らかく波打つ髪に触れた。「彼は人生で一度も酒を飲んだことがないんだろうな」

「ええ。パパはお酒もタバコもやらないわ。依存はとても危険なものだから近づかないほうがいいんですって」

「確かに」J・Cは頭を下げ、二人の額を合わせた。「僕も酒もタバコもやらない。たまにビールくらいは飲むが、強い酒には絶対に手を出さない」

「私も強いお酒は飲んだことがないわ」

「そのほうがいい」彼はさらに顔を近づけ、唇を軽く触れ合わせた。「今夜は楽しかった」

「ええ、楽しかったわ」

J・Cはすぐに身を引いた。彼女の両肩に手を置いて、緑の瞳をのぞき込んだ。「僕はしばらく町を留守にする。レンにガジェットの――牧場警備のための新しいおもちゃの見本市へ参加するように言われたんだ。行くしかない」

「その見本市はどこであるの？」

「デンバー。そう遠くはないね。僕が戻ってくるまでトラブルに巻き込まれるなよ」

「オーケー」

「君がトラブルを起こすとは思っていないけどね」

「私にそんな度胸はないわ」背後の家を示しながら、コーリーは小声で答えた。

J・Cは微笑した。「僕が見本市から戻ってきたら、また映画でも観ようか」

「例のSF映画の新作、来週封切られるのよ」コーリーは言った。ランダーからの帰り道、彼らはその話をしていたのだ。

「よし、それで決まりだ。じゃあ、また」

「ええ、またね」

J・Cは歩き去った。今夜も彼は振り返らなかった。そのことに気づき、コーリーは首をかしげた。まるで長年の習慣みたい。いったいどういうことなのかしら?

家に入ると、彼女はコートとバッグをしまった。書斎へ向かい、軽くノックしてからドアを開けた。彼女の父親がノートから視線を上げて微笑した。

「楽しめたか?」

「ええ。請求書が片づくくらいは稼げたわ」父親の表情を見て、コーリーはにんまり笑った。「わかってる。これは罪深いお金よね。でも、電気代の支払いには大いに役立つと思うの。これは起きるべくして起きたことよ。そうでなかったら、私はすってんてんになっていたはずだわ」

牧師は笑った。「わかった、わかった。私は何も言わんよ」しばらく娘の様子を観察してから、彼はノートへ視線を戻した。「よく寝るんだぞ」

「パパもね。おやすみなさい」

コーリーがドアを閉めた。

あの子とJ・Cの間には何もなかった。何かあれば、その兆候が表に出るものだ。牧師はかすかな希望を抱いた。自分の杞憂《きゆう》だったのかもしれない。J・C・カルホーンは娘をたぶらかすような男ではないのかもしれない。

それからの一週間は長く感じられた。コーリーは書類を作成し、それをプリントアウトした。口述を書き取り、依頼人の面談スケジュールを組み、郵便物の開封を手伝った。J・Cのことを考えないようにするためにひたすら仕事に没頭した。

「何をぼうっとしてるの?」同僚のルーシーがからかった。「ユーコンから来た二枚目のことでも考えてるんでしょう?」

コーリーは否定しなかった。「小さな町はこれだから」と笑ってかぶりを振った。

「私のいとこがガソリンスタンドをやってるの。そこにJ・Cが来て、これから友人とランダーへ行くと言ったんですって。彼に友人はいない。ということは……」ルーシーはわざと言葉を濁した。

「友人ならいるわ。私がそうよ」

コーリーの茶目っ気たっぷりの表情を見て、ルーシーはにんまり笑った。「とにかく、私たちは彼があなたをカジノに連れていくんだと推理したわけ。ぼろ勝ちできた？」

「電気代を払える程度には。携帯電話のメッセージの容量も少し増やせるかも。ありがたいことだわ」

「その気持ち、よくわかるわ。私はタイヤがパンクしちゃって。タイヤを交換したせいで、ボウリングを二回もあきらめたんだから」ルーシーはため息をついた。「ベンが理解のある人でよかったわ。パンクしたのは私が道に落ちてた金属片を轢《ひ》いたからなの。私の完全な不注意よ。でも、彼はまばたき一つしなかった。ただ私にキスをして、君に怪我《けが》がなくてよかったと言ったの。これこそ夫の鑑《かがみ》よね」

「あなたたちはまさにお似合いの夫婦よ。同じような境遇で育ったから、価値観も合っているし」

「なにしろ幼稚園の頃からの幼なじみだもの」

「同棲《どうせい》しようと考えたことはなかったの？」さりげない口調を装って、コーリーは尋ねた。彼女は先のこと――J・Cに同棲を持ちかけられた場合のことを考えていた。

「なかったわ」ルーシーは答えた。「うちのパパは薬剤師でしょう。ケイトローで避妊具を手に入れようとしたら、まず間違いなくパパにばれるわ。おまけに、パパは教会の助祭でもあるのよ。この町の人たちって排他的で昔かたぎじゃない。人目を避けてジャクソン・ホールあたりのモーテルに行くカップ

「断っても、同棲してるカップルはめったにいないと思うわ。結婚して子供を育てている夫婦ばかりよ」

「私、子供がほしいわ」コーリーは控えめな口調で言った。「世界中のどんなものよりも」

「ベンと私もそうよ。でも、私たちは結婚したばかりだから。子作りは二年くらい待とう、まずはお互いに成長しようって考えてるの」

「賢明ね」

「私たちもそう思ってるわ」ルーシーは首をかしげた。「あなたとJ・Cはどうなの?」

ためらった末に、コーリーは正直に答えた。「私にもよくわからないの。彼は自分は家庭向きの男じゃない、子供はほしくないと宣言しているわ。私たちに人を変える力はない。ありのままの相手を受け入れるしかない。ずっと考えているの。もし彼のデートの誘いを断っていたら……」

「断っても何も変わらなかったでしょうね」ルーシーは断じた。「人は恋に落ちる。でも、恋に落ちる相手を選ぶことはできない」

「ええ。その点では家族も同じよね」

「もしあなたがJ・Cと暮らすことになったら、あなたのお父さんはいい顔をしないわよ。町の人たちは言わずもがなね。ケイトローは小さな町よ。隠れて同棲するなんて不可能だわ」

「問題はそこなの。私がノーと言えたらいいんだけど……」

「彼が常識的な判断をする可能性もあるわ」ルーシーは大胆な説を述べた。「あなたのお父さんの気持ちは彼にもわかるはずよ」

「さあ、どうかしら。J・Cは家庭生活と縁が薄かったみたいなの」コーリーは打ち明けた。「彼は小学生の頃に両親を失っているのよ」

「それは厄介ね」

「この話は誰にも言わないで」

「私をなんだと思っているの？　法律事務所のスタッフよ」廊下の奥を指さしながら、ルーシーはひそひそ声で続けた。「もし職場で得た情報を口外したら、私は彼らに串焼きにされちゃうわ！」

「右に同じよ」コーリーは笑った。しかし、デスク上の書類をまとめるうちに、彼女の顔にあった笑みは消えていった。「J・Cは幸せな家庭がどんなものか知らないの。だから、ああいう人になったのかもしれないわ。彼はべたべたした関係が嫌いなんですって」

「あなたにはべたべたしてるみたいだけど」

「今のところはね。でも、それもいつまで続くか。私たち、違いすぎるのよ」

「一つ提案していい？　自分の人生をコントロールしようとするのはやめなさい。あなたはただ生きればいいの」

コーリーは大きく息を吸った。「私も自分にそう言い聞かせているわ。でも、私がJ・Cと出かけると言ったときのパパの表情が忘れられなくて。その表情を思い出すたびに後ろめたい気持ちになるの。パパはJ・Cには信仰心がないと言ったわ。それが大きな問題になる場合もあるかもしれないし」

「大切なのは歩み寄りよ」ルーシーは言った。「ベンと私はそうしたわ。あなたもJ・Cと二人にとって望ましい生き方を探せばいいのよ」

「それができたらいいけど」コーリーは目を伏せた。「彼をあきらめるなんて私にはできないわ。彼を心から愛しているんだもの」

「話し相手が必要なときは私を思い出して」友人は言った。「私は批判めいたことは言わないわよ」

コーリーは微笑した。「ありがとう」

4

コーリーは兄の異変に気づいていた。ロドニーは深夜まで出歩いていた。一度、彼女が水を飲みに起きたときにロドニーが帰宅したことがある。彼は真っ赤な顔をしていた。目つきもおかしかった。

「大丈夫？」コーリーは気遣わしげに尋ねた。

「大丈夫？　何が？　ああ、僕は大丈夫」答えとは裏腹に、ロドニーはどこかぼんやりしている感じだった。「ただ疲れてるだけさ。ジャクソン・ホールから延々運転してきたから」

「兄さんは最近よくあそこへ行っているわよね」

ロドニーは目をしばたたいた。「ああ、うん。電気器具の展示会があって。仕事のための勉強だよ」

ホームセンターの販売員には電気器具の知識も必要なの？　でも、それも兄さんの仕事の一部なのかもしれないわ。自分にそう言い聞かせて、コーリーは疑念を振り払った。

しかし、翌日帰宅したロドニーには連れがいた。その日は土曜日で、牧師は入院中の信徒の見舞いに出かけていた。コーリーはキッチンで働いていた。玄関のドアが開いたのはそのときだった。

「コーヒーを頼むよ」ロドニーが戸口から叫んだ。「長いドライブで喉が渇いちゃって。彼はバリー・トッド。僕の友人だ」そう言って、ロドニーはグレーのスーツを着た男性を紹介した。男性は非の打ちどころのない身なりをしていた。しかし、どこか胡《う》散《さん》臭い感じがした。勘が鋭いコーリーは一目でその男性に不信感を抱いた。

「すぐ用意するわ」

ロドニーは友人とリビングへ入っていった。くぐもった話し声が聞こえた。何かもめているようだった。一度、ロドニーが声を荒らげた。スーツ姿の男性は見下すような鋭い口調で切り返した。

コーリーは二つのマグカップにコーヒーを注《つ》ぎ、リビングへ運ぼうとした。だが、ロドニーは戸口で彼女を出迎えた。感謝の言葉とともにコーヒーを受け取り、肘でドアを閉めた。

彼女は怪訝《けげん》な思いでキッチンへ引き返した。心がざわついていた。

やがて、スーツ姿の男性は帰っていった。コーリーは疑念を内に秘め、さりげない口調を装って彼のことを尋ねてみた。

「バリーは仕事仲間だよ」ロドニーは説明した。妹と目を合わせようとしなかった。「工具メーカーのセールスマンで、僕を代理人にしてこの地域で商売を始めようとしてるんだ」

「ああ、そういうこと」コーリーは言った。「夜のアルバイトみたいなものね」

一瞬ためらってからロドニーはうなずいた。「そう、アルバイトだ」

「ホームセンターのボスに叱られたりしない？」

「もちろん」ロドニーはむっとした。「仕事以外の時間に何をしようが僕の自由だ」

「兄さんの友達はいい身なりをしていたわね」

「ああ。彼は金持ちなんだ。彼の車を見たか？　メルセデスだぞ！」ロドニーは顔をしかめた。「僕の車はぼろいフォードだ。貧乏くさいよな」

「でも、ちゃんと走るじゃない」コーリーは指摘した。「私のトラックよりは何倍もましだわ！」

「あれはがらくただ。あんなぼろ車を買うほうがどうかしてる」

「でも、歩いていたら職場にたどり着けないわ」コーリーは軽口をたたいた。

ロドニーはにこりともしなかった。以前の彼は冗談好きの愉快な青年だったが、最近は気が短くなり、癇癪《かんしゃく》を起こすことが増えていた。

「どうかしたの？」コーリーは兄の様子を気遣った。

「どうもしないよ」ロドニーは着ていたポロシャツの襟を引っ張った。「ただ暑いだけさ」

「ここは寒いくらいよ」

「おまえが寒がりなんだよ」きつい口調で言い返すと、彼は背中を向けた。立ち去ろうとした足を止めて、妹を振り返った。「おまえ、まだJ・Cと出歩いてるのか？」

面食らいながらもコーリーは答えた。「ええ、まあ。先週はランダーのカジノに行ったわ」

ロドニーはうつろな声で笑った。「父さんは大喜びしただろうな」

「パパは干渉はしないわ」

ロドニーの目が細くなった。「J・Cは結婚なんかしないぞ」

「わかってる」コーリーは兄を見据えた。「兄さんは除隊するまで彼と親しくしていた。でも、今はあまり会わなくなったわね」

「J・Cとは生き方が違うから」ロドニーの顔がこわばった。「彼は真面目すぎるんだよ。前の仕事の影響かもしれないけど」

「前の仕事？」

「J・Cは軍に入る前は警察にいたんだ。ビリングスの警察で二年くらい警官をやってた。暴力亭主には特に厳しくて、ある男を病院送りにしかけたこともあったらしい。そいつは身重の妻を血まみれになるまで殴り、よちよち歩きの我が子を階段から投げ落とした。結局、子供は助からなかった。J・Cはそいつをぼこぼこにした。でも、起訴はされなかった。先に手を出したのはそいつのほうだったから」

「子供に暴力を振るう人がいるなんて、私には想像もできないわ」コーリーは険しい表情でつぶやいた。

「ヤクでラリってたせいだよ」

ヤク？　ラリる？　職場で聞いたことがあるわ。

麻薬がらみの事件の書類を口述筆記していたときに。

「私、麻薬のことは何も知らないの」

「知らなくていい」とっさに言い返すと、ロドニーは話題を変えた。「今日の夕食は？」

「ミートローフとマッシュポテトよ。あと、チェリーパイも焼いたわ」

「そいつは楽しみだ」

「じゃあ、支度するわね」

ロドニーは不安げに妹の背中を見送った。言動には注意しろ。でないと、コーリーに勘づかれる。もしコーリーが僕の秘密を知ったら。そのことをJ・Cにしゃべったら。J・Cは迷わず当局に通報するはずだ。僕が長年の友人だろうとおかまいなしに。

J・Cは麻薬を使う人間を色眼鏡で見てる。麻薬の売人を忌み嫌ってる。


コーリーはJ・Cに携帯電話の番号を教えなかったことを後悔していた。せめて彼の番号だけでも聞いておくべきだった。そうすれば、彼にメールを送れたのだが。

でも、彼は電話好きなタイプじゃなさそうだわ。彼と電話でしゃべったのは一度だけ。彼がうちへ食事に来て、私を初めてのデートに誘ったあの日だけよ。あのときだって、彼はほとんどしゃべらなかった。到着が少し遅れると言っただけで電話を切ってしまった。あれで会話と言えるのかしら？

それでも、コーリーは彼からの電話を期待した。二言か三言でいいから彼の声を聞きたかった。しかし、J・Cからの電話はなかった。数日の予定だった彼の不在は一週間に及んだ。

J・Cがまだデンバーにいることはコーリーにも

わかっていた。小売り業界で働くルーシーのいとこが同じ見本市に参加していたからだ。ルーシーはいとこから聞いていた。J・Cがプラチナブロンドの美女と話していたと。その美女が彼の帰りが遅れている原因ではないかと。

コーリーにしつこく追及されて、ルーシーは根負けした。仕方なくいとこから聞いた話を伝えた。コーリーは表情を曇らせた。こうなることは予想していた。彼女は美人ではないし、洗練されてもいない。前にJ・Cが言っていた。自分が恋に落ちたコールガールはスーパーモデル並みの容姿をしていたと。

コーリーの落ち込みはひどかった。彼女は愚かな夢を見ていた。J・Cと生涯をともにする夢。彼の気持ちを変えさせ、二人で家庭を築く夢。しかし、それらの夢はプラチナブロンドの美女が登場する悪夢に変わろうとしていた。

もしJ・Cと連絡が取れていれば、コーリーが落ち込むこともなかっただろう。多くのゴシップがそうであるように、彼とブロンド美女に関する噂《うわさ》も事実を歪曲《わいきょく》したものだった。J・Cはフィリップ・ハンターというアパッチ族の男とともに中東の法執行機関の訓練をおこなってきた。ヒューストンで民間警備の仕事をしているハンターには、ジェニファーという地質学者の妻がいた。ジェニファーは二人の子供の母親だったが、三十代になった今も誰もが振り返るほどの美貌を誇っていた。J・Cが話していたブロンド美女とはそのジェニファーだったのだ。彼女の夫がその場にいなかったのは、〈リターイ石油会社〉の保安責任者として最新式の有線カメラシステムに関する商談をおこなっていたからだった。

ジェニファーは浮気とは無縁の保守的な女性で、J・Cとは自分の仕事の話をしていたにすぎなかった。J・Cは鉱業についてある程度の知識を持っていた。鉱山で働く父親がよく珍しい石を持ち帰っていたので、地質学についても幼い頃から興味を抱いていた。その後、父親は思い出したくない過去になったが、彼は今も地質学に関心を寄せていた。

J・Cはコーリーが恋しかった。それは彼にとって不本意なことだった。僕はコーリーが望むものを与えられない。彼女を自分のものにできたら、どんな男も誇らしい気持ちになるだろう。彼女はそういうタイプの女だ。でも、家族とか子供とか……そういうのは僕には合わない。ずっと一人で生きてきた僕には。

僕は考えすぎているのか？　あまり深刻に考えずに、一日一日をただ生きていくべきなのか？

商談から戻ってきたフィリップ・ハンターがJ・Cに問いかけた。「再来月にはまたイラクか？」

「ああ、僕は挑戦が好きなんだ」

「挑戦というより危険が好きなのよね？」ジェニファーは笑顔で夫を見やった。「誰かさんと同じで」

フィリップは妻を引き寄せ、ブロンドの髪にキスをした。「僕はちょっとした危険がないと生きていけない男なんだよ。それは結婚した時点でわかっていただろう？」

ジェニファーはため息とともに夫に寄り添った。「ええ、わかっていたわ。苦労も多いけど、これ以上にすばらしい人生があるかしら？　私には想像もできないわ」

「僕もだ」フィリップは妻と視線を交わした。J・Cは落ち着かない気分になった。彼はこういう男女のあり方を知らなかった。

J・Cの硬い表情に気づき、ジェニファーは言った。「あなたは一生独身を貫くつもりのようね」

「まあね」J・Cは苦笑した。「僕は家庭的じゃないから」

フィリップがくすくす笑った。「何か食べるものを取ってこよう。僕は電子器具と聞くとレンジを連想し、レンジと聞くとご馳走《ちそう》を連想するんだ」そう言うと、彼は妻に向かってウィンクした。

「よかったわね。私がついにお湯を沸かせるようになって!」ジェニファーは笑った。これは内輪のジョークで、彼女はもともと料理が得意だった。

J・Cはハンター夫妻の仲睦《なかむつ》まじさに感銘を受けた。彼の過去には複数の女がいた。しかし、冗談を言い合える女や会話を楽しめる女は一人もいなかった。そのとき、彼の脳裏にコーリーの顔が浮かんだ。コーリーとは気軽に話ができる。コーリーといると温かな気持ちになる。安心できる。孤独に生きてきた男にとって、それはなじみのない感覚だった。

J・Cは気持ちを切り換えようとした。今はコーリーのことを案じる必要はない。僕さえ望めば、彼女は僕のものになる。ジェニファーと同じで、彼女もほかの男には見向きもしないだろう。とにかくこれだけは断言できる。コーリーの心は僕のものだ。

ちょうどそのとき、コーリーはデートの誘いを受けていた。相手は貯蓄貸付会社で会計監査をおこなうためにニュージャージーから来ていたテッド・ジョンソンという会計士だった。

テッドは感じのいい青年だった。年齢はコーリーとそれほど違わないが、すでに世界中を旅していた。二人は地元のハンバーガーショップで出会い、言葉を交わすようになった。きっかけは彼女の注文品が間違ってテッドに渡されたことだ。彼らはそのことを笑い、一緒に席に着いた。そして、自分たちの間に共通点が多いことを知った。

「僕はこのあたりのことをよく知らないんだけど」テッドは言った。「この町にはいい映画館があるんだってね。僕と映画に行かない？　僕は数日しかここにいないから、いきなり結婚してくれとは言わないよ」彼は冗談を口にした。「それに、僕には職場に気になる女性がいて、今必死に口説いている最中なんだ。だから、これはあくまでも友達としてのデートさ」

「私も似たようなものよ。結婚する気のない男性に挑戦中なの」コーリーはため息をついた。

「人生は思うようにいかないね」テッドはにんまり笑った。「じゃあ、二人で映画を観《み》ながら悲しみとソーダとポップコーンに溺れるか」

「賛成！」

デートは楽しかった。プレッシャーも恋心もないので、純粋に愉快な時間を過ごすことができた。テッドはコーリーを自宅まで送ってきた。家の中に入り、サイドテーブルのチェス盤に気づくと、牧師に勝負を挑んだ。

トンプソン牧師は娘が連れてきた好青年を歓迎した。これはどうなるかわからないぞ、とひそかに考えていた。

勝負はテッドの圧勝だった。牧師はあっと言う間に追い込まれた。

「失礼」テッドはくすくす笑った。「実は僕、大学では社交クラブのチェス・チャンピオンだったんです。先に話しておくべきだったかな」にんまり笑って、彼はつけ加えた。

「そうかもしれんな」牧師は笑顔で同意した。「たいした強さだ。だが、楽しかった」

「またこっちに来ることがあったら、リターンマッチを受けますよ。コーリー、今夜は本当に楽しかった」ドアへ向かいながら、テッドは続けた。「もし僕がフリーだったら、戻ってきてフルコースで行きたいくらいだ。薔薇《ばら》。チョコレート。セレナーデ」

「それはどうも」コーリーは笑った。

テッドは肩をすくめた。「僕はいやになるくらい慣習を重んじる男でね」

「世界を支えているのは慣習だ」牧師が静かに言った。「流行や気まぐれは長くは続かない」

「確かに。じゃあ、また！」

「ええ、またね」ドアを閉めると、コーリーは父親のそばへ戻った。牧師は落胆しているように見えた。

「あの青年にはガールフレンドがいるのか？」

コーリーはうなずいた。「まだ片思いだけど。彼は本当にいい人だわ」

「ああ、いい青年だ」牧師はため息をついた。「では、私は説教の手直しに戻るとするか」

「私はキッチンを片づけたらベッドに入るわ。明日は忙しくなりそうなの。依頼人が大勢来る予定で」

「商売繁盛か。けっこうなことだ」

「そうね」コーリーは笑顔でうなずいた。「事務所が忙しいうちは私の仕事も安泰だわ」

牧師は微笑し、書斎へ戻っていった。

キャビンに荷物を押し込むと、J・Cはその足で牧場の母屋へ向かった。まずはレンに見本市の報告をしなければならなかった。

レンの妻のメリーは息子を腕に抱いてあやしていた。母屋へ入ってきたJ・Cに彼女は笑いかけた。

「デルシーとパウンドケーキを焼いたの。コーヒーもあるわ。私はトビーを寝かしつけなきゃならないから」

「僕がいない間にまた大きくなったな」J・Cは控えめに微笑した。

「今に運転を覚えて、僕の車を壊すぞ」レンがくすくす笑いながら彼らの会話に加わった。彼は息子の額と妻の頬にキスをした。

メリーは夫に向かって鼻に皺《しわ》を寄せた。「もう少しで眠りそうなの」

レンとJ・Cはキッチンのテーブルに座った。外では雪が激しく降っていた。

「この天気でみんな大忙しだ」レンは言った。「北の牧草地にはトラックで餌を運ぶしかないな」

「いつものことさ」

「見本市はどうだった？　何かいいものは見つかったか？」

J・Cは数冊のパンフレットを取り出して、ボスの前に並べた。

「この新型の顔認識ソフトウェアはいいと思う」パンフレットの統計データを示しながら、彼は答えた。「うちのシステムがもう少し洗練されていたら、メリーが殺し屋に狙われたときもあそこまで面倒なことにはならなかったはずだ」メリーと姉のサリーには犯罪者の父親がいた。その父親への報復として、彼女たち姉妹も殺し屋に狙われることになったのだ。

「ああ、そうだな。でも、あいつはうちの通信網の一部も無効化したぞ」レンが指摘した。

「あのあとシステムを強化したから、そっちは心配ないだろう」

レンはうなずき、黒い瞳を細くした。「費用はいくらかかる？」

「かなり高額だ。でも、アップデートが可能だし、十年保証もついている」

「費用対効果は悪くないということか」レンはうなずいた。「オーケー。決まりだな」

「すぐに注文しておく」

「ほかによさそうなものは？」

「色々あったが、大半はロボット工学だ。僕の好みには合わない」J・Cは声をひそめて続けた。「僕が持っているガジェットなんてせいぜい携帯電話くらいのものだ。しかも、旧式のやつ」

「僕もそうだ」レンは保安主任を見据えた。「デンバーでブロンドの女性と会っていたそうだな。コーリーとつき合っているんじゃなかったのか？」

J・Cは目を丸くした。「ブロンドの女性？　あぁ！」彼は笑った。「フィリップ・ハンターの嫁さんと話していただけだよ。フィリップはヒューストンの〈リター石油会社〉の保安責任者で、嫁さんはすごい美人だ。彼女は地質学の修士号を持っている。僕も地質学には興味があるから」

「なるほど」

「くそ」J・Cは悪態をついた。「その噂が君の耳に届いたってことは、コーリーの耳にも届いているんだろうな」

「それはなんとも言えないが」レンはコーヒーをすすった。「彼女はニュージャージーから来た会計士とデートをしている」

J・Cの手の中にあったカップが揺れ、コーヒーがこぼれた。ぶっきらぼうな謝罪の言葉とともに、彼はコーヒーを拭き取った。

この失態が何よりの証拠だ。内心にやにやしながら、レンは視線をそらした。J・Cはコーリーを自分のものだと思っている。だから、彼女がほかの男と出かけたことに驚いているんだ。「ブロンドの女性の噂を聞いたせいかな」

J・Cはコーヒーを飲み干した。「そろそろ仕事に戻る」

「ウィリスが君と話したがっていた。彼は監視小屋にも防犯カメラが必要だと考えている。実は君の留守中に不法侵入があってね。嵐で道に迷った罠《わな》猟師だろうというのがウィリスの意見だ。確かに何も盗まれてはいないようだが、監視小屋にはテレビもあるからな」

「わかった。チェックしておくよ」

J・Cは上の空で母屋をあとにした。コーリーがほかの男とデートをしている？　ブロンドの女性の噂を聞いて、僕が彼女に対して本気じゃないと思ったんだろうか？　コーリーは明らかに僕に夢中だ。僕に脈がないと考えない限り、ほかの男とデートをするはずがない。確かに僕はコーリーに言った。僕たちに未来はない、終わらせられないことを始めるつもりはないと。だとしても、これは納得できない。噂にはブロンドの女性――ジェニファー・ハンター――の美しさも含まれていたんだろうか。それで自己評価の低いコーリーは僕に捨てられたと勘違いしたんだろうか。

黒いSUVに乗り込むと、J・Cはフロントガラスに降り積もる雪を見つめた。一瞬ためらってからエンジンをかけ、ワイパーを動かした。これは千載一遇のチャンスだ。このまま手を引け。コーリーのことは無視しろ。彼女には僕が目移りしたと思わせておけ。

でも、本当はそうじゃない。今の僕にはコーリーしかいない。僕が心を開いて話せる女性は一人もいなかった。コーリーが現れるまでは。つかの間の情事に心は必要ない。差し出されたものを受け取って、次の女に移るだけだ。でも、コーリーは僕の人生を通り過ぎていった女たちとは違う。彼女は心の結びつきを求めている。たとえ短い間だとしても、僕はそれを彼女に与えられるだろうか。

でも、コーリーとデートを始めてから、僕はほかの女に目が行かなくなった。安っぽい女たちとのデートに興味を失った。親切で優しく寛大なコーリー。彼女はどんな女よりも僕の欲望をかき立てる。

ここでやめるべきだ。今ならまだやめられる。このまま先へ進めば、僕は彼女を欺くことになる。彼女をベッドに連れ込むことになる。そうなったら、もう後には引けないかもしれない。考えるだけで恐ろしい。母さんは感情に流されて、自分を虐待し、傷つける男と結婚した。僕は愛の暗黒面を見てしまった。そのせいで母親が死ぬのを見てしまった。愛は悲劇をもたらす幻想だ。僕はそんなものに関わりたくはない。

感情抜きにコーリーを抱くことができたら、しばらくは彼女と一緒にいられるかもしれない。彼女の父親はいい顔をしないだろう。でも、彼女は大人だ。自分で決断を下せる一人前の女性だ。今までのように楽しめる間は楽しみ、そのあとは次に移ればいい。これが永続的な関係じゃないことを彼女に理解させたうえで。

J・Cはまだ気づいていなかった。コーリーがほかの男とデートをしたと知ったとき、彼をさいなんだ感情が嫉妬であることに。感情的に巻き込まれていない人間はそもそも嫉妬などしないことに。

コーリーはカフェで簡単に昼食をすませようとしていた。そのとき、隣の椅子が引かれ、背の高い不機嫌そうな男がそこに腰を下ろした。

彼女ははっと息をのんだ。

「会計士はどうした？」そう尋ねるJ・Cの声にはとげがあった。淡い灰色の瞳は陽《ひ》に照らされた金属のようにぎらついていた。

コーリーは唖然《あぜん》として彼を見つめた。口へ運びかけていたコーヒーを元に戻し、改めて彼をにらみつけた。「そっちこそデンバーのブロンド美女はどうしたの？」

J・Cは近づいてきたウェイトレスにハンバーガーとフライドポテトとコーヒーを注文した。その間に彼の怒りは笑いに変わっていた。「彼女はジェニファー・ハンター。ヒューストンの〈リター石油会社〉の保安責任者フィリップ・ハンターの嫁さんだ。フィリップは僕の友人でね。担当分野は違うが、彼もイラクで教官をやっている」コーリーの頬が赤く染まっていくのを眺めながら、J・Cは続けた。「ちなみに、彼らには二人の子供がいる」

コーリーはますます頬を赤らめ、皿に視線を落とした。

「で、会計士のほうは？」J・Cは説明を促した。

コーリーは落ち着かない様子で肩を動かした。

「今頃、職場の女性を振り向かせようと頑張っているはずよ。彼はただ映画に行くのに連れがほしかっただけなの。本当にいい人だったわ。パパも彼を気に入ったみたいだった」

J・Cはうなずき、彼女の手に自分の手を重ねた。

「僕は嫉妬していたんだ」彼は言った。そして、自分の言葉に驚いた。本当は認めたくなかったのだ。それは自分の弱さをさらけ出すことだから。

「私もよ。ブロンドの女性の噂を聞いたときは嫉妬したわ」コーリーは素直に認めた。

「自信が持てない愚か者同士か」J・Cが皮肉っぽくつぶやいた。

コーリーは灰色の瞳をのぞき込んだ。世界が十度傾いた気がした。心臓が激しく轟《とどろ》いていた。

「君が恋しかった」J・Cはかすれ声でささやいた。必死に隠そうとしていたが、彼の心臓も轟いていた。

「私も。あなたが恋しかった」

周囲の客たちは素知らぬふりを装いながら、興味津々で彼らの様子をうかがっていた。コーリーは真面目な仕事ぶりで町の人々に愛されていた。一方のJ・Cは好奇心の的だった。もっとも、悪意のある好奇心ではない。彼は厳密には地元民ではないが、地元民として受け入れられていた。

食事を終えると、J・Cは二人ぶんの支払いをすませた。カフェを出て、コーリーを自分のSUVへ誘導した。

「でも私、仕事に戻らないと」SUVが町の外へ向かっていることに気づいて、コーリーは抗議した。

「職場に近いカフェだから歩いてきたけど……」

「君のランチタイムはあとどれくらい残ってる？」

「十分くらいかしら」

「じゃあ、デザートを味わったら引き返そう」

「デザート？」

J・Cは川沿いにある無人の駐車場にSUVを乗り入れ、エンジンを切った。そして、飢え死にしかけた男のようにコーリーに手を伸ばした。

「デザートだ」かすれ声でささやくと、彼はコーリーの唇を貪った。

コーリーは彼の首に両腕を巻きつけた。経験のなさを熱意で埋め合わせようとして、夢中で彼にしがみついた。

J・Cは彼女を抱きしめ、柔らかな唇が腫れるまでキスを続けた。

「君と離れたくない」腫れた唇に向かって、彼はつぶやいた。

「私も」コーリーはシェパードコートの襟元からのぞく彼の温かな喉に顔をうずめた。彼の胸をたたいた。「あなた、電話もくれなかったじゃない！」

「電話したとして、僕に何が言えた？　寂しい？　君が恋しい？　君がここにいてくれたら？　そんな言葉がなんの役に立つ？」

「役に立つでしょう。少なくとも、私がブロンドの女性の噂を信じることはなかったわ！」

J・Cは笑った。「君に取りつかれて以来、ほかの女は眼中にないよ。どこに行っても、考えるのは君のことだけだ。どんなときも。町を離れているときでさえも」

コーリーの両腕に力が加わった。

「これから僕のうちに来ないか？　職場には頭痛がするとかなんとか言って」冗談めかした口調ではあったが、J・Cは本気だった。

「できることならそうしたいわ。でも、今日は依頼人が大勢来ることになっているの。それをルーシーと私だけで応対しなきゃならないのよ」

「君の責任感ときたら」J・Cが嘲笑《あざわら》った。

「あなたの責任感ときたら」コーリーも言い返した。

J・Cは顔を上げ、穏やかなまなざしで彼女の顔を探った。「僕は電話で話をするのが好きじゃない。長年の偏見てやつでね」

「ロッドから聞いたわ。あなたは軍に入るまでビリングスの警察に勤めていたって」

J・Cはうなずいた。「僕が電話を好きじゃないのはそのせいかもしれない。受話器の向こうではいつも悲劇が起きていたから」

コーリーは彼の険しい顔に刻まれた皺を指で撫《な》でた。「あなたは今もそうよね」

J・Cは彼女の手をとらえ、手のひらにキスをした。「そうって？」

「人を守っている。町の人たちを守っていたように、今は牧場の人たちを守っている」

彼は微笑した。「そんなふうに考えたことはなかったな」

コーリーも笑みを返した。「もう行かなきゃ」

「わかってる」

J・Cは再びキスをした。触れるか触れない程度の軽いキスでコーリーの唇を慈しんだ。それは彼が過去に経験したことのないキスだった。顔を上げたとき、彼の灰色の瞳にはコーリーが見たことのない光があった。

「今夜、食事をしないか？」職場の前で車を降りる彼女に向かって、J・Cは問いかけた。

「何時？」

「六時。それならロッドと親父《おやじ》さんの食事を用意できるだろう」

「オーケー。今日はどこへ行くの？」

長々と息を吸ってから、J・Cは柔らかな口調で答えた。「どこでもいいよ、ハニー。君が行きたいところなら」

コーリーはまた頬を赤らめた。緑色の瞳がきらめいた。「オーケー」そう言うと、彼女は車のドアを閉め、オフィスへ駆け込んだ。

J・Cは彼女の背中を見送った。彼女が視界から消えるまで待って、SUVを発進させた。奈落の底へ落ちていく気分だ。僕は深みにはまりつつある。自分を止められない。いつかコーリーと地獄を見ることになるだろう。「彼女も僕も傷つくことになるだろう。それでも、僕は自分を止められない。

彼は牧場へとSUVを走らせた。しかし、彼の頭の中に仕事のことはなかった。

コーリーはコートをしまい、自分のデスクへ向かった。緑色の瞳が喜びにきらめいていた。

「彼が戻ってきたのね」ルーシーが推測を口にした。

コーリーは笑った。「ブロンドの女性は彼の友達の奥さんだったの。子供も二人いるんですって」

「やれやれね。だから、あなたにいとこから聞いた話をしたくなかったのよ。デマを真に受けた自分が恥ずかしいわ」

「気にしないで。喧嘩《けんか》して仲直りするほうがずっと楽しいもの」

「私が知らないとでも思った?」ルーシーは笑いながら自分の席に着いた。「うまくいってよかったわね、コーリー」

作成する文書の下書きを手に取ってから、コーリーは顔をしかめた。「うまくいったと言えるのかどうか。彼は嫉妬したと言ったわ。でも、私と結婚したいとは言わなかった」彼女は悲しげな目つきで友人を見やった。「見つけた幸せを楽しみ、あとでその報いを受ける。それが人生なのかしら」

ルーシーは眉をひそめてたしなめた。「不吉なことを言わないの」

コーリーはため息をついた。「うちのお祖母《ばあ》ちゃんには不思議な力があった。誰かが傷つくとき、悪いことが起きるとき、それを予言することができたの。私にそんな力はないけど、自分の人生に起きる悲しみの重さは感じるわ」彼女は視線を上げた。「J・Cと私は何もかも違っている。そんな二人が幸せな結末を迎えられると思う?」

「その答えを知りたいなら、実際に試してみるしかないわ」

「そうね」オフィスのドアが開き、四人の客が入ってきた。コーリーは顔をしかめた。「そろそろ仕事に取りかかったほうがよさそうよ。でないと私たち、職探しをするはめになっちゃうわ!」彼女は小さく笑った。そして、来訪者たちの応対をするために立ち上がった。

5

コーリーが夕食の支度に追われる間、ロドニーはキッチンのテーブルにぽつんと座っていた。

黙り込んでいた彼が急に口を開いた。「J・Cとは関わるな」

コーリーは兄に視線を投げた。「なぜ?」

「彼は孤独を愛する男だ」

「私も一人でいるのが好きよ」

「彼は厳格なんだよ。もしおまえがへまをしたら、少しでも彼の気に入らないことをしたら、容赦なくおまえを切り捨てるだろう」

コーリーはポテトをつぶしていた手を止めた。「兄さんに対してもそうしたの?」

ロドニーは答えなかった。

「ロッド?」

「僕はマリファナ好きの友人の話をして、僕もマリファナが悪いものだとは思わないと言っただけだ。そうしたら、J・Cは僕と出歩かなくなった」

コーリーはぎくりとした。「私は薬物は悪いものだと思うわ。仕事でそういうケースを毎日見ているもの。薬物で崩壊した家庭。命を落とした人。どのケースも入門薬物から始まるの。マリファナはその入門薬物なのよ」

「マリファナは合法化されるべきだよ。それをしないからよけいなトラブルが起きるんだ」

「私の話を聞いてなかったの? たとえアスピリンを一錠のんだだけだとしても、集中できない状態で車のハンドルを握ったら、事故を起こす可能性があるのよ! もし麻薬が合法化され、誰でも好きなときに使えるようになったら、この世界は悪夢に変わってしまうわ」

「おまえは最悪のケースしか考えないんだな。軽い薬物を少し使うだけなら問題ないよ」

コーリーは兄をにらみつけた。

ロドニーもにらみ返した。

そこに彼らの父親が帰ってきた。今日は信徒の家を訪問していたのだ。ロドニーの隣に腰を下ろしてから、彼は口を開いた。「何やらうまそうな匂いがするぞ」

「ステーキとマッシュポテトよ。今夜はJ・Cと出かけるから早めに用意しているの」コーリーは父親に視線を投げた。彼女の硬い表情が語っていた。私は口論するつもりはない、ただ実行するだけだと。

牧師は悲しげにほほ笑んだ。「オーケー。わざわざ用意してくれてありがとう。私はコールドミートでもよかったんだがな」

「右に同じだ」ロドニーは妹にぎこちない笑顔を向

けた。「おまえはほんとによくやってくれてる。おまえがいなかったら、僕たちはどうなるんだ?」

「どうにかなるわよ」コーリーはあっさりと答えた。

「いや、二人揃《そろ》って飢え死にだよ」ロドニーは父親を見やった。「僕はお湯すら沸かせない。父さんだって、一度朝食を作ろうとして大失敗したよね」

牧師は顔をしかめた。「神学校では料理を教えないからな。だが、トーストくらいは焼けるぞ」

「焦げた部分はこすり落とせ、か」嘘《うそ》の咳《せき》でごまかしながら、ロドニーはひやかした。

牧師は笑った。「まあ、そんなところだ」

「はい、どうぞ」コーリーはすでにセットされていたテーブルの上に料理の皿を並べた。「じゃあ、私は支度があるから。J・Cが六時に迎えに来るの。今夜は人が作った料理を食べてくるわ」

「コックの休息というわけだな」フォークを手に取りながら、牧師はうなずいた。「一生懸命働いたご褒美だ。これはうまいぞ、コーリー」

「ありがとう、パパ」コーリーは父親の頭にキスをし、兄に向かってウィンクした。さらにビッグ・トムにも餌を与えてから、着替えのために自分の部屋へ戻った。

J・Cは時間どおりにやってきた。コーリーは外で彼を出迎えた。コートに袖を通して、彼のSUVに乗り込んだ。

「触らぬ神に祟《たた》りなしか?」運転席に座りながら、J・Cはからかった。

「トラブルを避けているだけよ」コーリーは笑った。「パパが帰ってくる前に、ロッドと軽くやり合っちゃって。最近のロッドはどうかしているわ。なんだか……変なの」

J・Cは答えなかった。幹線道路に出たSUVがレンの牧場がある方角へ走りだした。

不意にコーリーは理解した。「あなたも気づいていたんでしょう？　でも、友達の悪口は言いたくない。そういうことね」

J・Cは彼女に目をやり、眉を上げた。

コーリーは肩をすくめた。「ええ、私も変な人間よ。予言者の孫だもの」

「僕もそうだ」

「あなたのお祖母《ばあ》さんの予言は当たった？」

「たいていは。まだわからない予言もあるが」J・Cは笑顔で彼女を見やった。「その話はカジノでしたよね」

コーリーはうなずいた。「私の予言の話もしたわよね」彼女は笑い、大げさに身震いした。「私たちは変人の血を引いているってことかしら」

J・Cは彼女の手を握った。「変人じゃない。才能ある者たちだ」彼は笑顔で訂正した。「それに、僕は君が変だとは思わない」

「ありがとう」コーリーは彼を見つめた。「私、あなたの話を聞くのが大好きなの。あなたの声はベルベットのように深みがあって……セクシーだわ」

J・Cはくすくす笑った。「そんなこと、初めて言われたよ」

「女性たちはあなたの見た目を褒めるのに忙しくて、声にまで気が回らないのね」

「特に話す必要もないし」

コーリーは沈黙した。

J・Cの手に力が加わった。「僕の言い方が悪かった。君を傷つけるつもりはなかったんだ」

「あなたに女の人がいたことは知っていたわ」

「今はいない。君が現れてからは。前にも言ったが、本当の話だよ。僕は絶対に嘘をつかない」

コーリーはゆっくりと息を吸い込んだ。彼の指の感触に全身が反応していた。「私も嘘はつかないように努力しているの。でも、ミセス・ジョイナーには言えなかったわ。あなたが着ているドレスは四十代にしてはタイトすぎますよ、丈も短すぎるし、光の前に立つと中身が透けて見えますよって。それも省略による嘘ということになるのかも……」

J・Cは笑った。「そのミセス・ジョイナーは君の教会の信徒か」

「ピアノ奏者よ」コーリーはかぶりを振った。「本来は派手好きな人じゃないんだけど、いとこにドレスをプレゼントされて。いとこを傷つけたくなくて、教会にそのドレスを着てきたのよ」彼女は顔をしかめた。「あのときは大変だったわ。私は何も言わなかった。でも、聖歌隊の指揮者が黙っていなかった。それで、ミセス・ジョイナーは泣きながら家へ帰ってしまった。パパは事を収めるために走り回らなきゃならなかったわ。パパはそういうのが得意なの」

「君の親父《おやじ》さんは優しい心の持ち主だ。僕は彼を尊敬しているよ」

パパもJ・Cをそんなふうに思ってくれたらいいのに。でも、無理な話ね。パパは私が彼とつき合うことに最初から反対していたもの。

彼女の考えを読んだかのように、J・Cは続けた。

「向こうは僕が好きじゃないようだが」

「そうじゃないの。パパはあなたに信仰心がないことを気にしているのよ。あなたが私を堕落させてると思っているの」

「その方向で努力しているのは確かだね」J・Cはにやりとほくそ笑んだ。

コーリーは声をあげて笑った。「少なくとも、あなたは正直者だわ」彼女は周囲の雪景色に目を転じた。「ねえ、きいてもいい？　今夜はどこで食事をするの？　もしかしてデンバー？」

「今夜はうちで君に鹿肉のシチューをご馳走《ちそう》する」

コーリーの胸が高鳴った。「うちって？　あなたのうち？」

J・Cはうなずいた。「なかなか悪くないキャビンだよ。寝室が二つあって、広さ的にも充分だ。純血種の牛も何頭かいる。土地はレンから買い取った。孤立した場所にあるが、そのほうが落ち着く。僕にとって初めての我が家だ。僕の誇りだよ」

「鹿肉のシチュー？」

J・Cはまたうなずいた。「狩りで大きな牡鹿《おじか》を仕留めてね。その肉を町の鹿肉処理場の冷凍庫に預けてあるんだ。鹿肉のシチューは祖母の得意料理だった。ある年の冬、彼女がホワイトホースに住む僕たちを訪ねてきて、しばらく泊まっていった。あれが家族が一緒に過ごした最後の冬になったが、そのとき、彼女が僕に料理を教えてくれたんだ」

「たぶん将来あなたの役に立つと思ったのよ。その人が幻視の力を持つお祖母さん？」

「ああ」

「あなたの祖父母で今も生きている人はいるの？」

「いないな。ほとんど早死にしている」

「うちもそうなの。残念だわ。もっと彼らのことを知りたかった。私のお祖母ちゃん——勘が鋭かったほう——は薬草医だったの。薬草の種類や使い方に精通していて、私たちの健康を守ってくれたのよ。彼女が亡くなったとき、私はまだ小学生だったわ」

「僕の祖母も薬草医だった。そういう古い家庭薬の大半は名前を変えて、今でも薬として使われているんだよな」

「そうね。ああ、J・C、なんて美しいの！」コーリーは不意に叫んだ。SUVがロッジポールパインの木立に挟まれた長い私道に入った。はるかに山々を望む森の中にその家はあった。窓には明かりが点《とも》り、煙突からは煙が立ち上っていた。周囲には雪が積もっていた。その光景は彼女がかつて受け取ったクリスマスカードを思い出させた。

「僕もそう思う」J・Cは微笑した。「壁は補強し、断熱材を入れた。だから、気温が氷点下の日も中は暖かいよ」

それは大きな丸太小屋のような家だった。正面には長く幅が広いポーチがあり、揺り椅子が二脚置かれていた。

屋内の調度品はアースカラーで統一されていた。カーテンは濃い黄褐色で、あちこちに置かれたブランケットには模様が入っていた。片方の壁にはドリーム・キャッチャーが、もう一方の壁には弓と鹿革でできた矢筒が飾ってあった。炉棚の上には、狼《おおかみ》たちに囲まれて雪の中にたたずむ背の高い男の絵がかかっていた。炉棚に歩み寄ったコーリーは、その男がJ・Cであることに気づいた。見事な肖像画。本物そっくりだわ。でも、絵の中のJ・Cには孤独と悲しみが感じられる。特に目のあたりに。

「すごい絵ね」コーリーは言った。ほかに言葉が見つからなかった。その肖像画にはJ・Cの内にある真の姿が描かれていたからだ。

「丸裸って感じだろう？　これはメリー――レンの嫁さんが描いたものだ。彼女には人の本質をとらえる希有《けう》な才能がある。僕は抵抗したんだが、強引にモデルにされてしまった」J・Cはくすくす笑った。

「自分の人生を公衆の面前にさらすにはそれなりの覚悟が必要なんだよ」

「公衆の面前じゃないでしょう。ここに招かれた人はそう多くない気がするんだけど」

「レンとメリーは鹿肉のシチューを食べに来たな。トビーが生まれる前の話だが。ウィリスはたまに狼を連れてポーカーをしに来る。その狼ときたら、隅っこに陣取って、僕が動くたびにうなるんだ」J・Cは笑った。

「ウィリス？　監督の？」コーリーの問いかけに彼はうなずいた。「あの人、狼を飼っているの？」

「そう、狼を飼っている。三本脚の狼を。そういうハンデがある生き物を野生に帰すわけにはいかないだろう。だから、ウィリスが許可を得て飼うことになった。あのコンビは寝るときも一緒だ。ウィリスが独り身なのも当然だな」

「私も狼は好きよ。近くで見たことはないけど、遠くから眺めたことはあるわ。狼って大きいのよね」

「ああ、かなりでかい。群れで狩りをしているときは危険な生き物だ」

「その狼はあなたのことが好きじゃないの？」

「あいつは焼きもちやきなんだ。男。女。誰だろうとウィリスに近づく人間には必ず嫉妬する。いや、メリーは例外か」キッチンへ向かいながら、J・Cは話を続けた。

「レンの奥さんね。あの絵を描いた人」

「そう。結婚する前、彼女はレンと一緒にウィリスのキャビンを訪ねた。すると、あいつは自分から彼女に近づき、彼女の膝に頭をあずけた。彼女は動物の扱いがうまいんだ」

「私ももっとペットを飼えたらいいのに」コーリーはため息をついた。「ママが生きていた頃は地元の保護施設から動物を預かっていたの。色々な動物がいて楽しかった。でも、パパは大きな猫が一匹いれば充分だって言うのよ」

J・Cは微笑した。「確かにビッグ・トムがいたら、それ以上はいらないな」

「あなたがうちにビッグ・トムを連れてきたときは本当にびっくりしたわ。あなたからプレゼントをもらえるなんて予想もしていなかったから」

「わかるよ」J・Cはにやりと笑った。「あれは計画的なプレゼントじゃなかった。ビッグ・トムは始終このあたりをうろついていた。僕は猫がいても気にはならない。でも……とにかく、ロッドから聞いた話を思い出したんだ。君は猫好きで、じきに誕生日を迎えるって話を。だから、これは一石二鳥じゃないかと考えた」

「ビッグ・トムは有能なのよ」コーリーは唇をすぼめた。「キッチンでネズミを捕まえて以来、ますますパパに気に入られているわ」

J・Cは笑った。「じゃあ、君の親父さんとビッグ・トムは仲よくやれているわけだ」

「それなりにね。パパは動物を邪険に扱うことはしないけど、本当は動物がそれほど好きじゃないの。でも、人間のことは大好きだわ。動物好きと人間好きは両立しないのかしら」

「ロッドも動物好きではないな」

「確かにそうだけど、どうして知っているの？」

「彼が隊を離れる前にちょっとしたことがあってね」そこまで言うと、J・Cは口をつぐんだ。

ちょっとしたこと？　コーリーは首をかしげた。それはよくないことだったの？　ロッドはいきなり癇癪《かんしゃく》を起こすことがある。人の話を聞かないこともなんてしょっちゅうよ。昔はあんなふうじゃなかったのに。彼女は急に寒気を覚えた。

冷蔵庫からシチューを取り出すと、J・Cは彼女に視線を投げた。「しまったな。よけいなことを言うんじゃなかった。君を心配させるだけなのに」

「そこまで心配はしないわ。ロッドがひどい癇癪持ちだってことは知っているもの。兄はママに大目玉を食らったことがあるの。ママが保護施設から預かっていた犬にひどいことをしたとかで。具体的に何をしたのかは知らないわ。二人とも、私には教えてくれなかったから。でも、それからしばらくしてママが亡くなり、うちには動物がいなくなった。あなたがビッグ・トムをくれるまではね」

「世の中には動物から遠ざけたほうがいい人間もいるんだよ」J・Cは当たり障りのない言い方をした。

「シチューと一緒に食べるなら、コーンブレッドを焼くけど」

「私はいいわ。シチューだけで充分よ。夜は食べすぎないようにしているの。おなかがいっぱいだと眠れないたちだから」

J・Cは笑った。「僕は何もしなくても眠れないたちだ。ひと晩に五時間眠れたら万々歳さ。いつもはもっと短いからね。そいつをこっちにくれないか？」彼は片手鍋を顎で示した。

コーリーは赤い鍋を彼に手渡した。それは焦げつかないタイプの鍋で、清潔に保たれていた。「あなたの家はきれいにしてあるわね」

「要は心がけだよ。軍隊に入って最初に覚えるのは自分のねぐらをきれいに保つことだ」J・Cはくすりと笑った。「検査で不合格になりたいやつはいないからね」

「不合格になるとただじゃすまないわけね」

「ああ、罰が待っている。皿洗いとか、ジャガイモの皮むきとか」J・Cはわざと身震いした。

「私はジャガイモが大好きだけど」

「僕はジャガイモがなくても生きていける。フレンチフライは食べるが、それ以外のポテト料理はそんなに好きじゃない」

J・Cはシチューを温めはじめた。キッチンにおいしそうな匂いが広がった。彼がシチューをテーブルに出す頃には、コーリーは待ちきれない気分になっていた。

彼らは黙々とシチューを食べた。

途中でコーリーが口を開いた。「これ、本当においしいわ。私もビーフシチューなら作れるのよ。でも、鹿肉はちょっと怖くて」

「なぜ？」

「調理法が難しいからよ。鹿肉はぱさぱさしているでしょう」

「それはやり方しだいだ。僕は祖母からぱさぱさにしない調理法を教わった。母方の祖母のものだった料理本も持っている。何世代を経て母までたどり着いたか知らないが、その本には百年以上前のレシピが書いてある。野生動物の調理法も網羅されている」

「ぜひ見てみたいわ」

「見せてやるよ。ただし、今夜はだめだ」にやりと笑って、J・Cはつけ加えた。「今夜はレスリング・ナイトだから」

コーリーの眉が上がった。「レスリング？」

シチューを食べながら、J・Cはうなずいた。

「WWEだよ」

コーリーは無言で彼を見つめた。

「見当もつかないか。ドウェイン・ジョンソンという名前を聞いたことは？」

「ああ！『モアナと伝説の海』でマウイの声を担当した俳優ね。あの人ならよく知っているわ」

「彼はもともとはWWEの〝ザ・ロック〟として世に出たんだ」

「彼はレスラーだったの？」コーリーは驚きの声をあげた。

「ああ。彼の父親もね。彼をリング上で見られないのは寂しいが、僕は映画俳優としての彼も応援している。『ウィッチマウンテン／地図から消えた山』は繰り返し観《み》たな」

「私は『セントラル・インテリジェンス』の彼が好きだったわ。あの人がレスラーだったなんて。これからはたまにレスリングも観なくちゃね」

「あれは荒っぽいスポーツだ。出来レースだと言う連中もいるが、多くの男たちがリング上で重傷を負いながら戦っている。女性レスラーたちもね」

「ますます興味が湧いてきたわ」

「そろそろ始まる時間だ。コーヒーを持って、リビングに移動しよう」

J・Cは皿を流しへ移し、自分のコーヒーを手に取った。コーリーも彼のあとをついていった。リビングには座り心地のよさそうなソファが置かれ、その上に柔らかなクッションが並べられていた。

ソファに腰かけ、大きな木製のコーヒーテーブルにカップを置くと、コーリーは指摘した。「あなた、テレビを持っていないと言ったわよね」

J・Cはくすりと笑った。「誰に対してもそう言っているんだ。テレビはないということにしておけば、オーディション番組やリアリティ番組に関する熱弁を聞かされずにすむから」

「言いたいことはわかるわ。うちは映画とBBCのドラマを観る程度よ。そのドラマには映画の『ホビット』に出演した俳優が出ているの。そういえば、もう一人の俳優も『ホビット』の続編に出演していたわ。竜の声の役で」

テレビのスイッチを入れ、レスリングにチャンネルを合わせてから、J・Cは彼女に視線を投げた。「それ、『シャーロック』のこと？」

「そうよ！」

彼は噴き出した。笑いながらコーリーの隣に腰を下ろした。「僕のお気に入りのドラマだ。僕はめったにドラマを観ないんだが」

「奇遇ね」

「ああ、奇遇だね。ほら、僕に寄りかかって」J・Cは彼女を自分の膝に座らせ、焦茶色の髪にキスをした。

コーリーはため息をついた。我が家に戻ってきた気分だわ。一週間近くも会えなかったせいかしら。彼女はたくましい胸に頬を当て、J・Cの心臓の鼓動に耳を傾けた。スパイシーなコロンの香りがするわ。いかにも彼らしい香りが。

J・Cは彼女の髪を撫《な》でた。「いい気分だ」

「ええ」コーリーはため息をついた。「レストランで修羅場を見せられるよりずっといいわ」

「修羅場？」

「二週間前、家族であのシーフードのお店に行ったんだけど、そこに大喧嘩《おおげんか》をしているカップルがいたの。それがあまりにもひどくて。ついに店長が彼らのテーブルに近づき、店を出ていけ、さもないと警察に通報すると言い渡したわ。カップルは店を出ていったけど、その間もずっと喧嘩していたのよ」

「礼儀を知らない連中だ。プライドはないのか？まともな人間は人前で内輪の恥をさらしたりしないぞ」

「それはソーシャルメディア依存症の人たちに言って」皮肉っぽい口調でコーリーは切り返した。「あの人たちときたら、私だったらママにさえ言えないようなことをしゃべり散らしているのよ。ママが今も生きていればの話だけど」

「僕はソーシャルメディアはやらない」

「だと思ったわ」彼を見上げて、コーリーはにっこり笑った。

J・Cは緑の瞳を探った。彼女の体は柔らかく、温かい。そして、薔薇《ばら》の香りがする。形のいい唇を指先でたどると、コーリーの息遣いが変わった。

「君はツタのように僕に絡みついてくる」J・Cはささやいた。「君はいつも僕と一緒にいる。実際はそばにいないときでも」

「わかるわ」コーリーは震える息を吐いた。「私もそんなふうに感じているの」彼女は手を差し伸べ、J・Cの固い唇をたどった。「あなたがそばにいないと、心が空っぽになった気がするの」

J・Cは頭を下げ、彼女の鼻に自分の鼻をこすりつけた。「僕は約束はしない。何があろうと」

「わかってる」

J・Cは頭を下げ、彼女の唇に沿って自分の唇を動かした。コーリーは即座に反応した。自分を抑えようとはしなかった。J・Cはずっと自分を抑えていた。例のコールガールにプライドをぼろぼろにされて以来、女に対して冷静さを失ったことがなかった。しかし、コーリーに対しては違った。彼女に触れたとたん、自分を抑えられなくなった。

J・Cは彼女の向きを変え、二人の腰を密着させた。二枚のデニムを通して、彼の欲望が伝わってくる。コーリーは抗議するべきだった。しかし、彼女の頭にあるのは、J・Cが間近にいる喜びと彼に求められたいという強い思いだけだった。以前の彼女は欲望がどんなものか知らなかった。だが今は、夜も昼も欲望にさいなまれていた。彼と分かち合う官能的な時間を想像し、眠れない夜を過ごしていた。

彼の手がブラウスの下に滑り込んでくるのを感じて、コーリーは背中を反らした。唇を開き、はっと息をのんだ。J・Cはその反応を感じた。彼女はショックを受けている。でも、いやがってはいない。落ち着きなく身をよじっているのは、この先を求めているからだ。

彼はキスを深めながら、飾り気のないコットンのブラジャーを手探りした。コーリーがためらうのがわかった。だが、それもほんの一瞬だった。彼が自由になった乳房の周辺に指を這《は》わせ、乳首が硬くなるまで焦《じ》らすと、コーリーは身を震わせ、彼の腕の中に横たわった。

J・Cは自分のシャツのスナップに手を移した。ベルトの位置までスナップを外すと、シャツの裾をジーンズから引き抜き、固い筋肉でできた胸板に彼女の両手を導いた。

男の体にじかに触れる。それは男の手を乳房に感じるのと同じくらい刺激的な経験だった。自分が誰かに対してこれほど奔放にふるまえるとは、コーリー自身も想像していなかった。

そして、いつも冷静沈着に見えるJ・Cも急速に自制心を失いつつあった。テレビの音だけが流れる静寂の中で、コーリーは彼の荒い息遣いを感じた。心臓の轟《とどろ》きを感じた。ソファの上にいる二人の間で情熱が高まっていった。

J・Cは彼女と位置を入れ替え、小ぶりな乳房を口に含んだ。

コーリーは両手で彼の頭をとらえて押しやった。緑色の瞳が恐怖に見開かれていた。

「どうした？」柔らかなピンク色の肌を見下ろしながら、J・Cは尋ねた。

「あの、ごめんなさい。ちょっと驚いただけよ」

「誰も君を噛《か》んだりしないよ」J・Cはかすれ声でからかった。「僕はただ君を味わいたいだけだ」そう言いながら、彼は再び頭を下げた。「ああ、なんて甘いんだ！」

コーリーは抵抗しなかった。自分が何を期待していたのか。それは彼女自身にもわからない。ただ、これは彼女の予想とはまったく違っていた。J・Cの唇は温かく、ゆったりとしていながら貪欲だった。欲望の熱い波に襲われて、コーリーはソファから崩れ落ちた。

「ああ……ああ！」彼女は背中を反らし、全身を震わせた。

「ベイビー」彼女の上に体を重ねながら、J・Cはうわずった声でささやいた。「ベイビー、君がほしくてたまらない！　僕を感じて！」

彼はジーンズに包まれたコーリーの両脚の間にいた。コーリーはわずかにためらった。だが、それだけだった。J・Cがほしい。彼女は熱く火照った体を弓なりに反らした。

今なら後戻りできる。彼を止められる。そう思ったのもほんの一瞬のことだった。J・Cの指が彼女のジーンズのジッパーを下ろし、中へ入ってきた。コットンのショーツの下に潜り込み、誰にも触れられたことのない場所へ行き着いた。

J・Cは彼女を焦らし、駆り立てた。コーリーは身震いした。体の中で欲望がはじけた。彼女は我を忘れてJ・Cの肩に噛みついた。

「もう限界だ!」

J・Cは彼女を抱き上げてベッドへ運んだ。彼女の服を一枚ずつはぎ取りながら、あらわになった肌にキスをした。ついにコーリーは一糸まとわぬ姿になった。だが、彼女は気にしなかった。むき出しの肌に空気が心地よく感じられた。彼女は熱く燃えていた。欲望に支配されていた。もはや後戻りはできなかった。

親密な触れ合いを続けながら、J・Cはなんとか自分の服を脱いだ。これまでコーリーは逃げ腰だった。でも、今夜は絶対に逃がさない。今彼女に拒絶されたら、僕は死んでしまう。全身をうずかせている痛いほどの欲望。ずっと女から遠ざかっていたせいだろうか。今すぐにコーリーがほしい。こんなに誰かを求めたのは初めてだ。

J・Cは震える手でベッドサイドのテーブルから避妊具を取り出した。熱いキスを繰り返しながら、それを装着した。

コーリーがためらっている。僕が急ぎすぎているせいか?彼はペースを落とそうとした。太腿の内側にキスをすると、コーリーはのけ反って悲鳴をあげた。

J・Cは彼女に直接触れ、彼女の反応を確かめた。よし、準備はできている。妙に窮屈だな。でも、もうそんなことは気にしていられない。自分が急ぎすぎているのはわかっている。でも、何も問題はないはずだ。

彼は素早くコーリーの中へ入った。彼女に驚く暇さえ与えず、腰を持ち上げて深く貫いた。

「ああ、ベイビー、最高だ」コーリーの唇に向かって、彼はうなった。「こんなに気持ちいいのは初めてだ」

コーリーは苦痛の中でその言葉を聞いた。セックスはこんなに痛いものだったの？　本で読んだことはあるけど、そこまで詳しくは書いてなかった。抵抗してはだめよ。痛みはじきに消えるわ。私は彼がほしい。どうしてもほしい。でも、私はこれが初めてなのよ。彼はそのことを知っているのかしら？

彼に話したい。でも、話すのが怖い。彼は私を大人の女だと思っている。もし真実を知ったら、彼はきっと激怒するわ。そうなったら、私は捨てられるかもしれない。

大きく息を吸って、コーリーは彼に身を任せた。

Ｊ・Ｃが歓喜の声をあげた。自分がその喜びを与えていると思うと、彼女も幸せな気分になれた。これで喜びを分かち合えたら言うことはないが、彼女自身は引き裂かれるような痛みしか感じなかった。

幸い、苦痛の時間は長くは続かなかった。彼女はなんとか泣きださずにすんだ。

Ｊ・Ｃが彼女から身を引いた。仰向けに倒れて、荒々しく息を吐き出した。「死ぬかと思ったよ。あまりにも気持ちよすぎて」彼はコーリーを引き寄せ、両腕で包み込んだ。「ありがとう」かすれた声で彼はささやいた。「僕は急ぎすぎたね。ごめん。この埋め合わせはするから」

「気にしないで」不快感を隠して、コーリーは答えた。彼に抱かれていると、彼に優しくされていると天国にいる気分だわ。彼女は目をつぶり、大きな体にすり寄った。「私はこうしてあなたと一緒にいられるだけで幸せよ」

Ｊ・Ｃは彼女を抱きしめた。言葉にはしなかったが、彼は確かに感じていた。二人の間に心のつながりができたことを。それは彼が経験したことのない感覚だった。過去につき合った女たちは世慣れていた。あれをしろ、これをしろと口うるさく要求してきた。だが、コーリーは彼が何をしても喜んでくれる。彼は立派な男になった気分だった。

ただし、気がかりな点もある。僕はコーリーに対して自分を抑えることができなかった。彼女は物足りないと思っているだろう。でも、僕はもうへとへとだ。夜通し女を抱ける男もいるが、僕には無理だ。

「次はゆっくりやるよ。約束する」

コーリーの胸が高鳴った。次。ということは、J・Cは私が反応しなかったことにがっかりしていないのね。彼女は安堵《あんど》した。同時に、後ろめたさと落胆も感じた。J・Cにまだ求められていることに安堵し、自分がやってしまったことを後ろめたく思い、前戯以外は楽しめなかったことに落胆した。セックスって実際にはこんなものなの？　期待が大きすぎたから裏切られた気分になるの？

「ずいぶん無口だな」J・Cが彼女の頭のてっぺんにキスをした。

「私、幸せよ」コーリーはつぶやいた。

僕もそうだ。こんなに穏やかな気持ちになれたのは初めてだ。J・Cは寝返りを打ち、彼女の顔に、まぶたに、鼻に、腫れた唇にキスをした。

「そろそろ君をうちまで送るべきだな。先に浴室を使って」

「ありがとう」

コーリーは室内が暗いことに感謝した。明かりをつけておきたがる人間もいるが、J・Cはそうではないらしい。彼女も同じだった。情熱の嵐が去った今、裸で彼のそばにいるのは決まりが悪かった。

彼女は浴室へ駆け込み、ドアを閉めた。そして、血に気づいた。不快感の原因はこれだったのね。初めてのときに破れる膜があると聞いたことがある。痛かったのはそのせいよ。たぶん次は痛い思いをせずにすむわ。

コーリーは体を洗い、服を着た。寝室へ戻ると、J・Cもすでに服を着ていた。照明がついていた。彼は気まずそうな顔をしていた。

「僕のシャワーは後回しだ。君を送り届けてからにする」J・Cはためらった。彼女の両肩に手を置き、顔をしかめた。「なぜ言わなかった?」

コーリーはぎくりとした。彼は知っているんだわ。私が初めてだったことを。

「君が生理中だと知っていたら、今夜はやめておいたのに」

安堵しつつも、コーリーは考えた。私が初めてだったかどうかなんて、J・Cにはどうでもいいことかもしれない。だったら、彼には言わないほうがいいわ。少なくとも現時点では。

彼女は作り笑顔で約束した。「次は言うようにするわ」

J・Cは彼女にそっとキスをした。「いい子だ。僕はこんなに楽しい夜は初めてだった」

「私も」コーリーは嘘をついた。少なくとも、J・Cは優しくしてくれたわ。不快な思いはしたけど、そのうち慣れてくるのかもしれない。

「じゃあ、行こうか」

SUVからコーリーを降ろすと、J・Cはしばらく無言で立ち尽くした。それから、ようやく口を開いた。

「今、町でアニメ映画の新作を上映している。何日かは親友モードで行くしかないから、映画を観ながらジャンク祭りでもするか」そう言うと、彼はにんまり笑った。

コーリーも笑った。「いいわね。楽しそう」

「だろう? じゃあ、また連絡する」彼女の唇に軽くキスをすると、J・Cは車で去っていった。いつものように手を振ることも振り返ることもしなかった。

少しためらってから、コーリーは玄関のドアを開けた。どんなに後ろめたくても平気なふりをするのよ。パパをがっかりさせないために。パパはJ・Cが私を堕落させていると言った。パパの言葉は当たっていた。私は道を踏み外してしまった。

それでも、パパには知られたくない。そうだわ。J・Cの勘違いを利用しよう。

家の中に入った彼女はわずかに体を折り曲げ、苦しそうにうなりながらバッグをドアの横のラックにかけた。

「コーリー?」牧師がコーヒーカップを手にキッチンから現れた。「どうした?」

コーリーは顔をしかめた。「生理痛よ。立っているのもやっとなの」

「かわいそうに」牧師は同情を示した。「何かのまなくていいのか?」

「常備している市販薬があるから。その薬、よく効くのよ。でも、もうベッドに入るわ」

「食事はどうだった?」

コーリーは笑ったが、父親を振り返ることはしなかった。「なんとあの人、料理ができるのよ。彼のうちで鹿肉のシチューをご馳走になったわ。これがなかなかの絶品で。彼のお祖母さんから作り方を教わったんですって」

「鹿肉のシチューか」牧師はため息をついた。「確かにあれは忘れられない味だな」

「おやすみなさい、パパ」

「おやすみ、スウィートハート」

牧師は娘の異変に気づいていないようだった。自分の部屋に入ると、コーリーは清潔なパジャマと下着を用意してからシャワーへ直行した。まだ体にJ・Cのコロンの香りが残っている。パパには近づかないようにしたから、気づかれてはいないと思うけど。でも、気づいたとしても、パパは私がＪ・Ｃとキスをしたとしか考えないわよね。それ以上に親密な行為があったとは思わないはずだわ。

ささやかな嘘。Ｊ・Ｃと交際を続けるなら、私はこれからも嘘をつかなくてはならない。でも、ほかに選択肢はないわ。私は彼に夢中なんだもの。何があろうと、私は彼をあきらめられない。夜ごと良心の呵責《かしやく》にさいなまれることになったとしても。

6

コーリーは自分の成長を感じていた。ようやく世間についていけるようになったと思っていた。以前の彼女はテレビの映画や芸能ニュースで同棲《どうせい》カップルの話を聞くたびにショックを受けていた。しかし、今は違った。そういうカップルを羨み、自分もいつもＪ・Ｃのそばにいられたらと考えた。

親密な間柄になって以来、彼と一緒にいたいという思いはますます強くなった。電話ごしでもいい、たった一言でもいいから、彼の声が聞きたかった。Ｊ・Ｃも同じ気持ちらしかった。彼らは毎日のようにランチをともにし、何度も映画に出かけた。

Ｊ・Ｃの我慢が限界に達したのはあの夜から一週

間後、再び彼女を自宅へ招待し、自分のもう一つの得意料理――ステーキとポテト――をふるまったときのことだった。

コーリーは緊張していた。前回の不快感があまりに強かったからだ。しかし、彼女が距離を保とうとすれば、J・Cは去っていくだろう。コーリーにはそれがわかっていた。もちろん、J・Cも彼女のことが嫌いではないはずだ。だが、好き嫌いの問題以前に、彼は女性に飢えている。もし自分が拒めば、J・Cはほかの女性のところへ行ってしまう。そう彼女は確信していた。

だから、コーリーは拒まなかった。

J・Cは約束を守った。今回は事を急がなかった。しかし、前回のショックと苦痛を引きずっていたコーリーは、彼の情熱に応えることができなかった。前戯の間はまだよかった。彼の前戯が巧みだったおかげで、コーリーも素肌を味わう固い唇の感触や、秘められた部分を探る大きな手の感触を楽しむことができた。自分も彼と同じくらい楽しんでいるのだとアピールすることができた。

だが、それも彼が入ってくるまでのことだった。コーリーは歯を食いしばり、全身から力を抜こうとした。それでも、最初のときと同じような不快感から逃れることはできなかった。

J・Cは何も気づいていなかった。ただコーリーに飢えていた。この一週間、彼は苦しみに耐えてきた。コーリーとの甘い夜の記憶を振り払おうと努力してきた。そのコーリーが今ここにいるのだ。柔らかく温かな体で彼を求めているのだ。J・Cはたちまち果てそうになった。ペースを落とそうとしたができなかった。

彼は身を震わせて叫んだ。強烈な快感に気を失いそうになった。コーリーは相変わらず窮屈だった。彼はふと疑問を抱いた。どういうことだ？　コーリーはほかの女たちのように応えない。要求もしない。ただ僕の言いなりになっているだけだ。つまり、彼女は僕と同じ喜びを感じていないということか。そう思うと、彼は後ろめたい気分になった。

J・Cは彼女のかたわらに横たわった。徐々に落ち着きを取り戻すと、彼女を抱擁し、焦茶色の髪を優しく撫《な》でた。

これではっきりしたわ。私はセックスが好きじゃないのよ。でも、J・Cのことは愛している。こうして彼のそばにいると、彼に優しくされていると、天にも昇る心地がする。彼のそばにいられるなら、私はなんでもするわ。彼が望むことならどんなことでも受け入れる。

大きな体に寄り添いながら、コーリーは古い常《じょう》套《とう》句を思い出していた。男はセックスを得るために愛を与える。女は愛を得るためにセックスを与える。以前はぴんとこなかった。でも、今ならわかる。

「僕は君と離れたくない」だしぬけにJ・Cが言った。「夜の間だけだとしても。いや、夜の間だからこそ。僕は君にここにいてほしい。ずっと」

コーリーは息をのんだ。「ほんと?」

J・Cは彼女を抱きしめた。「君は? ずっと僕と一緒にいたくないのか?」

「もちろん、一緒にいたいわ」

「君の親父《おやじ》さんには反対されるだろうな」

「これは私の人生よ」

「そう、君の人生だ。でも、選択の先には結果がある」J・Cはためらった。「コーリー、僕は結婚するつもりはない。それは君も理解しているね。僕は君と暮らしたい。ただそれだけだ。それ以外のことは何も約束できない」

コーリーは悲しみが全身に広がっていくのを感じた。抗議してなんになるの? 私は彼を愛している。彼と一緒にいられるなら、何もかもあきらめるわ。

もし立場が逆だったら、彼は何もあきらめないでしょうね。彼は私を愛していないもの。

でも、もし賭に出たら、彼と一緒に暮らしたら、いつかは彼の心を勝ち取れるかもしれない。ランダーのカジノでは勝てたわ。人生も賭だとしたら、運が私に味方してくれるかもしれない。無謀な賭だということはわかっている。でも、私はJ・Cがほしい。どうしても。

「私もそれでいいと思うわ」コーリーはあっさりと答えた。

J・Cはつめていた息を吐き出した。「料理は交代でやろう。念のために言っておくが、僕は浮気はしないよ。絶対に君を裏切らない」

コーリーは笑った。「私はあなたを信じているわ。ブロンドの地質学者に関しては」

J・Cはくすくす笑った。「わかってる。いちおう宣言しておこうと思って」

「ありがとう」

彼は焦茶色の髪にキスをした。「ごめん。僕は君が相手だと自分を抑えられなくなるみたいだ。独りの時期が長かったせいかな。でも、これから努力する。ペースを落として、君を待つように心がける。コーリー、君にも僕と同じ喜びを感じてほしいんだ。コーリー、君は僕に最上の喜びを与えてくれる。今までに経験したことのない満足感を味わわせてくれる」

「嬉《うれ》しいわ」コーリーは微笑し、彼に鼻を押しつけた。「私のことは心配しないで。私はこの距離感が好きなの。こうしてあなたと一緒に横たわっているのが大好きなの。たとえほかの喜びがなかったとしても、この喜びだけで充分すぎるくらいだわ」

その言葉を聞いて、J・Cはかえって心配になった。つまり、僕はコーリーを満足させられていないわけだ。一方的な関係にはなりたくない。これからは自制心を失わないように気をつけよう。

「徐々によくなるよ」彼は約束した。

コーリーはため息をつき、まぶたを閉じた。「オーケー」

J・Cは彼女の背中を指先で撫でた。暗闇のせいでコーリーには見えなかったが、彼の顔には渋い表情があった。僕はコーリーほど愛らしく寛大で気立てのいい女を知らない。彼女はこんな僕にも優しくしてくれる。僕は山猫のような女とばかりつき合ってきた。前戯も優しさも求めず、肉欲をむき出しにした荒々しいセックスのみを求める女とばかり。

でも、コーリーは違う。うぶなふりで僕をだましていたあのコールガールでさえ、ベッドの中では厚かましく貪欲だったのに。コーリーがまったくの世間知らずということはありえない。でも、彼女はセックスが好きではなさそうだ。僕に彼女の気持ちを変えられたら。僕と同じものを彼女にも感じさせられたら。いや、時間をかければきっとそうなる。要は僕がペースを落とすことを学べばいいんだ。

コーリーは大きな体にすり寄った。J・Cの葛藤に気づかないまま、彼との一体感を楽しんだ。私はこれから彼と暮らす。ずっと彼のそばにいられる。ただ、パパのことを考えると胸が痛むわ。パパは怒ったり声を荒らげたりはしない。でも、きっと私に失望する。それが何よりつらい。私はルールに従って生きてきた。そんな私がルールを破ったら、パパはJ・Cのせいだと思うだろう。提案したのはJ・Cだとしても、決めたのは私自身なのに。

実際、トンプソン牧師は何も言わなかった。こうなることをすでに覚悟していたからだ。

「前にも言ったが、もう一度言わせてもらう」荷物をまとめ、玄関ポーチでJ・Cを待つ娘に向かって、彼は穏やかに語りかけた。「私はこれからもずっとおまえを愛している。たとえ何があろうと、私はおまえの味方だよ」

コーリーは父親に抱きつき、涙をこらえながらささやいた。「ごめんなさい。でも、こうするしかないの。私は彼を心から愛しているの。それに、彼が変わる可能性もあると思うのよ」

牧師はため息をついた。こういう形で始まり、悲惨な結末を迎えた哀れな人々の話を、彼はいやというほど耳にしていた。「まあ、先のことは誰にもわからんからな」

J・Cの車の音が聞こえてくると、牧師は家の中へ戻った。

J・Cはまずコーリーを助手席に乗せた。彼女の荷物を後部座席に積んでから、自分も運転席に乗り込んだ。コーリーの頬が濡《ぬ》れていることに気づき、彼はひどく後ろめたい気分になった。

「僕が軽率だったのかもしれない」

彼を見上げて、コーリーはぽつりと言った。「あなたを愛しているの」彼女の寂しげな笑顔には苦痛とあきらめと優しさがあった。

J・Cは彼女を強く抱きしめた。女性から愛していると言われたのは初めてだ。いや、母さんは言ってくれた。子煩悩で優しかった母さん。でも、母さんは地獄の苦しみを味わうことになった。自分から牧場経営の夢を奪った妻子を恨み、酒に溺れた亭主のせいで。

「僕は君を守る」J・Cは静かに宣言した。

「私も。J・C、あなたを守るわ」

女性から守ると言われたのも初めてだ。J・Cは笑いながらSUVを発進させた。「僕は守られる必要なんてないよ。絶対に！」

それから一週間後、彼は高熱と頭も上げられないほどの不調に苦しみながら、自分の強気な発言を思い出すことになった。

コーリーは彼につき添っていた。看病は必要ないという弱々しい抗議を無視して、汗で濡れた体を拭いたり、医者から処方された抗生剤と咳止め《せきど》シロップをのませたりしていた。

彼女はJ・Cの強がりを見抜いていた。だから、かいがいしく世話を続けた。熱いスープを飲ませ、J・Cが少しでも楽になれるように気を配った。J・Cはそんな彼女の姿を目で追った。まるでナイチンゲールでも見るような崇拝のまなざしで。

彼はめったに病気にならなかった。覚えている限りでは、子供の頃に流行《はや》り病にかかっただけだ。彼の両親は病気の息子を残して仕事へ行った。そうしなければならないほど家計が逼迫《ひっぱく》していたからだ。

母さんも看病はしてくれた。夜の間だけは。僕が脱水状態にならないように氷のかけらを食べさせてくれた。でも、ここまではしてくれなかった。コーリーは本当に優しい。これだけ優しくしてもらえるなら、もうしばらく病人でいたいくらいだ。

それは自分の弱さを認めることだった。恥じるべきことだった。しかし、J・Cはそこまで恥じる気になれなかった。むしろ、愛される幸せを噛《か》みしめていた。彼は女性に愛されたことがなかった。自分が愛される人間だと考えたこともなかった。だが、コーリーとの出会いが彼を変えた。コーリーは彼に自信を与えてくれた。自分には価値があると思えるようにしてくれた。

一度、J・Cは抗議したことがあった。コーリーが彼にスープを飲ませようとしたときのことだ。

「自分のことは自分でできる」

コーリーは微笑した。「確かにあなたたならできるでしょうね。でも、私はあなたの役に立つことが嬉しいの。こんなチャンス、めったにないもの」

J・Cは痛む喉から笑い声を絞り出した。「君はツタだな。僕に絡みつくツタだ」

「あら、大変」コーリーは軽口をたたいた。「ツタが大木を倒すことだってあるのよ」

J・Cはため息をついた。「その点は心配ない。今のところは」彼はコーリーの様子をうかがった。「診療所には行ったのか?」

コーリーの頬が赤く染まった。先日、彼らは避妊について話し合った。J・Cが自分が使っている避妊具では安心できないと言いだしたからだ。女性側が避妊注射を受けるという選択肢もあるが、彼はこの方法にも懐疑的だった。牧場の同僚の妻が避妊注射のせいで恐ろしく太ったというのだ。その点、ピルには長年使われてきた実績があった。

「ちゃんと行くわ。あなたの具合がよくなったら」コーリーは約束した。

「僕たちはすでに一度しくじっているんだぞ」J・Cは指摘した。〝しくじり〟というのは避妊具が破れたことだ。今のところ、コーリーに妊娠の兆候は現れていないが、それで不安が消えたわけではなかった。

「わかっているわ。でも、あのときは妊娠しやすい時期じゃなかったから」コーリーは嘘《うそ》をついた。彼女は正確に生理が来る体質で、そのときはまさに排卵日だった。J・Cは子供を望んでいない。それは理解している。でも、私は彼の子供がほしい。自分でも愚かだと思うけど、どうしても考えてしまう。もし私が妊娠したら、彼の気持ちも変わるんじゃないかと。

J・Cは彼女の表情からその考えを読み取った。「コーリー、僕の気持ちは変わらない」彼はきっぱりと断言した。病人としては精いっぱいの強い口調で。「僕は落ち着きたくない。海外で警官たちの訓練を続けたいんだ。そのうち軍隊に戻るか、傭兵《ようへい》の組織に加わる可能性もある。僕は自分の行きたい場所へ行く。その自由を奪われるなら、もう君とは暮らせない。まして妊娠なんて論外だ。あきらめろ」

力なく息を吸い込むと、コーリーは思い切って言った。「希望は永遠に湧き出るっていうでしょう」

「湧き出るだけ無駄だ」

「オーケー。来週、保健所に行くわ。それで問題ないわよね。今のあなたは病人で、何もできない状態なんだから」

確かにそのとおりだ。でも、それを認めたくはない。スープを飲まされる間、J・Cは彼女の様子を観察していた。コーリーはまだセックスの喜びを得ていない。喜ぶふりをしているが、毎回身を硬くするのは気持ちよくないからだろう。僕が使っている避妊具に問題があるのかもしれない。コーリーは発疹《ほっしん》が出たと言っていた。原因は感染症じゃない。僕は病気を持っていない。彼女が前の恋人から病気をうつされた可能性はあるが、どうも違う気がする。となると、原因はアレルギーか？

彼はその疑問を言葉にした。「ラテックス・アレルギーの検査を受けたことはあるか？」

コーリーの手の中でスプーンが跳ねた。幸い、スプーンは空の状態だった。「ラテックス・アレルギー？　たとえばゴム手袋みたいな？」

J・Cの答えは明瞭だった。「僕たちが避妊のために使っているゴム製品のことだよ」

コーリーは無言で彼を見つめた。考えたこともなかったけど、彼と愛し合うたびに発疹が出るのは事実だ。「そういう検査は一度も受けたことがないわ。でも、言われてみたら……」彼女は頬を赤らめた。

「それで色々と説明がつく」J・Cはつぶやいた。

「来週。絶対だぞ」

「オーケー」

「かかりつけの医者はいないのか？」

コーリーはますます赤面した。「いるけど、パパの教会に通っている人よ。それどころか、聖歌隊で歌っているわ。そういう人に……」

J・Cははっとした。この小さな町で結婚もせずに男と暮らす。それはコーリーにとっても、彼女の父親にとっても不名誉なことなのだ。彼は都会暮らしが長かった。だから、そういう現代的な生き方も普通のことだと思っていた。だが、ケイトローではそうではない。しかも、彼女の父親は牧師だ。不道徳な行為――たとえば未婚の男女が一緒に暮らすことはよくないと説教する立場の人間なのだ。不意に罪の意識が湧いてきた。彼はそんな自分の弱さを憎んだ。

「だったら、保健所でいいよ」J・Cは言った。

コーリーはうなずき、またスプーンを彼の口へ運んだ。

処方箋を手に入れたコーリーは、J・Cとともにジャクソン・ホールまで足を伸ばし、面識のない薬剤師からピルを購入した。

「ごめんなさい」帰り道の車内で彼女は言った。

「わかっている」J・Cは彼女の手を握りしめた。

「わかっているよ、コーリー」

「私がもう少し大人だったら、あなたに迷惑をかけずにすんだのに」

「大人だったら？　君はいくつだ？　二十二か？　二十三か？　ロッドから君は去年学校を出たと聞いたが、あれは大学を……」

「十九歳よ」コーリーは簡潔に答えた。

J・Cはブレーキを踏み、道路の中央でSUVを停《と》めた。「なんだって？」

「十九歳よ」彼の愕然《がくぜん》とした様子を不思議に思いながら、コーリーは繰り返した。「去年高校を卒業したの。卒業式のことは地元の新聞でも取り上げられたわ。ロッドから聞いてないの？」

「いや、君が卒業したとしか」J・Cはなんとか呼吸を整えようとした。だから牧師はコーリーを子供扱いしていたのか。だから、僕によそよそしい態度をとったのか。高校を出たばかり？　まだ十代じゃないか！　なぜ僕は気づかなかったんだ？

「子供に手を出したと思っているんでしょう？　自分の迂闊《うかつ》さを責めているのね？　言っておくけど、私はじきに二十歳になるの」コーリーは指摘した。

「十八で結婚する子も大勢いるのよ」彼女の顔が赤く染まった。「いえ、あの、人と暮らすって意味よ。ほかの人と」

「なんてことだ」

「J・C」彼の表情に不安を覚えて、コーリーは呼びかけた。

J・CはSUVを発進させた。喉がつまるほどの罪悪感にさいなまれながら。なぜ気づかなかったんだろう？　確かに僕は牧場で暮らしている。町へはあまり行かないし、地元紙も読まない。ニュースも聞かない。教会へも行かない。ロッドのことは知っているが、ここ数カ月は疎遠になっていた。ロッドの妹についても、トンプソン家へ食事に招かれるまではよく知らなかった。知っているのは彼女が法律事務所に勤めていることと、ビジネス講座で学んでいることくらいだった。

「君はビジネス講座に通っていたんだよな」

「ええ。法律事務所で働きはじめた頃、夜間の講座に通ったわ。でも、取ったコースは二つだけよ。事務所で使っているソフトウェアと口述筆記のことを学んだだけ」

「十九歳か」

「じきに二十歳よ」コーリーは繰り返した。「なぜそこまで気に病むの？　私は子供じゃないわ」

「コーリー、僕は三十二だ」

「そうね。あなたの髪は真っ白だわ。杖《つえ》がないと歩けないし……」

「真面目な話だぞ！」J・Cは切り返した。意図したよりもきつい口調になってしまった。コーリーの傷ついた表情を見て、彼は顔をしかめた。彼女の手をとらえて、きつく握りしめた。「僕たちの間にはほぼ十三歳の開きがある。君くらいの若い子から見れば、かなりの年の差だ。こうなる前に君の年齢を知っていたら……」

「でも、あなたは知らなかった。そのまま知らないことにしておけばいいのよ。おばかさん、私はあなたを愛しているわ」コーリーは諭した。「年の差がなんだというの？」

その言葉は砂糖をまぶした甘い喜びのようにJ・Cの心に染み渡った。彼はコーリーに愛していると言われるのが好きだった。だが、それで彼が感じている罪の意識が消えるわけでもなかった。「どうりで君の親父さんが僕を嫌っていたわけだ」

「もし私が三十歳だったとしても、パパはあなたを好きにはならなかったでしょうね」コーリーは指摘した。「あなたには信仰心がないもの。私はそれでいいと思っている。でも、パパにはそれが受け入れられない。パパと私では人生観が違うから。パパは過去に生きているのよ。今は時代が違うのに」

「時代が違う」長々と息を吸い込むと、J・Cは彼女を見やった。年齢なんか関係ない。コーリーをあきらめるくらいなら死んだほうがましだ。「じきに二十歳か？」

コーリーはにんまり笑った。「ええ。なんなら四、五本くらい白髪が生えるように努力してみましょうか。それであなたの気が楽になるなら」

無遠慮な切り返しにJ・Cは笑った。「オーケー。二人でなんとか切り抜けよう」

「その意気よ！」

彼らはまだ最初と同じ避妊法を続けていた。ピルは次の生理まで始められないため、ほかに選択肢がなかったのだ。

「君は楽しんでいないね」二人で横たわっていたとき、J・Cが指摘した。彼は満足していた。しかし、コーリーは違った。

「私はあなたと一緒にいられるだけで幸せよ。あなたは人類史上最も完璧な男性だわ。私は頭がおかしくなるくらいあなたを愛しているの」

「でも、君は僕とのセックスを楽しんでいない」

J・Cは気遣わしげな口調で食い下がった。

「ピルをのみはじめたら、きっと変わるわ」コーリーは約束した。それが嘘にならないことを心から願って。J・Cが中にいるときに不快感を覚えるのは事実だ。避妊具を使わなくなれば、その問題も解決できるのだろうか。

J・Cは彼女の髪に指を絡ませた。「僕は本で学ぶ必要があるのかもしれない」

コーリーは噴き出した。「私もね」

その日、J・Cは注文した新しい備品を受け取るためにジャクソン・ホールへ出かけていた。だから、コーリーは一人でランチを食べた。そして、カフェを出ようとしたところでミセス・マイヤーと鉢合わせした。ミセス・マイヤーは彼女の父親の教会で長老として幅をきかせている女性だった。

「ハイ、ミセス・マイヤー」コーリーは笑顔で挨拶した。

ミセス・マイヤーはにこりともせず、汚いものを見るような目つきでコーリーを眺めた。「あなたにはプライドがないの？」彼女は静かに問いかけた。「恥というものを知らないの？　あなたは牧師の娘なのよ。説教壇で道徳を説く父親を持ちながら、こんな小さな町で堂々と男性と暮らすなんて」

コーリーは赤面した。「私は彼を愛して——」

「私は二十歳で結婚したわ。夫は善良で優しい人だった。彼は言っていたわ。男は本気で愛する女に自分の名前を与え、子供を与え、地域社会の一部になりたいと考えるものだと」ミセス・マイヤーは目を細くした。「あなたの愛人は地域社会に何も貢献していないわね。教会に行ったこともない。地域に溶け込もうとしないよそ者よ。あなたは信心深い子だったのに。いったいどうしてしまったの？　あなたのお母さんも草葉の陰で泣いているわよ！」

老婦人はコーリーに言い返す暇を与えなかった。即座に向きを変えると、杖にすがりながらよたよた歩きで立ち去った。

コーリーは職場に戻り、仕事を再開した。しかし、心の中は罪悪感でいっぱいだった。後ろめたい気持ちになることはよくあったが、父親の信徒から面と向かって批判されると、自分の行動が父親の名誉を汚していることを痛感せずにいられなかった。

ルーシーがさりげなく声をかけてきたのは、帰り支度をしていたときだった。「何かあったの？　今日の午後はずっと落ち着かない様子だったけど」

「うちのパパは牧師よ。それなのに、私は男の人と暮らしている」コーリーはぼそぼそと答えた。「私、今まで気づいてなかったの。私のせいでパパがどれだけ肩身の狭い思いをしているか」彼女は視線を上げた。「これは私自身が決めたことよ。だけど、私の行動が愛する人にどんな影響を及ぼすかなんて考えたこともなかったわ」

ルーシーは息を吸った。「どんなことであれ、私たちが何かすれば、私たちを愛してくれているみんなに影響するの。つらい話よね。私にはあなたの葛藤を想像することしかできないけど」

「葛藤」コーリーはつぶやいた。「言い得て妙ね」

のちに彼女の様子がおかしいことに気づいたJ・

Cがその理由を問いただした。

「ミセス・マイヤーのせいよ。うちの教会の……」コーリーはそこで言葉を切った。J・Cと暮らしはじめて以来、自分が教会へ行っていなかったことを思い出し、改めて罪の意識を覚えた。「パパの教会の長老みたいな人。彼女に言われたの。私のおこないは恥ずべきもので、パパはそのせいで苦しんでいる。パパは牧師として道徳を説いているのに、その娘の私は堂々と罪深い生き方をしていると」彼女はうつろな声で笑った。笑うことでその話を冗談にしようとした。

J・Cはたじろいだ。まだ子供と言っていい娘をたぶらかした男。それなのに、トンプソン牧師は声を荒らげなかった。僕をののしることもしなかった。本当はそうしたかっただろうに。なんて心が広い人間だろう。僕には真似《まね》できない。僕はいくつも恨みを抱えている。一生引きずりそうな恨みもある。

彼はコーリーを引き寄せた。腕の中で揺すった。「すまなかった。僕は世間の目を気にせずに生きてきた。でも、ケイトローは小さな町だ。常識に従うことだけがすべてじゃないが、君の親父さんにそれを理解しろというのは酷だよな」

「そうね」

J・Cは彼女を抱く腕に力を込めた。後悔することはわかっている。でも、コーリーは大切な存在だ。彼女を傷つけたくない。「みんなには僕たちは婚約したと言えばいい」

コーリーは身を引き、彼を見上げた。「今なんて言ったの？」

「僕たちが婚約したことにすればいい。それでゴシップは収まると思う」硬い表情でJ・Cは続けた。「コーリー、僕は結婚に興味がない。その気持ちは今も変わらない。でも、これが真剣な交際だということが世間に広まれば、君の親父さんも少しは救われるだろう。彼は善良な人間だ。君と同じように、僕も彼を傷つけたいとは思わない。だからといって、僕自身が変わることもできない。僕は幸せな結婚を見たことがないんだ。十一の年から孤児同然の状態で育ってきたから。幸せな家庭なんて、僕から見れば幻想だ。現実にはありえない」

コーリーは灰色の瞳を探った。そこにある深い苦悩に気づいて、眉をひそめた。「私は幸せな家庭で育ったわ。ママは私たちを愛し、守ってくれた。パパを心から愛していた。パパもママを愛していた。小さな喧嘩《けんか》はしょっちゅうあったけど、どこの家庭もそうでしょう。私たちは愛し合っていた。だから、幸せな子供時代を送ることができたの」

J・Cの表情がさらに硬くなった。「僕たちは育ち方も住む世界も違うんだな。僕には先住民族――ブラックフット族の血が流れている。父親は民族固有の宗教を信仰していた。でも、母親はローマカトリックだったから、カトリックの儀式にのっとって埋葬された。僕自身はもともと信心深いタイプじゃなかった。母親が生きていた頃は日曜ごとにミサへ連れていかれたが、その後に転々とした里親家庭は信仰心のないところばかりだった」

なんて暗く冷たいまなざしをしているの。彼のお母さんはお父さんの飲酒運転のせいで亡くなった。でも、彼はそれ以上にひどい経験をしてきたんじゃないかしら。

そのことを尋ねようとして、コーリーは口を開いた。だが、J・Cは片手を挙げて制止した。「僕は子供時代の話はしない。それは個人の問題だ」

個人の問題。J・Cは私を閉め出そうとしている。一緒に暮らして、一緒に眠っているのに。考えてみれば、彼は自分の過去についてほとんど話したことがないわ。私は彼のことを何も知らない。彼の好きなものも、嫌いなものも。

「私の人生が開いた本だとしたら、あなたの人生はミステリー小説ね」

J・Cは短く笑った。「うまいことを言うな」

コーリーは彼を抱擁した。「それでもいいの。私は世界中の誰よりもあなたを愛している。それ以外のことはどうだっていいの」

彼女の言葉がJ・Cの心を照らした。彼は蜜を味わうようにその言葉を味わった。コーリーを抱きしめて、貪るようにキスをした。

「来週、イラクに行かなきゃならない」

「そんなに急に？」コーリーは嘆いた。

「君には悪いが、数カ月前から決まっていたことでね。今さらキャンセルはできない」J・Cは焦茶色の髪を撫でた。「僕が帰国する頃には、君もピルをのみはじめている。僕が感じている喜びを君にも味わわせてやるよ。互いを恋しく思う気持ちをため込んで、再会のときに爆発させてやろう」

コーリーは笑った。「いいわね、爆発」

J・Cは再び彼女にキスをした。「僕は避妊具が原因じゃないかとにらんでいる」

「じゃあ、避妊具は使えないってこと？」

「いや」J・Cは抱擁を解いた。「僕はその方面で危険な賭はしない。それは君もわかっているはずだ」

コーリーはため息をついた。「ええ」

「僕がいない間は実家にいてくれ」眉間に皺《しわ》を寄せて、J・Cは言い渡した。「もし君が一人でここに残ったら、僕は心配で病気になってしまう。ここは人気がなさすぎる。牧場には様々な人間が出入りする。パートのスタッフ。来訪者。うちではそういう人の動きを逐一チェックしているが、絶対に見逃さないとは言い切れない」彼は両手でコーリーの顔をとらえ、食い入るように見つめた。「もし君の身に何かあったら、世界からすべての色が消えてしまう。

僕にはとても耐えられない」

J・Cが愛の告白に近い言葉を口にしたのはこれが初めてだった。コーリーは背伸びをし、二人の唇を触れ合わせた。優しいキスがJ・Cの心をかき乱した。彼はコーリーを引き寄せ、キスを深めた。

「あなたの留守中は実家にいるわ」

彼女を抱え上げて、J・Cはささやいた。「その前に、もう少し思い出を作っておこうか」

ラテックス・アレルギーの思い出を？ そう考えながらも、コーリーは彼の提案を受け入れた。また不快な思いをしたとしても、私はJ・Cのそばにいたい。ベッドは彼にぎりぎりまで近づくことができる唯一の場所よ。J・Cは人前では冷淡で無口だけど、私と二人きりのときは情熱的で優しい人だわ。

私にとってセックスは楽しいものじゃない。でも、彼との親密な時間は楽しいわ。それに、彼の言うとおりかもしれない。ピルがこの問題を解決してくれるかもしれない。私がピルをのみはじめる頃、彼は海外にいるわけだけど、大丈夫、彼はここに帰ってくるんだから。

荷造りをするJ・Cを、コーリーは気遣わしげなまなざしで眺めていた。彼女は不安だった。その思いを隠すことができなかった。

「あなたが行くところは危険な場所なのよ」

J・Cは笑った。「今僕がいるところも危険な場所だよ」コーリーに視線を投げて、彼は切り返した。「君は雄牛を押さえながら怪我《けが》人の手当てをしたことがある？」

「言いたいことはわかるけど、雄牛は銃を持っていないでしょう」

J・Cは荷造りの手を止め、彼女を引き寄せてキスをした。「僕は長年この仕事をしている。無茶な真似はしないし、仕事仲間は気心が知れた連中だ。

確かに危険はあるよ。でも、車を運転しているときも、道を歩いているときも、絶対に安全とは言えないだろう。人生に保証はない。僕はいつも今日が人生最後の日だと思って生きている。それが僕の生き方なんだ。昨日は思い出、明日は希望。僕たちにあるのは今日だけさ」

コーリーは彼の言葉について考えてみた。「そうかもしれないわね。そして、私の今日という日にあなたは去ろうとしているんだわ」

J・Cは彼女の鼻にキスをした。「ほんの数週間だ。戻ってきたら、二人で再会を祝おう。たっぷりと時間をかけて。どうかな？」

コーリーはにっこり笑った。「賛成」

J・Cはふと眉をひそめた。「でも、戻ってきたときにはクリスマスが終わっているな」

「プレゼントはお土産のサボテンでいいわ」

彼はくすくす笑った。「もう少しましなものを用意するよ。約束だ」

「とにかく無事で戻ってきて」コーリーは真顔で懇願した。「私にはそれがいちばんのクリスマス・プレゼントだから。オーケー？」

J・Cは彼女を抱き寄せた。これからしばらく彼女に会えないのだと思うと、心の中が空洞になった気がした。「オーケー」彼はささやいた。「君と会えないのはつらいな」

「私のほうがもっとつらいわ」

J・Cは彼女にキスをした。そのキスには切羽つまった思いが感じられた。コーリーも同じ思いでキスを返した。冷たく重苦しい感覚が彼女に告げていた。すべてが変わろうとしている。それも、よくない方向へ変わろうとしていると。

7

コーリーはJ・Cとの婚約を公表した。それ以来、二人を巡るゴシップは鳴りをひそめ、彼女が批判にさらされることもなくなった。

ただし、トンプソン牧師はだまされなかった。彼は娘の話を受け入れた。嘘《うそ》だとわかっていても追及はしなかった。娘が戻ってきたことがそれほど嬉《うれ》しかったのだ。

「おまえのいない家は寂しかったよ」荷ほどきをすませ、キッチンを動き回っている娘に向かって、彼は訴えた。「ロッドは最近出かけてばかりでね。これでは私一人で暮らしているようなものだ」

「私も顔を見せなかったものね。ごめんなさい、パパ。私たち、自分たちのことで頭がいっぱいで考える余裕がなかったの」コーリーは父親に向き直った。

「パパは私のせいで肩身の狭い思いをしているんでしょう。私、そのことにも気づいていなかったの。ミセス・マイヤーに言われるまでは」

「私が言わせたんじゃないぞ」

「わかってる。でも、彼女の言うとおりだわ。私はパパの気持ちまで考えていなかった」

「人生は試練だ。我々は選択し、その選択とともに生きるしかない。選択した結果がいいものであろうと悪いものであろうと」

コーリーはゆっくりうなずき、作業に戻った。

「J・Cはどれくらい留守にするんだ?」

「二、三週間と聞いているけど」コーリーは唇を噛《か》んだ。「危険な仕事なのよ。報酬は高いけど、そのぶんだけ過酷な仕事なの」

「うちの信徒団にも同じような仕事をしていた男が

二人いるが、それほど危険な場所じゃないそうだ」牧師は娘を慰めた。「J・Cはきっと無事に戻ってくるよ」

コーリーは力のない笑みを浮かべた。「ええ、きっと」

「彼はおまえと結婚するつもりなのか？」牧師は静かに問いかけた。

調理台の表面を拭いていたコーリーは、長々と息を吸い込み、手の中のスポンジを見つめた。「私はそう思いたいけど、本当はよくわからないの。J・Cは多くを語らない人だから」

「おまえなら彼を変えられるかもしれん」

コーリーは笑った。「無茶を言わないで、パパ。彼は変わらないわ。それでも、私は彼を愛しているの。だから……現実を受け入れるしかないわ。それが私の望む形と違っていても」

牧師はうなずいた。しかし、希望はまだ捨てていなかった。いつかコーリーが迷いから抜け出し、J・Cと別れるかもしれない。それがはかない夢であることはわかっていた。彼自身も遠い昔にそういう恋をしたからだ。彼はコーリーの母親に恋をした。ただし、彼は恋する女性と結婚し、二人の子供をもうけた。人の道に外れるような真似《まね》は一度もしなかった。彼は我が子を哀れに思った。結婚なき関係の末路がどのようなものか、コーリーにはわかっていないのだ。J・Cは絆《きずな》を望んでいない。身を固める意思がない。その事実をコーリーはつらい形で学ぶことになるだろう。だが、何があろうと、彼は娘の味方をするつもりだった。娘のためにできることはなんでもしようと思っていた。それが人生というものだから。批判めいたことは言わず、喪失や愛に苦しむ者たちに手を差し伸べる。それが彼の仕事だ。彼は自分の務めを重く受け止めていた。

コーリーにとってJ・Cの不在は胸の痛む問題だった。しかし、それを超える大問題が発生した。その朝、彼女はいつもどおりに起き出し、朝食の用意をした。食事がすんだら服を着替えて、職場へ向かうつもりでいた。ところが、テーブルを片づけ、着替えのために部屋へ戻った直後に、彼女は浴室へ駆け込むはめになった。

朝食を無駄にしてしまったわ。ゆうべ食べたぶんまで戻した気がする。風邪よ。そうに決まっている。もし妊娠だったら……J・Cに合わせる顔がない。彼はきっと激怒する。即座に私を切り捨てる。

妊娠なんてありえないわ。私たちがしくじったのは一度だけ。たった一度だけなのよ。何度か深呼吸をしてから、コーリーは口をすすぎ、歯を磨いた。ただの風邪よ。最近町で流行《はや》っている風邪。パパもその話をしていたでしょう。大丈夫。何も問題ないわ。落ち着いて。とにかく落ち着くのよ。

服を着替え、髪を梳《と》かすと、コーリーはバッグを肩にかけて一階へ下りた。ホールにかけてあったコートを手に取ってから、父親の書斎をのぞき込んだ。

「そろそろ出勤するけど、ほかに用事はない？」

「ああ、ないよ。朝食もうまかった」牧師はくすくす笑った。「黒焦げのトーストはもうたくさんだ」

「明日の朝はビスケットを作るわ。じゃあ、いってきます」

「運転は慎重に。今朝は大雪だからな」

「のろのろ運転でいくわ」コーリーは約束した。雪の中を運転する方法についてはJ・Cから教わっていたが、そのことには触れなかった。世の中には言わないほうがいいこともあるのだ。

コーリーはJ・Cからの連絡を待った。彼の携帯電話には国際通話の機能がついていた。J・Cは電話で話すことが嫌いだが、彼女が恋しくて電話をかけてくる可能性もあるだろう。彼女はその可能性に望みをつないでいた。

しかし、J・Cは電話をかけてこなかった。何日たっても連絡をよこさなかった。コーリーは彼が恋しかった。手足をもがれたような気分だった。食事をしても味は感じなかった。幸い、吐き気は治まったが、その代わりに奇妙な兆候が現れた。とにかく疲れるのだ。乳房にも違和感があった。それでも、彼女は前向きに考えようとした。じきに生理が来るわ。これは生理の前によく見られる兆候よ。

コーリーはクリスマスのツリーを立て、飾りつけをした。なけなしの蓄えでプレゼントも用意した。父親にはセーターを。兄には新しい財布を。そして、J・Cにはキーホルダーを。それは恋人たちが一つずつ持ち、二つを合わせるとハートの形になるようにデザインされたもので、フランス語で愛を誓う言葉が刻まれていた。昨日より今日、今日より明日。かつてコーリーの両親もこれと似たキーホルダーを持っていた。このプレゼントが奇跡を起こしてくれることを彼女は期待していた。

コーリーは町でメリー・コルターと遭遇した。メリーは幼い息子をレンに預け、クリスマスの買い物のために町へやってきた。クリスマスに向けて、ケイトローは華やかに飾りつけられていた。彼女が歩道を行くコーリーを見つけたのは、ちょうど車に乗り込もうとしていたときだった。

「ハイ」メリーは大声で挨拶した。

「ハイ!」コーリーも満面の笑みで挨拶を返した。

「珍しいわね。あなたが赤ちゃん抜きで外出するなんて」

「レンに子守りを押しつけて、買い物に来たのよ。ついでに夕食の材料も仕入れたわ。今夜はデルシーがお休みだから。あなたは？　調子はどう？」

コーリーは顔をしかめ、本音をもらした。「寂しいわ。Ｊ・Ｃがいないから」

「その気持ち、よくわかるわ。レンと私も山あり谷ありだったもの。初めて会った頃の彼はいかにも強《こわ》面《もて》って感じだったのよ」

「みんな、そう思っていたわ」

メリーは頭を傾けた。「あなた、Ｊ・Ｃが私たちに連絡してきたか気になっているのね」

コーリーは息をのんだ。

「ごめんなさい。私はときどき妙に勘が働くの。でも、この場合は勘というより共通の感覚ね。もしレンが海外に行ったら、私も寂しいもの」

「手紙か電話をくれたら、少しは気が楽になると思うんだけど」コーリーはぼやいた。「Ｊ・Ｃはそんな暇もないくらい忙しいのかしら」

Ｊ・Ｃは牧場の作業の件ですでに二度レンに電話をかけてきていた。だが、メリーにはそれを認める勇気はなかった。

「たぶん、そうよ。どのみち、もうすぐ帰ってくるんだし。彼がいないと牧場は崩壊してしまうわ」

コーリーは笑った。「私の人生もね」

「ほんと、男って厄介よね。いれば邪魔になるし、いなければ寂しいし。私たちは男の欠点も長所も受け止めて、前へ進んでいくしかないのかしら」

「そうするしかないときもあるわよね」コーリーはうなずいた。「私、早く職場に戻らないと。ランチタイムが終わってしまうわ」

「じゃあ、またね」

「ええ、また」

メリーと会ったあと、コーリーはさらに落ち込んだ。Ｊ・Ｃがレンに連絡してきたことを察したからだ。考えるだけで吐き気がするわ。もし私のことを本気で思っているなら、J・Cは私にも電話をかけてきたはずよ。彼は私の声が聞きたくないの？　私は彼の声が聞きたくてたまらないのに。

J・Cは心を閉ざしている。人と距離を置いている。彼は人を信じない。もし一度でも彼の機嫌を損ねたら、私は二度と彼に会えないだろう。彼は過去を引きずっている。彼の父親は今もどこかで生きているかもしれないのに、彼はその話をしようとしない。それは父親を許していないから、二十二年たってもまだ恨んでいるからだわ。

J・Cは私を求めている。でも、欲望だけで何年も一緒にいられるものかしら。欲望は一時的な感情にすぎない。満たされたら、あとは消えるだけ。彼は私に飽きたのかしら。少なくとも、彼が私のベッドでの反応に満足していないのは確かだわ。私は彼とのセックスに喜びを感じていない。彼が言うように、ラテックス・アレルギーなのかもしれない。でも、それだけじゃない気がするわ。

私が最初から正直に話していれば、私の年齢と未経験だということを打ち明けていれば、こんなことにはならなかったのかもしれない。彼が私をデートに誘うことすらなかったのかもしれない。私はもともと彼にお熱だった。でも、デートさえしなければ、ここまで彼に夢中にはならなかったはずよ。

私はシンプルに生きてきた。昼間は仕事に行き、夜は地元のコミュニティカレッジで学んで。あとは掃除をして、パパとロッドのために食事を作って。退屈で冴《さ》えない毎日だけど、私はそれなりに満足していた。

でも、J・Cの登場ですべてが変わった。私の毎日は冒険になった。また彼に会えると思うと、朝起きることさえ楽しみになった。

だからといって、いつも彼と一緒だったわけじゃないわ。たとえば彼がデンバーへ出張したとき。私たちはあのせいで別れそうになった。今だって、彼はイラクで警察官の訓練をしている。もしかしたら、私たちは一緒にいるときよりも離れているときのほうが多いんじゃないかしら。

J・Cは深刻な事態になる前に身を引こうとしているのかもしれない。私が看病したときは喜んでいるように見えたけど、本当は心が揺れていたのかもしれない。彼は誰にも――特に女性には――頼りたくない人だから。それで怖《お》じ気《け》づいてしまったの？それとも、私に嫌気がさしたの？私が彼には与えられないものを求めているから？

クリスマスの前日になっても、コーリーの疑問は解消されなかった。そして、また吐き気が始まった。生理はすでに一カ月近く遅れていた。疲労感も悪化する一方だった。

コーリーはJ・Cからの電話を待った。彼女にとってクリスマスが特別な日だということはJ・Cも知っていたからだ。ただし、彼女の父親がよく言うように、J・Cは宗教との関わりを避けるタイプの男でもあった。結局、彼女に電話をかけてきたのはメリー・コルターだった。メリーはJ・Cが電話できない事情を説明した。現地の通信網に問題が生じたの。レンが軍関係のコネを使ってJ・Cに連絡を取ったら、あなたへの伝言を頼まれたわ。あなたが楽しいクリスマスを過ごせるように。あなたが恋しい。じきにうちに帰るって。

その伝言がコーリーの不安を一掃した。彼女は晴れ晴れとした気分で自分と父親のために特別な料理を用意した。ロドニーからは帰宅が遅れるという連絡が入っていた。ちょっと車のトラブルがあってね。電話でそう説明する兄の口調はしどろもどろだったが、コーリーは気にならなかった。彼女は希望に胸を高鳴らせていた。J・Cが私を恋しがっている。

だとしたら、何も問題はないわ。すべて私の取り越し苦労だったのよ。

コーリーは近くの町へ車を走らせ、妊娠検査薬を買った。そこから地元のショッピングモールへ移動し、婦人用トイレの個室で検査薬を使ってみた。

試験紙の色が変わったときは、心臓が凍った気がした。もちろん、偽陽性ということもありうるけど、兆候はそれだけじゃない。間違いないわ。私は妊娠しているのよ。

彼女が最初に感じたのは目がくらむほどの喜びだった。これほど幸せだと思ったのは生まれて初めてかもしれない。しかし、喜びはすぐに恐怖に変わった。ケイトローで結婚せずに子供を産むなんて。それは無理だ。そんなことをしたら、パパは牧師でいられなくなる。たとえ牧師でいられたとしても、パパの名誉と信用は地に落ちる。パパは何も悪いことをしていないのに、私のせいでさらに傷つくことになるんだわ。

J・Cは結婚する気はないと言ったわ。でも、彼の気が変わる可能性もあるんじゃないの？　もし子供が生まれると知ったら。彼は責任感の強い人だもの。きっと正しいことをするはずよ！

問題は彼に妊娠のことをどう伝えるかだ。彼が戻ってきたら、腕によりをかけてご馳走《ちそう》を作ろう。彼をくつろがせ、彼の腕の中に寄り添おう。そして、さりげなく打ち明けるの。彼はいい人だもの。予定外の妊娠をしたからといって私を放り出したりはしないわ。

検査薬をゴミ箱に捨てると、コーリーは自宅へ戻った。

妊娠を隠し通すのは至難の業だった。トンプソン牧師は身重の女性がどのような行動を取るか知っていた。妻の二度の妊娠を身近で見てきたからだ。コーリーは慎重に行動した。クリスマスのご馳走を疑われない程度に食べ、吐くときの音は水を流すことでごまかした。

彼女は生理痛を訴え、今夜は早めに休むと言った。その言葉を信じたのか、牧師は何も言わなかった。彼からセーターのプレゼントに感謝しただけだった。彼女からから娘へのプレゼントは、白く柔らかなバスローブだった。結局、ロドニーは帰ってこなかった。いちおう電話はかけてきたが、父親と妹にクリスマスの挨拶をすると、すぐに電話を切った。

コーリーは兄が留守がちなことに感謝した。もっとも、兄がうちにいたとしても、彼女の妊娠に気づくとは思えなかったが。ロドニーの言動はおかしくなる一方だった。彼女は兄が危険なことに関わっているのではないかと考えはじめていた。ロドニーはめったにうちで食事をしなかった。たまに家族とテーブルを囲んでも、ほとんど口を開かなかった。そして、週末には必ずジャクソン・ホールへ出かけていた。

新年の祝いもコーリーと父親だけで祝うことになった。ロドニーは電話さえよこさなかった。牧師は落胆し、重い足取りでベッドへ向かった。コーリーも残念に思ったが、どうすることもできなかった。彼女にできたのは兄の様子がおかしい理由について考えを巡らせることだけだった。

コーリーは再び教会へ通いはじめた。彼女を閉め出そうとしていた地域社会へ少しずつ復帰していった。信心深い者たちは寛大な心を持っていた。しかも、コーリーは町の人々から愛されていた。

しかし一月のある日曜日の朝、彼女は教会へ行けなくなった。あまりにも具合が悪かったからだ。彼女はウイルス性の腹痛のせいにして謝った。牧師は娘の背中を軽くたたき、微笑しただけだった。

父親を送り出すと、コーリーはまたベッドに潜り込んだ。

外から車の音が聞こえたのは、彼女がまどろんでいたときだった。玄関のドアが開き、閉じられた。続いて人の声がした。

奇妙に思ったコーリーは、確かめるために起き上がった。厚手のローブを羽織ってからリビングへ向かった。そして、言葉を失うほどショックを受けることになった。

リビングにいたのはロドニーとその友人だった。ロドニーはスーツケースを受け取ろうとしていた。薬物がつまったスーツケースを。処方薬の瓶が並んでいた。小さな包みもあった。包みの中には白い粉のようなものが入っていた。

「さばき方はわかってるな」兄の友人――しゃれたスーツを着た男が言った。「こいつを地元の学校でただで配らせろ。まずは餌で釣って……おい、なんで妹がいるんだ？」

ロドニーは戸口に視線を投げた。真っ青な顔で突っ立っている妹を見て、口をへの字に曲げた。

「おまえがなんとかしろ」友人が言い渡した。「今すぐに！　この件がもれたら、おまえの命はない。わかったか？」

ロドニーがリビングから出てきた。ドアを閉めて、妹をにらみつけた。

「なんでうちにいる？　教会はどうした？」

「腹痛で休んだのよ」コーリーは半泣きで答えた。「ああ、ロッド。あなた、何をやっているの？　それは麻薬でしょう？」

ロドニーは後ろめたそうな顔をした。だが、それも一瞬のことだった。「人のことが言えるのか？　牧師の娘のくせして男と暮らしてるおまえに！」

「私はJ・Cを愛しているの」

「J・Cはおまえと結婚しないよ」そっけなく言い返すと、ロドニーは冷ややかに笑った。「父さんはだませても、僕はだませないぞ。腹痛で休んだなんて嘘だろう。おまえは妊娠してるんだ」

コーリーは息をのんだ。顔から血の気が引いていくのがわかった。

ただの当て推量だが、図星だったらしい。ロドニーは顎をそびやかした。「今見たことは誰にも言うな。でないと後悔するぞ。僕は大金を稼ぐんだ。彼みたいに高級品で身を固めて、なんでも好きなものを買って……」

「子供たちに毒を盛るつもり？」

「餌に釣られるかどうかは連中の自由だ。おまえには関係ない」

「薬物で死ぬ人もいるのよ」

「おまえには関係ない」同じ言葉を繰り返すと、ロドニーはスーツケースの蓋を閉めた。「よそでしゃべったら、ただじゃおかないぞ。保安官のところに行こうなんて夢にも考えるな！」

「保安官のところへ行く必要はないわ。J・Cに話せばすむことよ」

この脅しなら兄さんも無視できないでしょう。兄さんは私以上にJ・Cのことを知っているもの。違法薬物の密売で連邦刑務所に行きたいとは思わないはずだもの。

「やめとけ、コーリー。僕は本気だ」

「お願いだからやめて。そんなものは――」コーリーはスーツケースを示した。「兄さんをそそのかす悪魔に返して！」

「死んでも返すか」ロドニーは拒絶した。

コーリーは顎をそびやかした。それ以上は一言もしゃべらなかった。

それでも、ロドニーにはわかった。妹は本気なのだと。彼は顔を背けた。コーリーを止めなければ。

急に倫理観を取り戻した妹のせいで刑務所か死体置き場に行くのはまっぴらだ。では、何をすればいいのか。彼はその答えを知っていた。

　J・Cはレンにコーリーへの伝言を託した。それを電話で彼女に伝えたのはメリーだった。

「J・Cに頼まれたの。日曜日に戻るとあなたに伝えてくれって」コーリーの喜びの声を聞いて、メリーは笑った。「いいえ、迎えはいらないそうよ。ジャクソン・ホールの空港に自分のSUVを停《と》めてあるから。でも、あなたがうちで夕食を作って待っていてくれたら嬉しいとも言っていたわ。長旅で空腹だろうからって」

「じゃあ、ご馳走を用意しなきゃ」コーリーは夢見心地で答えた。

　メリーは笑みをもらした。「ご馳走もいいけど、彼のいちばんの望みはあなたに会うことだと思うわ。レンが言っていたもの。J・Cは電話をかけてくるたびにあなたの話をする。あなたが元気か、ちゃんと実家にいるか、何度も確認するって」

「私に直接きいてくれたらよかったのに」コーリーはため息をついた。

「J・Cは電話で話すのが苦手だから」メリーは言った。「彼はレンに言ったそうよ。電話ごしだと何を話していいかわからない。自分の考えはあなたと会ったときに直接伝えたい。早くあなたに会いたいって。レンは内心笑っちゃったんですって。私だって想像もしていなかったわ。あのJ・C・カルホーンが女性に夢中になるなんて」

「それは私のこと？　J・Cは私に夢中なの？」

「ええ。私たちの見る限りでは間違いないわ。J・Cが簡単に人を信じないのは、何度も裏切られてきたせいよ。でも、あなたのことは信じようとしている。今にきっとそうなるわ」

「私は絶対に彼を裏切らないわ」コーリーは約束した。「大変。今日は土曜日じゃないの。ぐずぐずしていられないわ。明日には彼が戻ってくるのね。あ、待ちきれない！」

「待つのもいいものよ」メリーは遠慮がちに言った。「そのぶん、すてきな思い出が作れるから」

コーリーは笑った。「楽しみだわ。電話をくれて本当にありがとう！」

「お安いご用よ。再会の首尾はあとで私たちにも教えてね。私は近々いい知らせが聞けると確信しているけど」メリーはさらりとつけ加えた。

「そうなったら最高ね！」

トンプソン牧師はキッチンのテーブルに向かい、夕食を終えようとしていた。ロドニーもその場にいたが、彼は妹をにらみつけていた。

「おいおい、何がおまえに火をつけたんだ？」牧師が笑いを含んだ声で尋ねた。

コーリーは興奮ぎみに答えた。「明日、Ｊ・Ｃが帰ってくるの！　明日の午後にはジャクソン・ホールの空港に着くんですって。私、彼のために夕食を作らなきゃ。本当に楽しみだわ！」

牧師は素早く懸念の表情を消した。「よかったな。明日の私たちの夕飯はコールドミートにしてくれ。それで少しは時間が節約できるはずだ」

コーリーは父親の頬にキスをした。「ありがとう、パパ」

ロドニーは何も言わなかった。目を伏せたまま、彼は考えていた。そうか。その手があったか。

夕食がすむと、彼は自分の部屋へ向かった。妹に笑顔さえ見せながら。そして、携帯電話を取り出し、ある人物に電話をかけた。

コーリーは食材を買い込んでからＪ・Ｃのキャビ

ンへ向かった。一緒に暮らしはじめたときに彼からもらった鍵を使って中に入り、ローストビーフとポテトとグリーンピースのキャセロールとチェリーパイを作った。

彼女は浮き足立っていた。危うくポテトを焦がしかけたほどだった。J・Cとの再会が待ちきれないわ。彼が旅立ってから二カ月近く。長い長い二カ月だった。孤独な二カ月だった。彼女は自分のおなかに手を当てた。膨らみを感じるにはまだ早すぎるけど、ここには赤ちゃんがいるのよ。妊娠検査薬は陽性だった。でも、兆候だけでも間違いないわ。早く診察を受けなくちゃ。もしJ・Cに結婚する気がないなら、医者には秘密にしてとお願いしよう。でも、妊娠って隠し通せるものなのかしら。大丈夫、なんとかなる。きっといい方法が見つかるわ。

それに、隠す必要がなくなる可能性だってあるでしょう。メリーが言っていたわ。J・Cは私を恋しがっていたと。もしその話が本当なら、心配することなんて何もないはずよ。

コーリーが気をもむ間に外は暗くなっていた。積雪はかなり溶けていたが、日陰に残った雪が月の光を反射してきらめいていた。その光景はまるでおとぎ話のようだった。彼女は自分のおとぎ話がハッピーエンドを迎えることを願った。

コーリーはクッションを膨らませ、ニュースを観《み》た。J・Cはまだ帰ってこなかった。九時近くになると、彼女は料理を温め直した。近づいてくるSUVのエンジン音が聞こえたのはそのときだった。

車のドアが乱暴に閉じられた。普段のJ・Cからは考えられないことだった。ポーチに足音が響き、不意にドアが開いた。J・Cが戸口に現れた。ジーンズにブーツをはき、シェパードコートを着たいつものJ・Cが。

駆け寄ろうとしたコーリーは、彼の怒りの形相に気づいて足を止めた。

「ハ、ハイ、J・C」彼女はおずおずと声をかけた。

J・Cは歯を食いしばっていた。薄い灰色の瞳は銃身に映る灼熱《しやくねつ》の太陽のようにぎらついていた。

「どうかしたの？」

「それはこっちの台詞《せりふ》だ」J・Cは冷ややかに答えた。彼の視線はコーリーのおなかに注がれていた。

J・Cは知っているんだわ！　でも、どうやって知ったの？　私は誰にも話していないのに！

コーリーはおなかを守ろうとするかのように両手を当てた。胃がむかむかしていた。「私は何も言ってないわ！」

「いつ僕に話すつもりだった？」J・Cは顔を上げ、匂いを嗅いだ。「手料理と情熱的なセックスのあとでか？」彼は冷たい声で笑った。「もっとも、君に情熱はわからないよな」

コーリーの中にあった喜びが跡形もなく消えた。

「誰から聞いたの？」彼女は力のない声で尋ねた。

「君の兄さんから」

「ロッド？」考えて。考えるのよ。ロッドは私を脅した。赤ちゃんのことを知っていた。「いつ彼から聞いたの？」

「ロッドは空港で僕を出迎えてくれたんだ。君のおなかの子の父親と一緒に」J・Cの声は墓石のように冷たかった。

「なんですって？」

「ロッドが君の男友達のバリーを連れてきたんだよ。彼は君のおこないを嘆いていた。自分の親友と別の男を両天秤《りようてんびん》にかけたあげく、男友達よりも裕福な僕に子供を押しつけようとしていると」

「男友達って……なんのこと？」コーリーは叫んだ。

「私に男友達なんていないわ！」

「悪あがきはよせ。君の嘘はもうばれている」寝室へ向かいながら、Ｊ・Ｃは続けた。「どのみち、君には飽きていたんだ。君はベッドの中で何もしなかった。人形のようにただ寝転がっているだけで。君は僕を求めていなかった。求めているふりさえできなかった。君の男友達は金はなくとも、そういうことはうまかったんだろうな。ロッドも言っていたよ。君は父親の前でさえ彼といちゃついていたと」

コーリーは彼のあとを追った。ショックと吐き気で声を出すこともできなかった。

Ｊ・Ｃはひきだしから彼女の衣類を取り出し、彼女がそこに置いていた大きなダッフルバッグに次々とつめていった。彼女のささやかなアクセサリーや家族写真も追加した。

「何をしているの？」コーリーは声を絞り出した。

「何をしていると思う？」

Ｊ・Ｃは手際よく荷造りを終えた。リビングを抜けて玄関ポーチへ出ると、抱えていたダッフルバッグをステップに置いた。

「携帯電話は持っているか？」

「ええ。ポケットの中に……」

「よし。親父《おやじ》さんに電話して、迎えに来てもらえ。さよなら、コーリー。僕をカモにできなくて残念だったな」

「ロッドの話はでたらめよ」コーリーは泣きながら訴えた。

「そうか、でたらめか」Ｊ・Ｃは嫌悪のまなざしで彼女の全身を見回した。「危うくその言葉を信じそうになるよ。優しく愛らしいコーリー。世界中の誰よりも僕を愛していた女。僕と暮らし、僕を守ることだけを望んでいた女。とんだお笑いぐさだ！」

「それが私の本心よ」コーリーの顔には血の気がなかった。青ざめた頬を熱い涙が濡《ぬ》らしていた。

しかし、Ｊ・Ｃの決意は揺るがなかった。「念のために言っておくが、仮にその子が僕の子供だったたとしても、僕が君と結婚することはなかった。言ったただろう。僕は自由を愛しているんだ」

コーリーは無言で彼を見つめた。心がぼろぼろで弁解することさえできなかった。

J・Cはまだ彼女をにらんでいた。「次はお人好《ひとよ》しのカモが見つかるといいな」

外は寒かった。凍えるような寒さだった。コーリーは薄いジャケットしか着ていなかった。厚着が必要になると思っていなかったからだ。今日はトラックの調子が悪かったので、タクシーでここまでやってきた。タクシーの車内は暖かかった。今夜はJ・Cと過ごすことになるだろう、と彼女は考えていた。まさかこんな形で追い出されるとは思ってもいなかった。

「これだから女はいやなんだ」J・Cは吐き捨てた。「どいつもこいつも金目当てで二股をかける。君は違うと思っていたのに。君だけは違うと信じていたのに。結局、君もそういう女の一人だったわけだ」

コーリーはポーチに視線を落とし、心の中で祈った。お願いです、神様。私がここで、彼の目の前で気絶しませんように。

彼女の沈黙はJ・Cの怒りを煽《あお》っただけだった。

「いつあの男とよりを戻した？　僕が国を出たあとか？　それとも、僕がデンバーに出張していた間か？　君は別の男とデートをしたと言ったな。相手は本当によその町から来た会計士だったのか？　実はあの男友達だったんじゃないか？」

「私は真実を話したわ」コーリーはつぶやいた。それだけしか言えなかった。

「君に真実の何がわかる？　僕に抱かれるたびに歯を食いしばっていたんだろう？　君は何もしなかった。僕がすべてをやるしかなかった。毎回、自分の無力さを痛感させられたよ。ついには君に触れることさえいやになった！」

コーリーは唾をのみ込んだ。その理由は説明できるわ。でも、彼が耳を貸してくれるとは思えない。

「君の顔は二度と見たくない。もし町で君に会っても、僕は話しかけない。完全に無視をする。今日から先、君は僕にとって存在しない人間だ」

コーリーは息をのんだ。吐き気がした。寒さも感じられないほど気分が悪かった。

「うちに帰れ」冷たく言い放つと、J・Cは家の中に戻り、ドアを乱暴に閉めた。彼女に謝罪のチャンスさえ与えなかった。

一分後、コーリーは携帯電話を取り出した。父親に電話をかけ、消え入りそうな声で懇願した。「パパ、J・Cのうちまで迎えに来てもらえない？」

トンプソン牧師は即座に事情を察した。「すぐに行くよ、ハニー」その一言だけで彼は電話を切った。

コーリーは泣きはじめた。外は身を切られるような寒さだった。だが、今はその寒ささえ感じなかった。彼女の人生は終わったのだ。

娘を自宅に連れ帰った牧師は、まずホットチョコレートを用意した。それから腰を下ろし、娘の話に耳を傾けた。コーリーは話した。ロドニーの嘘のせいでJ・Cと喧嘩《けんか》別れしたことを。ただし、嘘の内容については説明しなかった。

牧師は愕然《がくぜん》として問いかけた。「ロッドがおまえにそんなことをしたのか？　だが、なぜ？」

「それは兄さんにきいて。私は告げ口するような真似はしたくないから」

「なぜロッドは親友にそんな大それた嘘をついたんだろう？」牧師は首をひねった。「とにかく、このままにはしておけんな。私がJ・Cに電話しよう。私の口から説明を……」

「やめて！」

牧師はためらった。

コーリーはテーブルに置かれた父親の手に自分の手を重ねた。「J・Cは私を厄介払いする口実を探していたの」彼女は悲しげに言った。「本人がそう言ったのよ。私に飽きていたって」

牧師は顔をしかめた。

「それだけじゃないの」屈辱に耐えて、コーリーは続けた。「実は私……妊娠しているの」

牧師は声をあげてうなった。

涙が滝のように彼女の頬を伝った。「ごめんなさい。私が恋なんかしたから。そのせいで私の人生だけじゃなくパパの人生まで台無しにしてしまった。私は彼に愛されていると思っていたの。私は……救いようのないばかだった。本当にごめんなさい！」

牧師は立ち上がり、娘を腕の中に引き寄せた。幼いコーリーが誰かに傷つけられたときにそうしていたように、彼女の体を優しく揺すった。

「なんとかなる。つまらんことは考えるな。必ずなんとかなるから」

「こんなに恥ずかしいことがあるかしら」コーリーは嘆いた。

「赤ん坊だぞ」牧師は穏やかにたしなめた。「新しい命が誕生するのは恥ずべきことじゃない」

「でも、この子には父親がいないのよ」

「父親がいなくても、母親がいる」牧師は反論した。「おまえは立派な母親になるよ。最高の母親に！」

父親の言葉にコーリーはますますいたたまれない気分になった。私はパパに怒られる、批判されると思っていた。でも、パパはいつものパパだった。親切で、思いやりがあって、愛情深くて。私はパパという人間をよく理解していなかった。パパがJ・Cとの交際にいい顔をしなかったのは、現実の厳しさを知り、私の身を案じていたからよ。パパはこうなることを知っていた。それでも、以前と同じように私を愛してくれている。

娘の涙が涸《か》れるのを待って、牧師は言った。「とにかく今夜はよく眠ることだ。今後のことについては明日話し合おう。その前にロッドとも長い話し合いをしなきゃならんが」

「話し合っても無駄よ。ロッドは悪い人たちと関わっているの。この件について兄さんには何も言わないほうがいいと思うわ」

「コーリー……」

「約束して」コーリーは懇願した。ロッドは危険なことをしている。もしパパが厳しく追及したら、ロッドがしていることに気づいたら、パパにも危険が及ぶことになる。ロッドはもう昔の兄さんじゃない。今の彼は別の人間なのよ。

「コーリー、おまえは何を知っているんだ?」

「それは口が裂けても言えないわ。少なくとも今はまだ」もっと早くJ・Cに相談していれば。でも、今さら私が何を言っても、J・Cは信じないでしょうね。彼は私よりも兄さんの言葉を信じた。もう後戻りはできないのよ。

「おまえがそこまで言うなら」牧師は答えた。「今回は静観しよう。大丈夫。なんとかなるよ」

本当になんとかなるかしら。内心では疑いながらも、コーリーは相槌《あいづち》を打った。「そうね。ありがとう、パパ。私、パパに怒られると思っていたの」

「おまえは私の娘だ。愛しているよ。確かにおまえがしたことは褒められたことじゃない。だが、私はおまえに背中を向けたりはしない。絶対に」

コーリーは笑みを浮かべ、再び父親を抱擁した。

「ありがとう。おやすみなさい、パパ」

「おやすみ。まずは体を休めることだ」そこで牧師はためらった。「コーリー、明日は病欠ということにしてはどうかな。いくつか話し合うべきこともあるから」

コーリーはうなずいた。「そうするわ」

8

J・Cは新入りの保安スタッフと打ち合わせをすることになっていた。しかし、その新入りが割り当てられた監視小屋に彼は現れなかった。常に時間に正確な男がどうしたのだろう？　心配になったレンは保安主任の自宅へ向かった。

メリーの話どおりだとすると、ゆうべはコーリーが食事を作りに来ていたはずだ。情熱的な再会のせいで寝坊したか？　そんなことを考えながら、レンはキャビンのドアをノックした。

ドアが開くまでにかなりの時間を要した。戸口に現れた男を見て、レンは呆気《あっけ》にとられた。

それは彼が見たことのないJ・Cだった。寝起きのように皺《しわ》だらけの服。一日ぶんの無精髭《ひげ》。赤く血走った目。そして、強烈なウイスキーの臭い。J・Cは強い酒には手を出さないはずだが。こいつはただごとじゃないぞ。

レンは言葉を失った。ただ呆然《ぼうぜん》として保安主任を見つめていた。

「彼女が妊娠した。でも、僕の子供じゃない」呂律《ろれつ》の回らない声でJ・Cは告げた。「僕に言えることはそれだけだ。彼女は過去になった。彼女の名前は二度と聞きたくない。もし僕の前でその名前を口にしたら、僕はここを出ていく」

レンは歯を食いしばった。コーリーが二股をかけていた？　J・Cはどこでそんなでたらめを吹き込まれたんだ？　でも、妊娠のことは初耳だ。J・Cには結婚する気がない。子供を作る気もない。たぶんJ・Cがうっかりしたんだろう。それとも、コーリーには本当に別の男がいたのか？　いや、それはありえない。彼女は間違いなくJ・Cに夢中だ。

「今日は働けそうにない」J・Cはぼそぼそとつぶやいた。「申し訳ない。ゆうべはかなり……飲みすぎた」

「気にするな。新入りには僕から伝えておく。明日までにソフトウェアを更新するようにと」

「明日は働けると思う」

「ああ、そうだな」

「くそったれ！」J・Cは悪態をついた。「女なんてどいつもこいつもくそったれだ！」

レンは鏡を見ている気がした。少し前まで彼自身も同じようなことを言っていたからだ。彼は女がらみでひどい目に遭った。そのせいで女性不信になり、危うくメリーを失いかけた。それと同じことをJ・Cも繰り返そうとしているのだろうか。

でも、僕には何も言えない。J・Cを失うわけにはいかない。レンは肩をすくめて微笑した。「生きていれば色々あるさ。じゃあ、また明日」

「ああ」

キャビンのドアが閉まった。レンは自宅へ引き返した。

彼がリビングへ入っていくと、メリーが視線を上げた。「どうだった？」

「あれは完全に二日酔いだな。話すのもやっとの状態だった」

「いったい何があったのかしら？」

「かいつまんで言うと、コーリーが妊娠したが、J・Cはほかの男の子供だと思っている」

「あきれた。勘違いもいいところね。コーリーは彼に夢中なのよ。浮気なんてするわけがないわ」

「僕もそう思う。でも、J・Cにはそれがわかっていない。いや、わかりたくないのかな」

「気の毒なコーリー」メリーはうなった。「彼女のお父さんも気の毒に！」

「あの二人ならなんとか乗り越えるだろう。誰にでも試練はある。それを乗り越えていくのが人生だ」レンは妻を引き寄せ、心を込めてキスをした。「君は僕の宝だよ」

メリーは笑顔でキスを返した。

コーリーは父親とコーヒーをすすっていた。父親のコーヒーは濃いブラックだが、彼女のコーヒーはカフェインレスだった。

「私、ジェイコブズビルへ移ろうと思うの。向こうには私のいとこたち――アニーとタイのモズビーきょうだいがいるでしょう。前にアニーに言われたの。いつでも歓迎するって」

「ケイトローより大きいとはいえ、ジェイコブズビルも小さな町だ。いったん噂《うわさ》が広がれば……」

「その点は考えずみよ。小さな嘘《うそ》をつくの。罪のない嘘を。私は結婚していた。夫を亡くしてから妊娠に気づいた」コーリーは息を吸った。「私は自分の子供に汚名を着せたくない。私が罰を受けるのは当然のことだわ。でも……」

「やめなさい。神はすべてをお許しくださる」

コーリーは悲しげに微笑した。「そう言ってもらえるとほっとするわ。でも、寛容じゃない人も大勢いるでしょう。私がこうなった経緯を誰も知らない土地でなら、私はそこまで苦しまずにすむ。パパもね」抗議しかけた父親に向かって、彼女はつけ加えた。「これ以上パパに迷惑はかけられないわ。ジェイコブズビルでも仕事は見つかるはずよ。あそこには法律事務所がいくつもあるから」

「本気なんだな？」

「ええ。連絡にはスカイプを使えばいいわ。あれならいつでも好きなときに話ができるもの」コーリーは笑顔を作った。「私が消えてなくなるわけじゃないんだから」

「また焦げたトーストを食べなきゃならんのか」牧師が冗談めかしてぼやいた。

「私がここにいる間に作り方を教えてあげるわ」彼女は約束した。

コーリーはアニー・モズビーに電話をかけ、事の次第を説明した。

「すぐこっちにいらっしゃい」アニーは即答した。「あなたの面倒は私たちが見るわ。仕事も紹介してあげる。ブレイク・ケンプが以前ダービー・ハウランドとやっていた法律事務所で、タイプと口述筆記と接客ができるアシスタントを募集しているの。かわいそうに、ミスター・ハウランドは癌《がん》でもう長くないのよ。でも、意地でも法律事務所を続けるつもりなんですって。彼は四十歳だけど、もっと若く見えるわ。弁護士としても優秀なのよ。あなたもきっと気に入るわ」

「でも、向こうは私を気に入らないかも……」

「電話を切ったら、さっそく打診してみるわ」

「私、夫を亡くしたふりをしようと思うの」コーリーは遠慮がちにつけ加えた。「私はばかなことをした。ばかなことばかりしてきた。でも、どうしてもこの子を産みたいの」

「もちろんよ。子供の父親が愚かなのはあなたのせいじゃないもの。さあ、荷造りをして。サンアントニオ行きの直行便があるから、電子航空券を送るわね。ジャクソン・ホールの空港まではあなたのパパに送ってもらって。こっちもサンアントニオの空港に迎えの車を用意しておくわ。はい、ごちゃごちゃ言わない」抗議しようとするコーリーに、アニーはぴしりと言った。「私たちが罰当たりなくらい裕福だってことはあなたも知っているでしょう。いいからうちにいらっしゃい。家族が増えたら、タイも喜ぶわ。私と二人でいると頭がおかしくなるんですって。私が強引に口を開かせない限り、タイは一言もしゃべらないの。あれじゃ石像と同じよ。結婚できないのも当然ね！」

コーリーは笑った。確かにタイは少々変わった人物だ。彼はテキサスでも屈指の大牧場を所有し、趣味でジャーマン・シェパードを飼育していた。人はあまり好きではないが、動物は大好きだった。コーリーのことも気に入っていて、いとこと言うよりも妹のようにかわいがってくれていた。

「オーケー。行くわ。ありがとう。どれだけ感謝しても足りないくらいよ。私はパパを楽にしてあげたいの。パパは何も言わないけど、私のせいで肩身の狭い思いをしているはずよ。人の道を説く牧師なのに、自分の娘が未婚の母になるなんて……パパが気の毒すぎるわ」

「彼は気にしないわよ。あなたを愛しているもの」

「パパが気にしなくても、私が気になるのよ。じゃあ、二、三日したら会いましょう。こっちのボスたちは快く辞職を認めてくれたわ。とても理解がある人たちなの」

「彼らのことはミスター・ハウランドも褒めていたわ。ああいう上司になるのが理想だって」

「そうなのよ。同僚のルーシーもいい友達だし。彼女に会えなくなるのは寂しいけど、おしゃべりはスカイプでもできるものね」

「電子メディア様々よね」アニーは笑った。「おかげで気軽に連絡を取り合えるわ。手配はすべて私に任せて。詳細はメールで知らせるわ。オーケー？」

「オーケー！」

コーリーは荷物をまとめ、旅支度を調えた。彼女がJ・Cに追い出されたあの日以来、ロドニーは自宅に戻っていなかった。兄さんなりに自分を恥じているのかしら。いいえ。たぶん麻薬の密売で忙しいだけね。J・Cに相談できたらいいのに。彼なら兄さんを救えるかもしれないのに。

本当は私が警察に通報するべきなのよ。でも、パパのことを考えると怖くて何もできない。ロッドの友達にはどこか不気味なところがあったわ。冷酷な感じがした。私が口を開いたせいでパパが川に浮かぶことになったら……。私は秘密を守るしかない。そのためにはこの町を離れるしかない。

コーリーが町を離れようと決めた理由はほかにもあった。彼女は心のどこかで期待していた。そのうちにJ・Cの怒りが解けるのではないか。彼女の言い分を聞いてくれるのではないかと。しかし、J・Cは電話をかけてこなかった。なんの連絡もよこさなかった。

職場を辞める日、彼女は町でJ・Cを見かけた。J・Cは彼女を振り向くことさえしなかった。別れ際の言葉どおり、J・Cにとって彼女はもう存在しない人間なのだ。私も同じように思えたら。コーリーは心の底から願った。あんなふうに彼の存在を無視できたら、ここまで苦しまずにすむのに。

空港のコンコースで、コーリーは父親と抱擁を交わした。涙ぐむ父親に別れを告げ、車輪付きの荷物を引いて歩きだした。テキサスまでは長い道のりだが、ほかに選択肢はないのだ。これは始まりだと思おう。苦しみに満ちた人生と決別して、新しい人生を始めよう。

大丈夫。なんとかなるわ。生まれてくる子供に父親を作ってあげよう。本当の父親がその子を望まなかったことは絶対に内緒にしよう。パパはあなたが大好きだった。あなたを心から望んでいた。でも、あなたが生まれる前に悲劇に見舞われた。それでいいじゃない。あなたは父親に望まれなかった子供だと言うよりはるかにましよ。

吐き気に苦しみながら、コーリーはやっとの思いで長旅を乗り切った。到着した空港の手荷物受取所には、彼女の名前が書かれたプラカードを持つ運転手が待っていた。彼はコンベアからコーリーの荷物を下ろし、外に停《と》めてあったリムジンへ運んだ。唖然《あぜん》としてリムジンを眺めるコーリーを見て、運転手はくすくす笑った。「今日はスーパースターのストレッチ・リムジンで来たんだ。君を元気づけたいという君のいとこの要望で」

「確かにこれは元気が出るわ」コーリーは笑った。「ロックスターになった気分よ！」

「さあ、乗って。ジェイコブズビルは目と鼻の先だ。だいたい二十分てところかな。なんならテレビも観《み》られるよ」

「テレビより窓の外が見たいわ。私、テキサスは初めてだから」コーリーは相手の怪訝《けげん》そうな表情に気づいた。「母が生きていた頃は、いつもアニーたちがワイオミングに遊びに来ていたの。私はワイオミングから出たことさえなかったわ」

「テキサスはいいところだ。なにしろ景色がすばらしい。牧場が山ほどあって……まあ、君のいとこのところもそうだけどな」運転手は皮肉っぽい口調でつけ足した。

コーリーは笑った。「早く見てみたいわ」

アニーはポーチで待っていた。彼女は細身で背が高く、ブロンドの髪に茶色の瞳をしていた。ベージュのパンツスーツにハイヒールをはき、髪を高く結い上げたその姿はとてもエレガントに見えた。

彼女のかたわらに立つタイは髪も瞳も黒く、日に焼けた顔にステットソンをかぶっていた。彼はロデオのカウボーイを思わせた。ひょろっとした体は筋肉の塊で、長い脚はたくましく、手も足も大きかった。彼はにこりともしなかったが、アニーはコーリーに駆け寄り、息ができないほどきつく抱きしめた。

「あなたが来てくれてよかった！　ここは本当に寂しいところだから」そう言いながら、アニーは無愛想な兄をにらみつけた。

「言っただろう。寂しいなら犬と寝ればいい。僕の犬を一頭貸してやるって」

「犬なんていらないわ。私は猫が好きなの！」

タイは顔をしかめた。「猫は生地をぼろぼろにする。あのシャム猫のせいで、僕はカーテンを交換しなきゃならなかった」

「あのカーテンはもとから古かったのよ。それに、サンタはまだ子供なんだから」

「サンタ？」コーリーは尋ねた。

「サンタ・クロウズ」アニーは笑った。「私のベビーよ。一月前に十六歳のラグドールが死んじゃって。それで、心の穴を埋めるために彼を迎えたの」

コーリーはビッグ・トム――J・Cからもらった猫のことを思い出した。父親に託してきた愛猫が早くも恋しかった。

「猫にはバッタでも食わせておけばいいんだ」タイはぶつぶつ言った。「よく来たな、コーリー。君がアニーの注意を引きつけてくれたら、僕も少しは楽できそうだ」

コーリーは笑った。それから、彼にほほ笑みかけた。タイは気軽に抱擁できるタイプの人間ではないのだ。「お邪魔虫にならないよう気をつけるわ」

「アニーから聞いたが、妊娠しているんだって？」

コーリーは顔を赤らめ、歯を食いしばった。

「僕は子供は大好きだ」タイは微笑した。それだけで彼の顔つきが一変した。黒い瞳に温かい輝きが加わった。「二人まとめて僕たちが面倒を見るよ」

コーリーは下唇を噛《か》み、涙をこらえた。「ありがとう。本当にありがとう」

タイは肩をすくめた。「ここはホテルみたいなもんでね」大きな屋敷を身振りで示しながら、彼は続けた。「二階建てに八つの部屋と五つの浴室。住んでいる人間は二人しかいないのに！　こんなものを建てるなんて、うちの父親は頭がどうかしていたんだな。大きな丸太小屋にすりゃよかったんだよ。暖炉があって……」

「無視よ、無視」アニーがコーリーの腕を取った。「あなたの荷物はフィルが運んでくれるわ。そうよね、スウィーティ？」彼女の問いかけに、運転手は満面の笑みでうなずいた。「運転はいつも彼にお願いしているの。ほかの人は信用できないから。特に彼はね」兄の背中に向かって、アニーは聞こえよがしにつけ加えた。

「僕は走り屋だぞ」タイが言い返した。

「壊し屋の間違いでしょう！　この二年の間にジャガー二台とリンカーン一台を壊して……」

「僕は悪くない。三回ともぶつけられたんだ」

「左右を確認しないで道路に出るからよ！」

「向こうの前方不注意だ」タイは平然と言い放った。「コーリーを部屋に案内したら、コックに何か食べられそうなものをかき集めるように言ってくれ。僕は腹ぺこなんだ！」

「お昼なら私が作ってあげるって言ったのに」

「キッシュは男が食うものじゃない」タイは妹をにらみつけた。「おまえはあれしか作れないだろう」

「まったくもう！」アニーは憤慨の声をあげた。

「僕の好物はステーキとポテトだ。おまえが卵を使わない料理を作れるようになったら食べてやる。まあ、十五年たってもこの有様だけどな」独り言のようにつぶやくと、タイはキッチンのほうへ引き返していった。

階段を上る間もアニーは笑いつづけていた。「タイって最高じゃない？　私、ずっと願いつづけているの。いつか誰かが彼のよさに気づいて、彼と結婚してくれないかって。でも、彼が気に入るような女性はそういないかも。最近の女は厚かましいとか、キャリア志向が強すぎるなんて言っているから。子供は大好きなくせにね」

「ほっとしたわ。実は彼に何か言われるんじゃないかと心配していたの」淡いブルーとグレーで統一された客室に入ると、コーリーは打ち明けた。

「タイは批判めいたことは言わないわ。私もね」アニーはあっさりと言った。「それに、モズビー家はこの町の創設に関わった名門よ。あなたもじきにわかると思うけど、ここで私たちやうちの親戚の陰口をたたく人間は一人もいないわ」

コーリーは長々と息を吐いた。「ここに来てよかった。本当に救われたわ。身から出た錆《さび》とはいえ、向こうではかなりつらい状況だったから」

アニーはいとこに両腕を回した。「あなたは許すことを知らない男性に関わってしまった。でも、それは彼の問題であって、あなたの問題じゃないわ。あなたはただ傷を癒やせばいいの。もっと強くなって、彼を見返してやりなさい」彼女はにっこり笑った。「この家に赤ちゃんが生まれるのね！　クリスマスが二度来るみたいだわ！」

その言葉を合図にしたかのように、白いシャム猫が鳴きながら入ってきた。

「噂をすれば、ね。彼がサンタよ」アニーは子猫に向かって手を振った。

コーリーは笑った。


J・Cは翌朝には仕事に戻ると言った。だが、彼は現れなかった。レンはあきらめとともにキャビンへ向かった。同情はするが、仕事があるのだ。J・Cがいなければ進められない仕事が。

ドアを開けたのは見たことのない男だった。J・C・カルホーンはいつもきちんとした身なりをしていた。シャツにジーンズという格好をしていても、爪の手入れは怠らず、髪も完璧に整えていた。

しかし、この男はひどい有様だった。服は昨日と同じで、髪がぼさぼさに乱れていた。そして、相変わらずウイスキーの臭いがした。J・Cは絶対に強い酒を飲まない。それがどうしてこうなるんだ？ しかも二日連続で。

「なんてざまだ」レンは愕然《がくぜん》とした。

血走った灰色の目で彼を見返すと、J・Cはのろのろと問いかけた。「今日は何曜日だ？」

「火曜日だよ」

「火曜日」J・Cはうなった。「ちくしょう！ 僕はまともに酔っ払うことさえできないのか。あの女狐《ぎつね》め《め》。ほかの男の子供を妊娠したくせに、その子供を僕に押しつけようとした。それも、僕がそいつより金持ちだからという理由でだ！」

レンは無言で保安主任を見つめた。コーリーが J・Cに夢中なのは誰でも知っていることだ。もし子供ができたとしたら、J・Cの子供に決まっている。それを本人は否定するのか？

「コーリーは君を愛している」

「ああ、そうだろうとも。だから、僕の留守中にほかのやつと浮気したわけだ。たいした女だよ！ 昔、僕をだましたコールガールとそっくりだ。僕にはそういう女を引き寄せる力があるみたいだな」

レンは呼吸を整えた。「J・C、彼女は浮気していない。君の留守中に誰かとデートをすることさえ……」

「彼女の兄さんがそう言ったんだ！ ロッドが。僕の親友が！」J・Cは目をしばたたいた。「いや、元親友か。彼は空港で僕を待っていた。コーリーのこ……子供の父親と一緒に」言葉の途中でしゃっくりをすると、彼はまばたきを繰り返した。「彼女は僕を裏切った」

僕はどう答えればいいんだ？　レンは無言で保安主任を見つめた。

「今日も仕事は無理だ」Ｊ・Ｃは頭を抱えてうなった。「すまない。本当に申し訳ない。今日は仕事に戻る約束だったが、僕には……もう少し時間が必要だ。オーケー？」

「オーケー」レンは相手の肩に手を置いた。「必要なぶんだけ時間をかけろ」

「ありがとう」

レンはＪ・Ｃの悲惨な状態に圧倒されていた。何か言葉をかけてやりたかったが、その言葉が見つからなかった。結局、彼は微笑しただけでその場を立ち去った。

Ｊ・Ｃは徐々に自分を取り戻した。仕事にも復帰し、それなりに生きているふりをした。しかし、ロドニーから聞いたコーリーの話を思い返すたびに胸に痛みが走った。

正気に戻り、理性的に考えられるようになると、その痛みはさらに悪化した。彼の親友のロドニーは軍隊時代によく嘘をついていた。気に入らない任務から逃れたいときは仮病を使った。金のために嘘をつくこともあった。Ｊ・Ｃが怒ると、彼は笑った。小さな嘘だから実害はないと言い訳した。さらに、Ｊ・Ｃが警官だったことを指摘し、警官根性が染みついていると揶揄《やゆ》したのだった。

ロッドは事実をねじ曲げることに慣れている。でも、コーリーは違う。実際、彼女が僕に嘘をついたことは一度もなかった。ほかの男とデートをしたときも、彼女はそのことを正直に認めた。僕がデンバーでブロンドの美女と親しくしていたという噂を聞いて、その仕返しにデートをしたんだと。

コーリーは僕を愛していた。僕を世話し、守ろうとしていた。だからこそ父親の反対を押し切り、子供の頃から抱いてきた理想を捨ててまで、僕と暮らすことを決断したんだ。

それに、彼女は金に執着しない。僕がデート用のドレスを買ってやると言ったときも断った。ドレスどころか、何一つ買わせようとしなかった。僕が彼女にランチをおごると、彼女も僕におごり返した。

コーリーは妊娠している。ロッドはほかの男の子供だと言った。僕はその言葉を鵜呑《うの》みにした。でも、ロッドが空港に連れてきたバリーとかいう男。ブランドものの服とハンドメイドの靴で身を固めた胡散《うさん》臭い男。あれはいったい何者なんだ？ 見たことのない顔だから、地元の人間じゃないことは確かだが。

そういえば、ロッドもブランドものの服を着ていた。なぜ今まで気づかなかったんだろう。噂では、彼はメルセデスの新車を乗り回しているらしい。高級車に高級な服。ホームセンターで得ている稼ぎだけでそういう贅沢《ぜいたく》ができるわけがない。

考えれば考えるほど疑問が増えていく。コーリーはセックスを嫌っていた。愛する僕とのセックスさえいやがっていた。そんな彼女が浮気をするだろうか？ 最初のとき、彼女はひどく緊張していた。出血していた。セックスを楽しめていないようだった。それでも、彼女は僕のキスに応えた。僕を抱きしめ、僕のそばにいることに喜びを感じていた。

J・Cはふっと息を吐いた。コーリーは十九歳だった。信心深い家庭で育ち、毎週教会へ通っていた。そういう育ち方をした女が自由に遊び回ったりするだろうか？ 彼女には浮いた噂の一つもなかった。僕と暮らしはじめるまでは。ロッドも昔から愚痴をこぼしていた。うちの妹は真面目すぎる、口うるさくてかなわないと。

もしかしてコーリーはバージンだったのか？ そう考えれば説明がつく。すべて納得できる。それなのに、僕は彼女を世慣れた女のように扱った。彼女のぎこちない反応に配慮さえしなかった。もしバージンだったとしたら、彼女が喜ばなかったのも当然だ。最初のときもそのあとも、僕はいつでも急いでいた。過去につき合った女たちは荒っぽいセックスを好んだ。でも、もしコーリーがバージンだったとしたら……。

J・Cは携帯電話を手に取り、コーリーの自宅に電話をかけた。彼がいらない荷物を捨てるようにコーリーを放り出してから三週間近くが過ぎていた。あの日は凍えるほど寒かった。コーリーはまともなコートさえ着ていなかった。涙に濡《ぬ》れた緑色の瞳を思い出し、J・Cはひるんだ。僕は彼女の話に耳を貸さなかった。弁解のチャンスさえ与えなかった。一方的に怒りをぶつけ、彼女のベッドでの反応を批判し、彼女を侮辱した。

コーリーは僕と話すことさえ拒否するかもしれない。だとしても、やるだけはやってみなければ。

呼び出し音が四回続いたあと、トンプソン牧師の声が聞こえた。「ハロー？」

「牧師、J・Cです。コーリーと話をさせてもらえませんか？」

短い沈黙に続いて、受話器が戻される音がした。J・Cはもう一度電話をかけた。しかし、留守番電話が対応しただけだった。

彼は大きく息を吸い込んだ。ロッドとなら話せるかもしれない。どのみち、ロッドにはききたいことがある。空港での一件について。

J・Cはホームセンターに立ち寄った。しかし、その日ロドニーは休みを取っていた。急用でジャクソン・ホールに行くとか言ってたね。ロドニーの同僚が苦々しげに答えた。まあ、いいさ。あいつが店にいてもなんの役にも立たない。接客そっちのけで女たちとばかりしゃべってるからな。

ホームセンターを出たJ・Cは歯を食いしばり、吹きつける雪の中に立ち尽くした。僕はどうすればいい？　トンプソン家へ行って、コーリーに会わせてほしいと頼んでみるか？　いや、それは愚策だ。僕はすでに牧師に迷惑をかけている。彼の娘とおおっぴらに同棲《どうせい》することで。僕自身はそれを不道徳なことだと思わないが、信心深い連中にとっては許しがたい行為だろう。自分の娘が男と暮らし、それを町の全員が知っている。そんな状況の中で、説教壇に立って自由恋愛を戒めるのは、聖職者にとって生やさしいことではないはずだ。

だったら、ジャクソン・ホールまでロッドを追いかけるか？　いや、それも無理だな。ロッドの帰りを待つしかない。彼が自宅に戻ったところを捕まえるしかない。

早くコーリーを見つけなければ。いったい彼女はどこにいるんだ？　いらだちを募らせていたJ・Cはそこではたと気がつき、腕時計をチェックした。コーリーは今ランチタイムだ。彼はSUVに乗り込み、いつものカフェ——コーリーと決裂して以来近づかないようにしていた場所へ向かった。

カフェは混雑していた。そこにコーリーの姿はなかったが、彼女の同僚のルーシーが一人でサラダを食べていた。

J・Cは引き寄せた椅子にまたがり、前置きもなく問いただした。「コーリーはどこだ？」

ルーシーはフォークを握っていた手を止めて、無言で彼を見つめた。

「彼女の親父《おやじ》さんが彼女と話をさせてくれない。彼女の兄さんも見つからない」J・Cの声にいらだちがにじんだ。「彼女はどこにいる？」

ルーシーはフォークを置き、目をそらした。「私は知らないわ」

「いいや、君は知っている。僕に嘘は通用しない。二年間、警察にいたからね。嘘を見抜くのはお手の物だ」

ルーシーは視線を戻し、息を吸い込んだ。しばらく沈黙してから口を開いた。「彼女に約束させられたの。あなたにはしゃべらないって」

「彼女はケイトローにいるのか？」

ルーシーは答えなかった。

「彼女に話があるんだ。僕は彼女に弁解のチャンスさえ与えなかった……」

「ええ、知っているわ」ルーシーは冷たい声で遮った。「あなたは彼女と彼女の荷物をポーチに押し出し、キャビンのドアを閉めた。悪さをした犬にお仕置きするみたいに、彼女を外に放り出したのよ」

J・Cは反論しなかった。反論したくてもできなかった。それが事実だったからだ。

彼は自分がまたがっている椅子の背もたれに視線を落とした。心が重かった。考えがまとまらなかった。

一分ほどしてからJ・Cは口を開いた。「そのとおりだ。僕は癇癪《かんしゃく》を起こした。空港でロッドに会って、とんでもない話を……」彼はためらい、視線を上げた。「彼女は本当に妊娠しているのか？」

ルーシーの顔から表情が消えた。「今のあなたには関係ないことよ。コーリーはもういないの。あなたもその事実を受け入れたら？」

「彼女はどこに行った？」

「だから……」

「頼むから教えてくれ。僕の子か？」相手の瞳をのぞき込むようにして、J・Cは問いただした。「彼女は僕の子供を宿しているのか？」

ルーシーの顔がこわばった。「なぜ知りたいの？あなたは子供を望んでない。そう彼女に言ったのよね。だったら、あなたの子供じゃないわ」

J・Cは混乱していた。後悔していた。それが顔にも表れていた。「僕は間違いを犯した」

「たくさんの間違いをね」

彼はうなずいた。「できることなら、その間違いを正したいんだ。僕は愚かな真似《まね》をした。でも、コーリーは恨みがましい人間じゃない。いつかは僕を許してくれると思う」

ルーシーは目を伏せた。何も言わなかった。

この沈黙が答えか。悪寒に襲われながらも、J・Cは静かに問いかけた。「彼女はワイオミングにいるのか?」

ルーシーが首を横に振った。

J・Cは長々と息を吸い込んだ。「彼女にきいてみてくれないか。僕に彼女の居場所を教えていいかどうか」彼はさらにもう一押しした。「それ以上は望まないから」

ルーシーが視線を上げた。彼女の顔にあった敵意の表情は悲しみの表情に変わっていた。「もう手遅れよ、J・C」

「手遅れ? どういう意味だ?」

「今さらあなたが何を言っても、何をしても、彼女への償いにはならないってことよ。彼女にきくのはかまわないけど、答えはもうわかってるわ。彼女はノーと言うだけよ」

「なぜそう言い切れる?」

「それは……」ルーシーはためらった。

寒気がする。心が空っぽになった気分だ。J・Cは予感した。かつて経験したことがないほど強烈な予感だった。

「いいから教えてくれ」

「オーケー」ルーシーは一つ深呼吸をした。「彼女は結婚したの」

J・Cの動きが止まった。日に焼けた顔が青ざめ、淡い銀色の瞳から光が消えた。「なんだって?」

「彼女は結婚したのよ」ルーシーはトレイを手に立ち上がった。「残念だけど。私が手遅れだと言ったのはそういう意味よ。あなたはもう元に戻れない。人生にリセットボタンはないの」

それだけ言うと、ルーシーは背中を向けて去っていった。

結婚した。コーリーが結婚した。彼女は妊娠していた。でも、その子供に与える名前がなかった。彼女の父親にとっても屈辱的な状況だろう。自分の娘が未婚の母親となり、教会の信者席に座るんだから。

コーリーにはそれがわかっていた。彼女はすでに罪悪感にさいなまれていた。僕の前では何も言わなかったが、父親に悪いことをしたと考えていた。

だから、彼女は結婚したのか。生まれてくる子供に名前を与えるために。彼女は僕の手の届かない場所へ去った。わざとそうしたんだ。

J・Cは夢遊病者のように立ち上がった。カフェの外へ出て、呆然と立ち尽くした。雪交じりの冷たい風が吹いていた。だが、彼は寒さを感じなかった。何一つ感じなかった。僕ははき古した靴のようにコーリーを捨てた。彼女はもういない。二度と僕のところへは戻らない。あの優しさも思いやりも二度と味わうことはできない。

すべて僕のせいだ。コーリーは消えた。僕のものかもしれない子供とともに消えた。その子は別の男を父親だと思いながら育つことになるのか。僕は永遠にその子に会えないのか。

父親がいないことのつらさは僕も知っている。僕は十歳のときに父親に見捨てられた。それからずっと父親を恨みながら生きてきた。自分のものかもしれない子供に僕はそれと同じ思いをさせようとしているのか。

いや、まったく同じとは言えない。今のコーリーには夫がいる。その夫が僕よりもましな男ならいいんだが。彼はコーリーの妊娠を知っているのか？当然、知っているはずだ。コーリーは嘘をつかない。普通なら隠すようなことであっても。

J・Cは自分を恥じた。罪悪感に打ちのめされた。子供の頃を別にすれば、コーリーは純粋に彼を愛してくれた唯一の人間だった。その人間を彼は癇癪のせいで失った。無意識にそう仕向けたのかもしれない。人は裏切るものだ、と彼は考えていた。だから、誰のことも信じなかった。

だとしても、コーリーのことだけは信じるべきだった。取り返しがつくうちに彼女のあとを追うべきだった。

これで僕は死ぬまで一人きりだ。SUVに乗り込み、カフェを離れながら、J・Cは考えた。当然の報いだな。自業自得というやつだ。

9

J・Cは上の空で牧場へ戻った。母屋のドアをノックすると、家政婦のデルシーが彼を迎え入れた。

「ハイ、J・C」彼女はさらに何か言おうとした。それを遮るようにしてJ・Cは尋ねた。「レンはいる？」

「ええ、書斎に――」

「ありがとう」言葉をかぶせるように礼を言うと、J・Cは大股で書斎へ向かった。

ドアが開き、閉じられた。レンは中に入ってきた保安主任を見上げた。

「彼女が結婚したことは知っていたのか？」J・Cはそっけない口調で切り出した。

レンの眉が吊《つ》り上がった。「なんだって？」

「コーリーだよ。彼女が結婚したことは知っていたのか？」

レンはあんぐりと口を開けた。「コーリーが結婚した？　いつ？　誰と？」

Ｊ・Ｃは椅子にへたり込んだ。「そこまでは知らない。さっきルーシーから聞いたばかりで。僕はコーリーを捜していた。彼女の父親は僕の声を聞いただけで電話を切った。ロッドも捕まらなかった。それでルーシーに……」彼は唾をのみ込んだ。「結婚だと！」彼は叫んだ。オリーブ色の肌から血の気が失《う》せていた。

レンにはＪ・Ｃの苦しみがよくわかった。彼も女性を見誤ったことがあるからだ。幸い、彼はすぐに正気を取り戻したので、メリーを失わずにすんだが。

「残念だよ」

Ｊ・Ｃの瞳に苦悩の色がにじんだ。「なぜ彼女はそんな真似《まね》をしたんだ？」

一瞬ためらってからレンは身を乗り出し、デスクの上で両手を組み合わせた。「Ｊ・Ｃ、彼女は妊娠していた。牧師の娘が未婚のまま妊娠したとなれば、また父親に迷惑をかけてしまう。それだけは避けたかったんだろう」

吐き気に襲われ、Ｊ・Ｃは目をつぶった。レンも僕と同じ考えか。トンプソン牧師はすでに不快なゴシップに耐えていた。その原因を作ったのは僕だ。人の力になるためにひたすら努力してきた男に対して、僕はひどいことをしてしまった。

コーリーのおなかには子供がいる。それは僕の子供なのか？　今となっては永遠の謎だ。彼女は消えた。僕の手の届かないところへ行ってしまった。結婚！　罪の意識からの結婚か？　いかにもコーリーのやりそうなことだ。なぜ僕は気づかなかったんだろう？

問題は誰と結婚したかだ。地元で誰かが結婚したという話は聞いていない。そうか、コーリーはもうケイトローにはいないのか。彼女はどこかへ行ってしまった。顔見知りがいない土地へ。彼女が僕と暮らし、僕に捨てられたことを誰も知らない土地へ。そして、そこで自分と結婚してくれる男——子供に名前を与えてくれる男を見つけたんだ。

もしその子供が僕の子だったら？　僕はその子に会えない。その子を知ることもできない。すべては僕の責任だ。僕はコーリーという人間を見誤った。彼女を放り出し、罵倒した。彼女を嘘《うそ》つき呼ばわりし、彼女のベッドでの態度を嘲笑《あざわら》った。

「ときに人は死ぬはるか以前に自分の墓穴を掘る」だしぬけにJ・Cはつぶやいた。

この男はいったい何を考えているんだろう？　レンにはわからなかった。ただうなずくことしかできなかった。

コーリーはダービー・ハウランドの法律事務所で働きはじめた。最初の二週間は緊張の毎日だった。あなたなら大丈夫。きっと歓迎されるわ。いとこのアニーはそう断言したが、コーリーにはそこまでの自信は持てなかった。

その最大の原因は彼女の体調にあった。まだ初期の段階で見た目にはわからないが、彼女のおなかには子供がいるのだ。ミスター・ハウランドは見ず知らずの彼女を快く雇い入れてくれた。だが、彼女の秘密を知ったら、態度を一変させるかもしれない。彼女はアニーに口止めした。妊娠のことは誰にも言わないでほしいと頼んだ。自分がしでかしたことを町中に知られた状態で新生活をスタートさせたくはなかった。

しかし、彼女の心配は杞憂《きゆう》に終わった。ミスター・ハウランドは常に笑みを絶やさない人物だった。

彼は細身で背が高かった。豊かな黒髪には白髪が交じり、オリーブ色の肌に黒っぽい瞳をしていた。そして、よく通る声の持ち主だった。

コーリーは電話を取り、口述を書き取り、来客に応対した。愚痴の一つもこぼさずに、言われたことはなんでもやった。オフィスは円滑に運営されていた。彼女がケイトローで働いていたオフィスとよく似ていた。

今度の法律事務所には弁護士が三人いたが、なかでもミスター・ハウランドは親切な上司だった。コーリーは彼に好感を抱いた。日がたつにつれて、彼に隠し事をしていることを心苦しく思うようになった。そんな気持ちが態度にも表れていたのだろう。働きはじめてから二週間が過ぎた頃、彼女はボスのオフィスへ呼び出された。彼女を中へ招き入れると、ミスター・ハウランドはドアを閉め、携帯電話の電源を切った。

「気になる問題は早めに解決したほうがいいんじゃないかな？」大きなデスクの向かいの席をコーリーに勧めながら、彼は切り出した。「君は逮捕状に怯《おび》える逃亡者のようだ。よかったら私に話してみないか？」

コーリーはため息をついた。「先に話しておくべきだったんですけど……」

「続けて、コーリー」

彼女はためらった。

「ああ、なるほど」ミスター・ハウランドは微笑した。椅子に座ろうとしてひるみ、大きく息を吸い込んだ。「では、君の問題は後回しだ。まずは私の問題から話そう」彼はデスクの上で両手を組み合わせた。「私はまもなく死ぬ」

コーリーは息をのんだ。彼が癌《がん》を患っていることはアニーから聞いていた。しかし、最近は癌の治療法も進んでいるため、そこまで重篤な状態だとは思っていなかったのだ。

「失礼。少し露骨すぎたかな」ミスター・ハウランドは悲しげにほほ笑んだ。「私の癌は珍しい種類のものでね。多発性骨髄腫というんだ。最初は腰の痛みから始まった。私は関節炎だと思った。二十代の頃に関節炎を経験していたから。それで、医者にも行かなかった。最終的には検査で病名がわかったが、そのときには手の施しようがない状態になっていた」

「お気の毒に」コーリーはつぶやいた。ほかになんと言えばいいのかわからなかった。

ミスター・ハウランドは微笑した。「私には妻がいた。小学六年生の頃から思いつづけた私の人生でただ一人の女性が。私たちには子供ができなかったが、お互いがいた。本当に幸せな結婚生活だった。彼女を失ったあとも、私の心には彼女しかいなかった。私が死ねば、また彼女に会える。だから、死ぬのもそう悪いことだとは思っていない」彼は顔をしかめた。「痛みはかなりひどくなってきている。でも、この旅はじきに終わる。目的地に着く。私の言う意味がわかるかな？」

「はい」コーリーはJ・Cのことを考えた。J・Cを失ったときは彼が死んだような気がした。それくらい悲しかった。もし彼が本当に死んだら、彼のいない人生と向き合うことになったら、死ぬのもそんなに怖くないかもしれない。あんなに傷つけられたのに、私は今も彼を愛しているんだわ。

ミスター・ハウランドは首をかしげ、目を細くした。「君は今、別の問題について考えていたね。どういう問題かきいてもいいかな？」

コーリーは大きく息を吸った。「私は故郷である男性と関わりました。私は彼を愛していた……世界中の何よりも。だから、彼に一緒に住もうと誘われたときも断らなかったんです。私の故郷は小さな町で、父は牧師をしています。当然スキャンダルになりますよね」彼女は悲しげに微笑した。「それだけならまだよかったんですけど。彼は子供を望んでいなかった。それなのに、私が妊娠してしまって。彼はほかの男性の子供だと思い込み、私を捨てました。私が未婚の母になったら、父の面目は丸つぶれでしょう。だから、いとこのアニーとタイを頼ったんです。彼らは一緒に住もうと言って、この仕事を紹介してくれました」コーリーは自分の足下に視線を落とした。「私はここを去るべきですよね。これ以上彼らに迷惑をかけられないもの。最初は夫を亡くしたふりをしようと考えていたんですけど……」

「それなら私と結婚しないか？」

コーリーは唖然《あぜん》として上司を見返した。「結婚ですか？」

ミスター・ハウランドは肩をすくめた。「私は本物の結婚は望んでいない。君もそうだろう。でも、子供を産むつもりなら夫が必要だ」彼はにっこり笑った。「私は子供が大好きでね。メアリーとの間に子供をもうけることはできなかったが、君の子育てに協力することはできる。私に残された時間の範囲内でだが」

コーリーの頬を涙が伝った。「でも……あなたは私のことを知らないのに……」

「アニーからすべて聞いたよ。彼女を責めないでくれ。彼女の父親と私は長いつき合いで、隠し事のない関係だった。それに、私は弁護士だ。弁護士は自分が知り得た情報を口外しないように訓練されている」

コーリーは涙を拭い、なんとか笑顔らしきものを作った。「私もそうです。ケイトローでは優秀な弁護士たちの下で働いていました」

「知っているよ。彼らに電話したから。あちらでは皆、悲嘆に暮れているそうだ。君はそれだけ愛されていたんだね」

コーリーは頬を赤らめた。「まあ」

「君はここでも愛される存在になる。明日、結婚許可証を取って、式を挙げてくれる牧師を探そう」

「みんなに頭がおかしくなったと思われますよ」コーリーは指摘した。「私たち、二週間前に会ったばかりなのに」

「いいね」ミスター・ハウランドはくすくす笑った。「向こう数カ月はその噂《うわさ》で持ちきりだ。でも、悪い噂にはならないよ。ジェイコブズビルは優しい町だ。ここには様々な罪を犯し、社会に復帰した人々がいる。でも、それを責める人間はいない。彼らは罪を償ったんだからね。ジェイコブズ郡には世界屈指のテロ対策訓練所もある。運営しているのはエブ・スコットという傭兵《ようへい》上がりの男だ。つまり、ここには様々な背景を持つ人間がいるということだ。ちなみに我らが警察署長は昔は政府の暗殺者をしていた。

保安官はアメリカ大陸でその名を知られた麻薬王の娘と結婚した」

コーリーはぽかんと口を開けて座っていた。

「そういうなんでもありの町なんだよ」ミスター・ハウランドはにんまり笑った。「だから、出会ったばかりの男女がいきなり結婚しても誰も驚かない。少なくとも、それほどはね」

「なんて魅力的な町なの！」

「私も常々そう考えていた」そこでミスター・ハウランドは眉をひそめた。「一つ気になるのは子供の父親のことだ。彼が反省し、君を追いかけてくる可能性はないのかな？」

コーリーは悲しげに微笑した。「彼は二度と私に会いたくないと言いました。私のおなかにいるのは自分の子供じゃないとも言いました。彼は……」そこで彼女は言葉を切った。「とにかく色々と言ったんです。私が忘れられないようなことを。彼は一匹狼《おおかみ》のような人で、家族を望んでいません。だから、私を追いかけてくる可能性もありません。私としてもそのほうがありがたいです。でないと、這《は》いつくばってでも彼のところに戻ってしまいそうだから」

彼女は笑ったが、その声はひび割れていた。「私はそれくらい彼のことを愛していたんです」

「私もそんなふうに妻を愛していたな」ミスター・ハウランドはしみじみと言った。「私は今でも彼女を愛している。いつも彼女とともにある。彼女を亡くして三年になるが、つい昨日のことのように思えるよ。よく時がたてば楽になると言うが、あれは嘘だね」

コーリーはうなずいた。「あまりにも深すぎて治らない傷もありますよね」

ミスター・ハウランドは身を乗り出した。「というわけで私と結婚しないか。私はいびきをかくが、君には専用の寝室を用意するから問題ないだろう。ただ、私は定期的に化学療法と放射線療法を受けているから体調を崩しがちだ。その点は辛抱してもらうしかない」

「私は平気です。J・Cがインフルエンザで寝込んだときは私が看病しました。彼が吐いたときも」

ミスター・ハウランドの表情が和らいだ。「確かに君はそういうタイプの女性だ。初対面の人間からいきなり秘密を打ち明けられたりしない？」

コーリーは笑った。「言われてみれば。聞いているほうが恥ずかしくなるような秘密もあります。でも、私は耳を貸すだけで何も言いません」

「君の父親もそうなんだろうね。彼に電話して、この最新ニュースを伝えてはどうかな」

「今夜電話します」コーリーはうなずいた。それから、顔をしかめた。「私、ドレスはあまり持っていないんです。ウエディングドレスは必要ですか？」

「いや、ジーンズで充分だ」ミスター・ハウランドはくすく笑った。「私はスーツを着るよ。仕事ではいつもスーツを着ているから」

「でも、あまりにも突然な話で」

「私にとっては突然じゃない。アニーに未婚の母になるいとこを雇ってほしいと言われたときから、ずっと考えていたことだ。私は赤ん坊と接する機会が少なかった。どうしても自分の赤ん坊がほしかった。これは私にとって人生最大の冒険だ。メアリーと暮らしたことと、司法試験に受かったことを別にすれば」

「本当にありがとうございます」涙をこらえながらコーリーは言った。

「礼を言いたいのは私のほうだよ。君には苦労をかけるだろう。さっきも言ったが、私は体調を崩しがちだ。睡眠障害もある。眠れないときは家の中をうろついたりテレビを観《み》たりしている」

「私はかまいません。生まれてくる子供が最高のスタートを切れたら、それで充分です。私のせいで子供まで悪く言われたくないので」

「その点は二人でなんとかしよう」

「そこまで言っていただけるのなら、あなたと結婚します、ミスター・ハウランド。そして、あなたが私を必要とする限り、あなたのお世話をします」

ミスター・ハウランドは微笑した。「ダービーだ」

「あ、はい。ダービー」コーリーは試しに口にしてみた。

ダービーは笑った。「私の名前は祖父の祖父から取ったものでね。彼はジェイコブズ郡の保安官助手をしていた」

「その話、ぜひ聞いてみたいです。あなたが眠れない夜にでも」

彼はうなずいた。「私はずっと話し相手がほしかった。君ならいい話し相手になってくれそうだ」

「父に電話しなきゃ」

「今ここで連絡してはどうかな？　私のパソコンにはスカイプが入っているよ」ダービーはパソコンの電源を入れ、アプリを立ち上げた。「彼の電話番号は？　まずは連絡先に登録して……」

コーリーは立ち上がった。「私にやらせてください。私のアカウントでサインインします」

「いい考えだ」ダービーはにんまり笑った。コーリーに席を譲り、自分はデスクの端に腰をあずけた。コーリーは自分の情報を入力し、父親を呼び出した。

呼び出し音が鳴った。スクリーンに現れた娘の名前を見て、トンプソン牧師はカメラ機能をオンにした。そして、彼女に笑顔を見せた。

「ハイ、スウィートハート。調子はどうだ？」

ダービーも彼女の背後から顔をのぞかせた。「ハロー、牧師。ダービー・ハウランドといいます。私は明日あなたのお嬢さんと結婚します」

牧師は声を失った。ただ唖然として彼らを見つめていた。

「子供には名前が必要です」ダービーは穏やかに続けた。「そして、私は癌で死にかけている。この子は私に残された時間を豊かなものにしてくれるでしょう。私は三年前に妻を亡くしました。だから、本物の夫にはなれませんが、コーリーに名前を与えることはできます。生まれてくる子供にも必要なものはなんでも与えるつもりです」

牧師は声を絞り出した。「ミスター……？」

「ハウランド。ダービー・ハウランド。コーリーが働いている法律事務所のオーナーです」

「ミスター・ハウランド、あなたは一生の恩人だ」牧師は涙をこらえた。「私がどれほど娘のことを心配していたか……」

「彼女は私が守ります。彼女にも子供にも決して不自由はさせません」ダービーは微笑した。「妻と私の間には子供ができなかった。本当はほしくてたまらなかったんですけどね。そんな私が名前だけでも父親になれる。これほど嬉《うれ》しいことはありません」

「あなたはたいしたお方だ」牧師は静かに言った。「これからは毎晩あなたのために祈らせてもらいましょう」

ダービーは悲しげに微笑した。「そうしていただけると心強い。私も教会の案内役をしているんですよ。メソジストの教会で……」

「なんとまあ！」牧師が笑った。「我々もそうなんだよ！」

「奇遇ですね」ダービーはにんまり笑った。「うちの教会の牧師は少々癖のある男です。なにしろ、マスタング・シェルビー・コブラを運転しているくらいで。でも、説教はすばらしいし、困っている人々にもとても親切だ」

「パパもそうよね」コーリーは父親に向かってほほ笑みかけた。

「あなたも式に来ませんか？」ダービーは誘った。「空港まで車を迎えに行かせますよ」

「行きたいのは山々だが」牧師はため息をついた。「明日、心臓手術を受ける信徒がいてね。私も立ち会う約束なんだよ」

「父はいったん口にした約束は必ず守る人です」ダービーに説明すると、コーリーは父親へ視線を戻した。牧師は苦悶《くもん》の表情を浮かべていた。「じゃあ、写真を撮ってパパに送るわ。それでどう？」

「そうしてくれるか」牧師の表情が緩んだ。「いい人に出会えてよかったな。体を大切にしなさい。ちょくちょく電話するんだぞ」

「ええ。愛しているわ、パパ」

「私もおまえを愛している。ありがとう、ダービー。娘も私もあなたには心から感謝している」

ダービーはにっこり笑った。「お気遣いなく。私は父親になるので！」

コーリーはただ笑った。

彼らは地元のメソジスト教会で結婚した。参列したのはコーリーのいとこたちだけという内輪の式だったが、ダービーは花嫁のために美しい花束を用意していた。さらには婚約指輪と結婚指輪まで。コーリーはこの出費に抗議した。しかし、ダービーははした金だと言って取り合わなかった。

婚約指輪には二カラットのダイヤモンドがはめ込まれていた。結婚指輪にもダイヤモンドがちりばめられていた。コーリーにとっては給料二年ぶんの散財だ。はした金ですって？　彼女は思わず叫んでしまった。

アニーやタイとともに教会を出ながら、ダービーは言った。「言い忘れていたが、私は金持ちなんだよ」

「先にそれがわかっていたら、私はあなたのお金目当てで結婚するってみんなに吹聴《ふいちょう》できたのに」コーリーはいたずらっぽく微笑した。

一拍置いてからダービーは噴き出した。「これは先が思いやられるな」

ジェイク・ブレア牧師が教会の外で彼らと合流した。「結婚は神聖なものだ。笑い事じゃないぞ」

四人は彼の真面目くさった顔をまじまじと見つめた。

次の瞬間、ブレア牧師は相好を崩した。「なんてね」くすりと笑うと、彼はダービーの手を握った。「君たちならいい夫婦になれる。君がまた人生に興味を持ってくれて本当によかった」

「残り少ない人生だけどね」憂いを含んだ口調でダービーは答えた。

「人生の価値は幸福な日々の中にある。不幸を予想して嘆いていても仕方ない」ブレア牧師は言った。

「昨日は思い出、明日は希望。我々にあるのは今日だけだ。明日を保証された人間はいない。たとえそれが若い者たちであっても」

ダービーは牧師をしげしげと眺めた。「君は本物の哲学者だ」

「本物じゃないが、そうなろうと努力はしている」ブレア牧師はコーリーに笑顔を向けた。「私にもあなたと同じくらいの年の娘がいるんだよ。娘は結婚して、男の子を産んだ。その子が私の人生の光だ」

「早くその娘さんに会いたいわ。私はここに来たばかりで、知り合いがほとんどいないんです」

「ダービーに紹介してもらうといい。彼は顔が広いから」牧師は提案した。「ここは小さな町だが閉鎖的ではない。偏見を持つ者も少ない。これだけ人に優しい町はめったにないだろう。君もきっとここを好きになるよ」

コーリーはうなずいた。「私もそう思います」

「君の父親も牧師だそうだね。彼がこっちに来たら、ぜひ会ってみたいな」

「父は仕事最優先の人なので」コーリーは言った。彼女の父親が式に来られない事情についてはすでに説明してあった。

「私もだよ」ブレア牧師は答えた。「今日は本当におめでとう」

「ありがとうございます」コーリーは礼を言った。ダービーも感謝の言葉を口にした。

「よし」ダービーは言った。「うちに帰ろう！」

ダービーの家は広大な敷地の中にあった。敷地内にはメスキートや樫《かし》やペカンの木が生い茂り、その間を縫うように小川が流れていた。

「ワイオミングとは全然違うわ」コーリーは感想を口にした。

「ロッジポールパインもないし、アスペンもない。ハコヤナギもない」ダービーは笑った。「確かに植物は違うね。でも、どの土地だろうと人間にたいした変わりはない。私はここの暮らしが好きだよ。一つの大きな家族みたいで」

「確かにそんな感じね」コーリーは同意した。

家が見えてくると、彼女はその大きさに息をのんだ。それはビクトリア朝建築の鑑《かがみ》のような家だった。二階建ての壁は白く塗られ、木工部分はジンジャーブレッドを思わせる色をしていた。

「嘘みたい。なんて美しいの！」

ダービーは悲しげに微笑した。「これは私がメアリーのために建てた家、私たちが一緒に暮らした唯一の場所なんだよ」

「でも、あなたたちは結婚してから一緒に暮らしたんでしょう。私もそんな生き方をしたかったわ」コーリーはかぶりを振った。「常識から外れない生き方を」

「君はまだ若い。後悔するのは私くらいの年になってからでいいよ」

「そうね」コーリーはため息をつき、彼に視線を投げた。「あなたのうちに家政婦はいるの？」

「ミセス・ロペスがいる。ただし、彼女はパートタイムだ。ほかの日は花屋で働いている」

「今日は？」

「今日はいない。彼女がうちに来るのは水曜日と木曜日だ。私はいつも彼女が冷凍した料理をレンジで温めて食べている」

「これからは毎日、手料理が食べられるわよ。私、料理は得意なほうなの」

ダービーはにんまり笑った。「私の決断は大正解だったようだな」

「あなたにはどれだけ感謝しても……」

彼は片手を挙げた。「これはパートナーシップ、双方が得をする関係だよ」玄関の階段の前で車が停《と》まった。「これが我が家だ」彼は広い玄関ポーチを身振りで示した。そこにはブランコが吊《つ》るされ、椅子が並べられていた。ポーチの端にはハンモックが置かれ、その向こうには高い木がそびえていた。「あれはペカンの木だ」ポーチに上がりながら、ダービーはその木を指さした。「でも、私はペカンを店で買っている。呪わしいリスたちのせいで」彼はため息をついた。「連中は実が熟さないうちに木を丸裸にしてしまう。おかげで私は自分の木からペカンを収穫できたことがないんだ」

コーリーは笑った。「仕方ないわ。リスはお店に行ってペカンを買えないんだから。あ、鳥の餌台と巣箱！」彼女は叫んだ。「私、あれが大好きなの。うちにもいくつかあって、私が毎朝餌を補充していたのよ」

「私も鳥が好きでね。今は巣作りの時期じゃないが、春が来たら、特等席で雛《ひな》たちを眺められるよ」

コーリーはうなずいた。「春が来たら」

彼女はJ・Cのことを考えた。これで彼とは永遠にさよならね。私が結婚したと知ったら、彼は二度と私に近づかないはずだわ。私は今も彼を愛している。でも、我が子が小さな町で父親を知らずに育つなんて、考えただけでも耐えられない。私は正しいことをしたのよ。私がするべきことを。

それに、ダービーはいい人だわ。私は彼を支えてあげたい。彼が私を必要とする限り。

妊娠は発見の連続だった。乳房の圧痛。吐き気。胸焼け。おなかの子供が育つにつれて、コーリーは様々な体の不調を経験した。

「もう最悪」ある日、昼食の席で彼女はダービーにぼやいた。妊娠は六カ月目に入り、おなかも目立ちはじめていた。町の人々はダービーの子供だと思い込み、彼とコーリーを祝福していた。

「何が最悪なんだ？」ダービーがきき返した。

「胸焼けよ！　すっぱいものが食べたいのに胸がむかむかするの。困ったものだわ」コーリーは笑った。

「あと少しの辛抱だよ」

彼女は大きく息を吸った。自分のおなかに手を当てて、穏やかにほほ笑んだ。「男の子か女の子かきくべきだったかしら。ミスター・ケンプの奥さんがベビーシャワーを開いてくれるんですって。みんな、黄色いものを持ってくるのよ」

「私は黄色が好きだよ。君は？」

「私も大好きよ」コーリーは夫の顔を観察した。そこには新しい皺《しわ》が刻まれていた。ダービーの痛みは着実に悪化しつつあった。症状が進むにつれて治療の内容も変化し、化学療法と放射線療法も毎週おこなわれるようになっていた。彼女は夫につき添って病院へ通った。ダービーは赤ん坊の誕生を心待ちにしていた。彼が生きて赤ん坊の顔を見られることを、コーリーも心から願っていた。

「大丈夫。私はまだどこへも行かないよ」ダービーがくすりと笑った。

「ごめんなさい。でも、どうしても心配で」

彼は頭を傾け、コーリーにほほ笑みかけた。「私はしぶとい男だ。赤ん坊が生まれるまでは絶対に死なない。ずっと楽しみにしてきたんだから」

トンプソン牧師もそうだった。彼とコーリーは毎日のようにスカイプで話をしていた。

「パパが言っていたわ。この子が生まれたら、何を差し置いてもこっちに来るって」

「彼は旅行が好きじゃないんだろう？」

サンドイッチを食べ終えながら、コーリーはうなずいた。「ええ。飛行機は怖いし、長時間車に乗るのもいやなんですって。パパはケイトローから出たことがないんじゃないかしら。軍隊にいた頃は別だけど、それはママと結婚する前の話よ。私は生まれてもいなかったわ」

「君のお母さんはすてきな女性だったんだろうね」

「ママはパパに似ていたわ。親切で、穏やかで、愛情深くて」コーリーは視線を上げた。「私はそんなパパに迷惑をかけてしまった。恋は盲目というけど、本当にそのとおりだわ。深みにはまると、好きな人のことしか見えなくなるのよね」

「確かに」ダービーはうなずいた。「恋が恐ろしい事件につながることもある」

「そうね」

彼らは今、片思いの相手を誘拐して結婚を迫った男の弁護を担当していた。彼らは情状酌量を求めていたが、誘拐は連邦犯罪であるため、よほどのことがない限り重い刑は免れられそうになかった。

「気の毒な人。彼の母親も気の毒だわ」コーリーは顔をしかめた。その母親は毎週事務所を訪ねるか電話をかけてきて、弁護士たちを相手に泣きわめいていた。

「気が滅入《めい》る仕事がいやなら、法律には関わらないことだ」ダービーはにやりと笑った。「法律の世界には悲しい話しか転がっていない。そう思わないか、ハニー？」

「ええ。でも、たまに運のいい人もいるわ」

「連邦犯罪の場合はどうかな」ダービーはため息をついた。「今回の事件の担当検事は我々の依頼人を終身刑にすると息巻いていた」

「彼は恋をしたことがないんじゃない？」

「あの検事のことか？」ダービーはかぶりを振った。「彼は色恋に目もくれずに生きてきたんじゃないかな。あの厳格さときたら。ただし、法律家としては優秀だ。下調べは怠らないし、被害者のために全力を尽くす。おまけに声もいい」

「私もそう聞いているわ」

ダービーは気遣わしげにコーリーの顔色をうかがった。「最近、君はいつも疲れているね。私のせいだろう。私が化学療法を受けるたびにひどい状態になるから」

「気にしないで」コーリーは彼の手に自分の手を重ねた。「私たちは互助会みたいなものよ」

「面白いことを言うな」ダービーは笑った。それから、彼女の瞳を探った。「あと三カ月だね」

コーリーはにっこり笑った。「あと三カ月よ」

八月のある暑い木曜日の昼間、トンプソン牧師に電話がかかってきた。彼はその電話を心待ちにしていたが、長い空の旅のことを考えるとパニックを起こしそうになった。

幸い、ダービーには自家用ジェット機を所有する友人がいて、ケイトローからジェイコブズビルまで牧師を送ってくれることになった。もしコーリーが頼めば、モズビーきょうだいもそうしてくれただろう。メリーの姉のサリー・フィオーレも。しかし、このほうがいいのだ。ダービーの友人はケイトローに縁のない人物だった。コーリーはJ・Cに赤ん坊のことを知られたくなかった。

パイロットは牧師を機内に案内してから、機体の最終点検をおこなった。ケイトローの空港には、牧師の信徒団に名を連ねる整備士がいた。飛び立つジェット機を見送りながら、彼は考えた。あの牧師が飛行機に乗るとは。しかも、牧師にはジェット機を持つ知り合いがいるらしい。これはみんなに教えなければ！

ニュースは整備士からその妻へ、花屋へと伝わり、ルーシーが働く法律事務所にも届いた。彼女はレストランでランチを食べる合間に友人にそのことを話した。背後のカウンターで注文の品を待っているJ・Cの存在をそれとなく意識しながら。

「ほんと、楽しみだわ！　男の子かしら？　女の子かしら？　ただ、彼女の旦那さんは癌を患ってるから」ルーシーの声から力が抜けた。「彼女、言ってたわ。旦那さんも子供の誕生を楽しみにしてる。だから、子供の顔を見るまでは生きてほしいって。彼女は今も働いてるのよ。旦那さんがお金持ちだから、働く必要なんてないのに。でも、家で優雅にお茶会を開いてるコーリーなんて想像もできないわよね。彼女はお金に頓着しない人だもの」

赤ん坊が生まれる。J・Cは歯を食いしばった。心臓が止まった気がした。僕がコーリーを失ってから——いや、捨ててから、もうそんなになるのか。彼女は結婚した。その結婚相手が彼女の出産を見守り、子育てを手伝うことになるのか。実の父親であるだろう僕は、その子に会うこともできないのか。

ロッドは僕の子供じゃないと言った。彼女の男友達を空港まで連れてきて、妹の不実を嘆いた。

でも、コーリーは人を裏切ったことがない。嘘をついたことがない。保身のためなら平気で嘘をつく兄と違って。

突然の妊娠の知らせ。彼女のいない孤独な日々。当時の僕はまともに考えることさえできなかった。喜びを失い、僕の心は凍りついた。五月まで溶け残った雪のように。今は八月。ケイトローは花盛りの季節だ。テキサスもそうだろう。コーリーの子供は彼女を愛する人々に囲まれてこの世に誕生するんだろうか。彼女は少しでも僕のことを考えるだろうか。

今でも僕を憎んでいるだろうか。

J・Cは人生の大半を一人で生きてきた。子供時代は誰にも——コーリーにさえ言えないような虐待を受けた。だから、子供のことは考えたくもなかった。しかし今は、コーリーの子供のことを考えると悲しくなった。気持ちが暗くなった。もしその子が僕の子供なら、僕は彼女にも子供にもひどい仕打ちをしたことになる。確かにコーリーはその状況をうまく乗り切った。彼女を守り、ほしいものはなんでも与えてくれる夫を捕まえた。

でも、彼女は何かをほしがったことなどない。僕に食事をおごらせることさえしなかったくらいだ。それなのに、僕は彼女を責めた。金目当ての詐欺師のように扱った。

ウェイトレスが注文の品を運んできた。彼が代金を支払おうとしていたとき、ルーシーの携帯電話が鳴った。

「コーリーの旦那さんからよ!」ルーシーは叫び、電話に出た。「ええ。ええ、トンプソン牧師はそっちに向かって……えっ? 女の子! コーリーに娘ができたのね!」

ルーシーの周囲から歓声があがった。集中力をなくしたJ・Cは代金を間違えた。五ドル札を追加するためにポケットを探らなくてはならなかった。釣銭を受け取り、注文品を手にすると、彼は気もそぞろで外へ出た。

女の子。コーリーに似ているんだろうか。ウェーブのかかった焦茶色の髪と緑色の瞳をした子だろうか。その子はきっと母親のように優しい女性になるだろう。J・Cは歯を食いしばった。ほぼ間違いなく僕の子だ。僕の娘だ。彼はSUVの横で立ち止まり、みぞおちを殴られたような苦痛に耐えた。

できれば出産に立ち会いたかった。コーリーを励まし、生まれてくる子供を歓迎したかった。でも、コーリーには夫がいる。僕には誰もいない。今までどおり一人きりだ。誰も知らない事実。彼女が産んだ娘は夫の子供じゃない。

でも、僕は知っている。僕は死ぬまで自分を責めつづけるだろう。コーリーを信じなかったことで。彼女と自分の人生をぶち壊したことで。そして、ずっと苦しみつづけることになるだろう。

10

赤ん坊がコーリーの腕の中に置かれた。彼女はそのことをぼんやりと意識した。長く苦しい出産だった。陣痛が何時間も続いた。それでも彼女の子宮口は充分に広がらず、ついに産科医は帝王切開を決断したのだった。

「女の子だよ」ダービーが彼女の耳元でささやいた。「とてもかわいい子だ！」

「女の子」コーリーの胸に痛みが走った。こんなはずじゃなかった。私はJ・Cと結婚しているはずだった。ここにはJ・Cがいて、我が子を抱き、慈しんでいるはずだった。

しかし、そこにいたのは彼女に名前を与えた親切な男だった。自分を愛する女を捨て、我が子まで捨てた男に代わって、その親切な男が初めて父親になる喜びを味わっていた。

コーリーの頬を涙が伝った。「痛みがひどくて」彼女は弁解した。涙の原因は心ではなく体の痛みだと親切な男に思ってもらうために。

「看護師に伝えるよ」ダービーはささやいた。「もう大丈夫。何も問題はないからね」

いいえ、大丈夫じゃないわ。問題だらけよ。

コーリーは眠った。目覚めたときには、かたわらに彼女の父親の姿があった。トンプソン牧師は目に涙を浮かべていた。

「美しい子だ。生まれたときのおまえとそっくりだ」

コーリーはなんとか笑顔を作った。「ラマーズ法で産む予定だったのよ。自然分娩《ぶんべん》で。そのためにダービーと教室にも通ったのに」

「先のことは誰にもわからん。ただ神の思し召《おぼめ》しを信じるしかない」牧師はくすくす笑った。「おまえの牧師も来ているよ」

「ブレア牧師が？」

「ああ、おまえを見舞うために。だが、満場一致で私が先に入ることになった」冗談めかして牧師は続けた。「みんな、心配していたんだよ」

「私は元気よ。すごく眠いけど。早く赤ちゃんの顔が見たいわ」

「すぐに見られる」牧師は約束した。

コーリーは再び目を閉じた。

「本当にきれいな子」腕の中に置かれた赤ん坊を見て、コーリーは声をつまらせた。「完璧だわ！」彼女は小さな指やつま先に、愛らしい鼻に、赤みを帯びたブロンドの髪に触れた。「パパ、この子は赤毛になりそうよ」

トンプソン牧師は困ったような顔をした。コーリーにはその理由がわかった。彼女の親族に赤毛は一人もいないのだ。

「隔世遺伝かもしれないわね」彼女は言った。

「劣性遺伝子だよ」ブレア牧師が笑顔で講釈を垂れた。「赤毛や色の薄い瞳は劣性遺伝だ。茶色の髪や瞳のほうが遺伝しやすい」

「物知りだな」トンプソン牧師が茶化した。

ブレア牧師は肩をすくめた。「神学校に入る前、軍隊で生物学を学んだんだよ」

「劣性遺伝子か」コーリーの父親はわずかに肩の力を抜いた。彼らは以前J・Cから聞いた話を思い出していた。J・Cの母親は赤毛で灰色の瞳をしていたという。赤ん坊はその女性に似たのだろうか？

二人きりになったわずかな隙に、コーリーは父親に指摘した。「パパ、私はジェイコブズビルで暮らしているのよ。仮にＪ・Ｃがあの子に会ったとしても、自分の子供だとは思わないはずだわ。ロッドが父親は別の男だと言ったから。ロッドは空港で彼を待ち伏せして、わざわざそんな話をしたのよ」

トンプソン牧師の表情が曇った。「あいつはなぜそんなことをしたんだろう？」

「ロッドにはロッドなりの理由があったのよ」コーリーはごまかした。本当のことは言えないわ。パパを危険な目に遭わせたくないから。ロッドは私が消えてほっとしているでしょうね。これで逮捕される心配はなくなったと思っているはずだわ。そうであってほしい。もし私の赤ちゃんにまで魔の手が伸びてきたら。考えただけでも耐えられないわ。

牧師は娘の腕の中の赤ん坊を眺めた。コーリーは赤ん坊をベス・ルイーズと名づけた。亡き母親の名前を取ったのだ。愛称も同じルーディにするつもりだった。彼女はルーディに哺乳瓶でミルクを飲ませていた。帝王切開からの回復が遅れていたため、まだ母乳を与えることはできなかった。

「おまえには黙っていたが、Ｊ・Ｃから電話があった」

コーリーの胸が高鳴った。込み上げてきた喜びを抑えて、彼女は気のない口調でき返した。「そうなの？」

「ああ。おまえが町を離れてから三週間くらいたった頃だ」牧師はため息をつき、ポケットに両手を押し込んだ。「私は何も言わなかった。黙って受話器を置いた。本当は彼の話を聞くべきだったんだろうな。彼はルーシーにも会いに行ったそうだ。おまえを捜すために」

Ｊ・Ｃはようやく私を信じる気になったの？　私に投げつけた言葉を後悔したの？　私と仲直りがしたかったの？

コーリーは石をのみ込んだような気分になった。

「私、ルーシーに口止めしたの。彼には私の行き先を教えないように」J・Cがルーシーと話した。でも、ルーシーからは何も聞いていないわ。たぶん、ルーシーは私をこれ以上傷つけたくなかったのね。彼女は視線を上げた。「パパには迷惑ばかりかけてしまったから」

牧師は後ろめたそうな顔になった。「私はおまえの立場から物事を見ていなかった。私は時流から遅れている。私がいる世界では、道徳が重んじられ、高潔さが尊ばれる。それを変えることは……」

「パパはそのままでいいのよ。私はJ・Cに嘘《うそ》をつかなかった。でも、J・Cはそのことを信じなかった。それでちゃんとした関係が築けると思う？　もし誰かを愛したら、それが本物の愛だったら、その誰かの言葉を信じるものでしょう。J・Cは私を信じなかった。彼は誰も信じない。許すことを知らない」コーリーは赤ん坊に視線を戻した。「彼に私とよりを戻す気はなかったと思うわ。ただ、私の無事を確認したかっただけよ。ルーディが自分の子供だとも思っていないんじゃないかしら。彼に父親は向かないわ。それに、子供はいらないと何度も言っていたもの」

「そうか」

「でも、ダービーは違ったの」コーリーは微笑した。「彼はいつも私のそばにいてくれたわ。マタニティ教室でも。産科の定期検診のときも。化学療法で体調が悪かったときでさえ、絶対に教室を休まなかったのよ。今だって、私と同じくらいルーディの誕生を喜んでいる。そういう人がいるってすばらしいことだわ。彼は奥さんを愛していた。今も奥さんの死を嘆いている。でも、ルーディが彼に大きな幸せをプレゼントした。彼に残された時間は少ないけど、私は彼と出会えてラッキーだったと思うわ」

「彼は立派な人物だ。私は毎晩、彼のために祈っている。おまえとルーディのためにもな」

「この子、お人形みたいにかわいいわよね？」

「おまえが生まれたばかりの頃を思い出すよ。おまえの母親も私も有頂天だった。私たちはロッドを愛していた。だが、小さな女の子もほしかった。私はルイーズに似た娘がほしかった」牧師は大きく息を吸った。「おまえは本当に彼女によく似ている」

「私もママが恋しいわ」

「少しの間、離れているだけだよ。来世の存在を信じるなら、愛する者たちとの再会も信じるべきだ。信仰はそのためにある。人々の心を慰めるために」

「そうかもしれないわね」コーリーは赤ん坊のカールした髪を撫《な》でた。J・Cのお母さんの髪もこんなふうにカールしていたのかしら？「ルーシーに写真を送らなきゃ」

「私に任せろ」牧師は携帯電話を取り出し、笑顔で写真を撮りはじめた。


ルーシーはレストランで友人たちに写真を見せていた。J・Cはステーキとサラダを食べ終えて、店を出ようとしていた。コーリーの赤ん坊を巡る女性たちの会話が聞こえたのはそのときだった。

彼はルーシーの横で足を止めた。一瞬ためらってから問いかけた。「いいかな？」

ルーシーは驚きながらも携帯電話を掲げた。そのディスプレーにはルーディを抱くコーリーの姿が映っていた。J・Cの顎に力が加わった。生まれたばかりの赤ん坊。それでも、この子は僕の母親に似ている。彼は経験したことのない心の痛みを感じた。これではっきりした。この子は僕の子供だ。ロッドは嘘をついていた。でも、なぜ嘘をついたんだ？

「かわいい子だ」J・Cはぼそりと言った。「名前は？」

「ベス・ルイーズよ」ルーシーは答えた。「でも、コーリーとダービーはルーディと呼ぶつもりらしいわ。彼女のお母さんの愛称だったんですって」

J・Cはうなずいた。最後にもう一度写真を眺めてから、携帯電話をルーシーに返し、店をあとにした。これは町の噂《うわさ》になるぞ。いや、気にするな。コーリーは別の男と結婚して……。

かわいい子だった。金褐色の巻き毛。薄い色の瞳。唇の形はコーリー似か。長い指。母さんの指も長かった。その指でピアノを弾いていた。

J・CはSUVに乗り込んだ。こうなったら認めざるをえない。あれは僕の子供だ。でも、遅すぎた。数カ月遅すぎた。

翌週、コーリーは自宅へ戻った。子育ては楽しかった。彼女は術後の痛みを押して赤ん坊の世話に励んだ。しかし、ダービーは住み込みの看護師を雇うべきだと主張した。

これは私のためでもあるんだよ、と彼は言った。化学療法もそろそろ限界に来ていた。癌《がん》の進行を食い止めるために、二日に一度血小板を輸血する必要があった。彼の症状は悪化していた。体は痩せ細り、顔色も悪くなっていた。彼は必死に隠そうとしていたが、仕事へ行くことも難しい状態だった。

ある朝、ダービーが行方知れずになった。病院から電話がかかってきた。輸血の予約が入っているのに彼が現れないというのだ。ダービーはどこへ行ったのだろう？ コーリーが気をもんでいると、当の本人が帰ってきた。

ダービーは鬱々とした様子だった。無言で彼女の部屋に入ってくると、ベッドで眠る赤ん坊をしみじみと眺めてから、彼女の枕元に立った。

「私は決めたよ」彼は穏やかに切り出した。「君には反対されそうだが」

コーリーは彼を見上げた。胸のつぶれる思いで次の言葉を待った。

「輸血を受けるのはもうやめる」ダービーは片手を挙げた。「人生には質と量がある。その二つは両立しづらい。終わりのない痛みと苦しみ。私はもう仕事もできない。君とルーディのおかげでなんとか持ちこたえているが、癌の進行は止まらない。どうか理解してくれ。私はもう長くは生きられない。これでは結果を先延ばしにしているだけ、苦しみを長引かせているだけだ」

コーリーは苦しげに息を吸った。彼女にとってダービーは大切な存在になっていた。「私は同意できないわ。医療技術は日々進歩している。新しい治療法や薬が……」

「でも、私には間に合わない。君には言わなかったが、昨日、癌の専門医と話をした」ダービーはベッドの端に腰を下ろした。「もって三カ月だそうだ」

ずっと考えないようにしていた。でも、ついにその時が来たんだわ。コーリーの目頭が熱くなった。

「三カ月?」

ダービーはうなずき、彼女の乱れた髪を押しやった。「君との暮らしは楽しかった。おかげで父親気分を味わえた。ルーディの誕生を待つ間は痛みにも耐えられた。でも、痛みはひどくなる一方だ。そのうち私は薬漬けにされ、自分の周囲で起きていることもわからなくなるだろう」

コーリーはひるんだ。

「君と出会えてよかったよ、コーリー。でも、どんなものにも終わりはある」

彼女はダービーの手に自分の手を重ねた。「ありがとう。あなたは私の人生を耐えられるものにしてくれた。私の子供に名前を与えてくれた」

ダービーは微笑した。「それが私の日々の喜びだった。でも、そろそろおしまいだ」

コーリーは涙をこらえきれなくなった。「私はずっとあなたのそばにいるわ。最後の最後まで」
「君ならそう言ってくれると思ったよ」

ルーディが生後二カ月を迎える頃、ダービーのホスピスケアが始まった。彼の体力は日に日に衰えていった。彼の財力をもってすれば治療費に事欠くことはなかったが、病院や医師たちへの支払いで貯金が底を突きそうだった。しかし、コーリーは気にしなかった。仮に一セントも残らなかったとしても、ダービーが少しでも楽に過ごせるなら充分だと考えていた。

ところが、彼女をさらに動揺させる事態が起きた。彼女の父親が病院へ搬送されたのだ。トンプソン牧師は緊急手術が必要なほど重篤な状態だった。

頼みの綱のいとこたちはドッグショーへ出かけていた。結局、コーリーは友人のサリー・グレーリング・フィオーレ——レン・コルターの妻メリーの姉に電話をかけ、赤ん坊と一緒に父親のもとへ行くためにグレーリング家のジェット機を使わせてほしいと懇願した。

「航空会社の便を利用してもいいんだけど、ダービーは一緒に行けないの。体調が悪くて……」

「私に任せて」サリーが彼女の言葉を遮った。「空港に飛行機とパイロットを待機させるわ。お父さんはどんな具合なの？」

「わからないわ。私は盲腸に穴が空いたと聞いただけ。それがどういう意味かわからないけど、ただごとじゃないわよね？」

サリーにはわかった。だが、彼女は何も言わなかった。「とにかく早く向こうへ行くべきよ。ケイトローの空港に車を待機させるから、それで病院へ直行して」

「あなたは本当に親切ね」コーリーは泣き崩れた。

「親切なのはあなたよ。私たち、みんなあなたを愛しているわ。ダービーのこともみんな心配しているのよ。かなり弱ってきているんですって?」

「ええ」コーリーは涙声で答えた。「本当は彼のそばを離れたくないの。でも、パパの様子を確かめなきゃ。ロッドとは連絡がつかないし」

「あなたのお兄さん?」

「そうよ」

「たぶん、そのうち現れるわよ」サリーは奥歯に物が挟まったような言い方をした。

「どっちにしても、私は行くつもりよ。本当にありがとう。恩に着るわ!」

「いいの、いいの。空港まではタクシーで行って。モラレスのタクシーは二十四時間営業よ」

「すぐ電話してみるわ。本当にありがとう!」

「お安いご用よ」

コーリーはジャック・モラレスに電話をかけた。ジャックはサンアントニオの警察に勤めていたが、ストレスの少ない仕事を求めて、ジェイコブズビルで二十四時間営業のタクシーを始めた男だった。

「午前二時に起こして申し訳ないけど」コーリーはまず謝罪を口にした。

「それが僕の仕事だからね」ジャックはくすりと笑った。「五分でそっちに行く」

「ありがとう」

コーリーはダービーにキスをし、ケイトロー行きの事情を説明した。ダービーは鎮痛剤でぼんやりとした状態だったが、それでも彼女の手を強く握りしめた。「気をつけるんだよ。君のパパによろしく伝えてくれ。私も彼のために祈っているから」

「なるべく早く戻るわ。約束よ」

「わかっているよ、私のスウィート・ガール」

コーリーは涙をこらえて荷造りをした。自分のものをまとめた小さなバッグとオムツ用バッグを用意し、ルーディを抱き上げると、看護師にあとを頼んでから家を出た。

早朝のケイトロー総合病院は森閑としていた。コーリーはルーディと待合室に座り、父親の手術が終わるのを待った。

ほどなく外科医がやってきた。「なんとか間に合ったよ」赤ん坊にほほ笑みかけながら彼は言った。「牧師はじきに元気になるはずだ」

「ああ、よかった」あふれ出た涙がコーリーの頬を伝った。「私、怖くてたまらなかったの！」

「本人も怖がってくれたらよかったんだが」外科医はくすりと笑った。「彼は腹部に激痛を感じて救急車を呼んだ。痛みが急に治まったので、救急車を帰そうとした。救急隊員たちは大丈夫だと言い張る牧師を車に押し込み、ここまで運んできた。実際、危ないところだったよ。わかりやすく説明すると、彼の盲腸は私がスプーンで全部かき出しておいた」

「本当に？」

「痛みが消えたのは穴が空いていたせいだ。そういう例は前にもあった。その患者はよくなったと誤解して救急車を呼ばなかった。私は彼を助けられなかった。盲腸をなめてはいけないということだね」

「でも、パパは大丈夫なのよね？」

「ああ。彼が回復室を出たら、会わせてあげよう」外科医は赤ん坊に視線を投げた。「男の子？　それとも女の子？」

「女の子よ。今日で満二カ月になるの」

「きれいな髪だ」

「私もそう思うわ」コーリーはためらった。「この子も一緒に入れるかしら？」

「うちのボランティアを子守りにつけよう。大丈夫。なんの心配もいらない」

ボランティアとして働く元看護師にルーディを預けると、コーリーは父親の病室へ引き返した。

　力のないまなざしで見上げる父親に向かって、彼女はぼやいた。「寿命が縮んだわよ」

　牧師はなんとか笑ってみせた。「すまん、すまん。どうやら私は虫垂炎の怖さを知らなかったようだ」

「幸い、救急隊員たちは知っていたみたいね」

「ルーディも一緒か？」

「ええ。看護師さんと待合室にいるわ。でも、ダービーは置いてくるしかなかった。彼はかなり悪い状態で、今はホスピスケアを受けているの」

「おまえの人生は悲劇の連続だな。おまえには幸せになってほしいと願っていたんだが」

　コーリーは父親の額にキスをした。「何かをすれば、その報いを受ける。それが人生よ」

「そうかもしれん。だが、我々が何をしようと、神は我々を愛してくださる」

　コーリーは微笑した。「わかっているわ。言われなくても」

「長くはいられないんだろう？」

　彼女はうなずいた。「パパが退院して、つき添いの看護師が見つかったら、向こうへ戻るわ。ダービーには看護師が一人ついているだけだから」

「彼のことが心配なんだろう。私のことはいいから――」

「パパが退院したあとでね」

「私に看護師はいらん。盲腸を切っただけだろう。医者がそう言っていたぞ」

　コーリーは抗議をしかけてやめた。父親の表情を見て、抗議をしても無駄だと悟ったからだ。「そうね。パパがそこまで言うなら」

　牧師はため息をついた。「ロッドは今週うちに帰っていない。電話だけかかってきた。取引のために友人とデンバーにいると。大きな取引だと言っていたが、どんな取引かは言わなかった。あいつはホームセンターを辞めたんだろうか？」

「たぶん、何か考えがあるのよ。ほかにやりたいことができたのかもね」コーリーにはそれだけしか言えなかった。

「そういうことだろうな」

「私はいったんうちに戻るわね。ルーディにミルクを飲ませなきゃならないから。でも、またあとで顔を見に来るわ」

「わかった」

牧師はまぶたを閉じ、再び眠りに落ちた。


以前より埃《ほこり》っぽくなった点を別にすれば、トンプソン家はコーリーの記憶のままだった。彼女はベビーベッドを兼ねたキャリアを設置し、持参したミルクの瓶を冷蔵庫にしまった。外科医の考えでは、牧師は二日ほどで退院できるらしい。それまでケイトローに滞在するつもりなら、買い物に行く必要があった。

今日は土曜日。ルーシーは休みのはずだわ。コーリーは友人に電話をかけ、自分が父親を見舞う間、ルーディを預かってほしいと頼んだ。ルーシーはすぐにやってきた。赤ん坊との対面に興奮した様子だった。

「まあ、ほんとにお人形みたいだわ！　見てよ、この髪！」

コーリーの顔が曇った。

その反応に気づかないまま、ルーシーは続けた。

「あなたの家系には赤毛がいたのね？」

「どうもそうらしいわ」コーリーは答えた。「じゃあ、お願いね。長くはかからないから」

「ゆっくりしてきて。私はルーディと仲よくお留守番してるわ」

「ありがとう、ルーシー」

「それが友達ってもんでしょう。いつか私に子供ができたら、今度はあなたに子守りしてもらうわ」ルーシーはにんまり笑った。

「任せてちょうだい」コーリーは笑顔で約束した。

「コーリーがメリーの実家のジェット機でこっちに来たそうだ」レンが不意に口を開いた。彼は保安主任とコーヒーを飲んでいた。

カップを持つJ・Cの手がかすかに震えた。しかし、彼の動揺を示す兆候はそれだけだった。「そうか？　なんでまた？」

「牧師が緊急手術で盲腸を切除したからだよ」レンは視線を上げた。「コーリーの夫は末期癌で、今はホスピスケアを受けているらしい」

J・Cは顔をしかめた。「それは大変だな」

「うちの母も癌の治療を受けた。短い間のことだったからすっかり忘れていたが、当時は母も僕たちもつらい思いをした。幸い、彼女の癌は治って、再発もしていないが」

J・Cはうなずき、自分のカップに視線を落とした。「彼女は赤ん坊を連れてきたんだろうか？」

「ああ」

その子に会いたい。どうしても。J・Cはなんとか気持ちを切り換えた。レンもそれ以上この話題を追及しようとはしなかった。

その日の午後、J・Cはデルシーに頼まれたパンを買うために食料品店に立ち寄った。

通路を進んでいくと、コーリーがいた。彼女は赤ん坊を抱いて、クラッカーの品定めをしていた。

J・Cは足を止め、彼女が自分に気づくのを待った。気づいた瞬間、彼女の全身が震えた。それは、J・Cを見た喜びから来る震えだった。しかし、罪悪感にさいなまれていたJ・Cにはそれがわからなかった。

周囲の目を気にしながら、彼は一歩近づいた。昼下がりという時間帯のせいか、狭い店内に客はほとんどいなかった。

「親父《おやじ》さんの具合は？」

コーリーは唾をのみ込んだ。「だいぶ元気になったわ。あさってには退院できそうよ」

「何があったんだ？」

「盲腸に穴が空いたの。でも、パパは気づかなくて。危うく手遅れになるところだったわ」

J・Cは彼女の腕の中の赤ん坊を見つめていた。目をそらすことができなかった。金褐色の髪。僕の母親と同じだ。次の瞬間、赤ん坊が目を開け、彼を見上げた。まだ薄い色だが、これはいつか灰色になる瞳だ。僕のように。僕の母親のように。

「私は明日までしかいられないの」かすれ声でコーリーは言った。「ダービーの具合が悪くて。彼には看護師がついているけど、私もそばにいてあげたいの。彼には本当に親切にしてもらったから」

J・Cはポケットに両手を押し込んだ。彼は荒い息をしていた。自分の感情と闘っていた。「僕と違って、か」

コーリーは視線を棚へ移し、父親が好きなソーダクラッカーを選んだ。そこから冷蔵コーナーへ移動して、チーズも追加した。それは夜食好きな父親に頼まれた買い物だった。

沈黙を埋めるために彼女は尋ねた。「その後、ロッドとは会った？」

「もし会ったら、地元紙のニュースになっていただろうね」J・Cは吐き捨てた。

コーリーは驚いて顔を上げた。灰色の瞳を探ったものの、耐えられなくなって再び目を伏せた。

「ロッドから連絡はあったのか？」

「いいえ。パパの話だと、もう一週間以上うちに帰ってないんですって。大きな取引のために友人とデンバーにいるそうよ」

「ロッドは何かに巻き込まれている。それがなんなのか僕は知らない。でも、噂になっている」

コーリーは買い物用のカートにクラッカーの箱を入れた。そして、カートの上に置かれたキャリアの中でぐずっていたルーディを抱き上げた。

「君はロッドについて何か知っているな」J・Cは推測を口にした。図星だったらしく、コーリーはほっとした様子で顔を上げた。その顔には後ろめたそうな表情があった。「何を知っているんだ?」

「それは言えないわ」コーリーはまた視線を落とした。「最初はあなたに相談しようと……」

「君はそのことをロッドに話した。そして、ロッドは君を僕から切り離す確実な方法を思いついた。そういうことだな?」

コーリーの瞳に動揺の色が現れた。

「やっぱり、そうか。真相がわかったところで今さらどうしようもないが」J・Cは長々と息を吸った。「君に僕の子供時代のことを話しておくべきだった。僕を人間不信にした経験について」

コーリーは答えなかった。そう、J・Cには秘密があるのだ。何週間か一緒に暮らした彼女にも語らなかった秘密が。

J・Cは目を細くした。「そして、君も未経験だということを僕に話すべきだった」彼は真っ赤に染まったコーリーの顔を眺めた。初めてのときの出血。セックスに対する消極的な態度。つまりはそういうことだったのだ。「話してくれていたら、僕は本で学ぶことができた。どうすれば君を……」自分がいる場所を思い出し、彼はそこで言いやめた。

ずっと考えていたわ。J・Cがそのことに気づく日は来るのかと。ようやくその日が来た。でも、今となってはどうでもいいことよ。それで私の人生が変わるわけじゃないもの。

J・Cはため息をついた。「僕は経験豊富な女しか知らなかった。彼女たちは荒っぽいやり方を好んだ」彼は目をそらした。「人は教えられたようにしか行動できない」

コーリーはかつて彼が恋をしたコールガールのことを思い出した。だんだんわかってきたわ。そういう女性は本当にセックスが好きなわけじゃない。お金のために好きなふりをしているだけなのよ。

「もう終わった話だわ。私には夫がいるのよ」

J・Cの表情は変わらなかった。ただ、顎に力が加わっただけだった。彼はコーリーを見ようとしなかった。「いい人と結婚できてよかったな」

「彼と最初の奥さんの間には子供ができなかった。彼はルーディの誕生を待ち望んでいたわ。常に私のそばにいてくれた。帝王切開になったときも……」

「帝王切開？」

「自然分娩がうまくいかなかったのよ。原因はわからないけど。今はかなり回復したわ。でも、出産後しばらくは大変だった。それで、ルーディの世話を手伝ってもらえるように、ダービーが看護師を雇ってくれたの。彼女は今もうちにいるわ。ダービーを一人にはできないから」話しているうちに、コーリーは泣きそうになった。「彼は何も求めない。ただ与えるだけなの。あんな人はめったにいないわ」

「僕とは正反対だな。僕は何一つ与えなかった。僕の父親のように。あの男が今どこにいるかは知らないが」

コーリーは彼の険しい表情を観察した。「あなたは人を許さない。それはあなたとつき合いはじめた頃からわかっていたわ」彼女は悲しげに微笑した。「あなたは私のことも許さないんでしょうね」

「僕は知らなかったんだ」J・Cの声がかすれた。

「ロッドはいつも嘘ばかりついていた。私は嘘をついたことがなかった。でも、あなたが信じたのはロッドだった」

「僕は……」J・Cは言葉を切った。僕は怖かった。でも、それを認めるのは弱みをさらすことと同じだ。「僕は家族を望んでいなかった」

「よかったわね。あなたの望みどおりになって」

J・Cは赤ん坊に目をやった。この子は僕をじっと見ている。何かを察したような目をしている。まるで僕のことを知っているかのような。いいや、まさか。僕の思い過ごしだ。

「かわいい子だ」

「お利口なのよ。泣くのはおなかがすいたときかオムツを替えてほしいときだけね」

「君はずっと子供をほしがっていた」

「そして、あなたは子供はいらないと言いつづけていた。そんな二人がうまくいくはずがないわ。それに、パパは私のせいで肩身の狭い思いをしていたのよ。私が町を離れたことも噂になっていたんでしょうね。私が結婚したことも」

「みんな、この子は君の夫の子供だと思っている」

J・Cは言った。自分が思っている以上に苦々しい口調で。

「実際、そうだもの」コーリーは答えたが、彼のほうを見ようとはしなかった。

J・Cは腹を殴られたような衝撃を受けた。しかし、すぐに彼女の言葉が本気でないことに気づいた。この態度は逃亡者と同じだ。嘘をついているから、僕と目を合わせることができないんだ。でも、僕には追及できない。これ以上コーリーを追いつめたくはない。

「新聞で君の結婚通知を見たよ。この子が生まれたばかりの頃の写真も見た。レストランにいたとき、ルーシーが……」

コーリーが視線を上げた。苦痛に満ちたそのまなざしに、J・Cは言葉を失った。ただ彼女を見つめ返すことしかできなかった。

「すべて僕のせいだ」コーリーから赤ん坊へ視線を移して、彼はつぶやいた。

「今となってはどうでもいいことよ。ダービーがいつも言っているわ。昨日は思い出、明日は希望、実際にあるのは今日だけだと」コーリーは微笑した。

「ほんと、そのとおりね」

カートを押して近づいてくる老人に気づき、J・Cはパンを手に取った。「もう行かないと。デルシーにサンドイッチ用のパンを頼まれていたんだ」

「サリーが私のためにジェット機を飛ばしてくれたの。私一人では大変だったと思うわ。赤ちゃんは荷物が多いでしょう。オムツ用のバッグ。哺乳瓶。粉ミルク」コーリーは力のない声で笑った。

「母乳は与えていないのか？」優しく尋ねてから、J・Cは顔をこわばらせた。「与えられるわけがないよな。帝王切開をしたんだから」

「よく知っているわね」

「メリーも帝王切開で息子を産んだから。レンは半狂乱だったよ。おかげで僕はウイスキーの瓶を全部隠さなくてはならなかった」

「ダービーはお酒を飲みたいと思ったこともないんですって。アルコールが体質に合わないから」

彼女の夫なんか知ったことじゃない。この世界がどうなろうと知ったことじゃない。コーリーが、僕の人生の光が僕の子供を抱いて目の前に立っているのに、僕はただそれを見ていることしかできないのか。「人生にリセットボタンはない」ルーディを見つめながら、J・Cは続けた。「でも、もしリセットできるなら、僕はどんなことでもする」

近づいてくる老人を意識したコーリーは、微笑するだけにとどめた。「サリーに伝えて。本当に感謝していると。問題がなければ明日の朝に帰るつもりだから、またジェット機をお願いしたいと」

「わかった」J・Cは一歩下がり、彼女から視線を引きはがした。「幸せになれよ、コーリー。親父さんに伝えてくれ。僕も彼の回復を願っていると」

「ええ。さよなら、J・C」コーリーの声には本人が気づいている以上の感情があふれていた。

しかし、J・Cにはそれがわからなかった。彼はぼろぼろに傷ついていた。家族を失うという結果を招いた自分の愚かさを呪っていた。

「さよなら、コーリー」なるべく感じのいい口調で挨拶すると、J・Cは老人に会釈をした。心臓を引きずるような気分で店の出口へ向かった。

コーリーは彼の背中を見送った。相変わらず振り返らないのね。彼女は悲しげに微笑した。何も変わっていないわ。何一つ。

11

父親の退院を見届けると、コーリーはルーディと空港へ向かい、待機していた自家用ジェット機に乗り込んだ。ジェイコブズビルへ戻る長い旅の間、彼女はJ・Cとの奇妙な会話を思い出していた。

彼はルーディが自分の子供だと知っているのかしら？　たぶん、そうね。はっきりとは言わなかったけど、そんなふうにほのめかしていたもの。

もし彼がもっと早く冷静さを取り戻していたら、私がダービーと結婚する前に連絡が取れていたら、今頃どうなっていたのかしら？　でも、J・Cは子供はいらないと断言していた。もし彼が自分の子供だと知っていたら、私に産むなと言っていたかもしれない。

コーリーは腕の中で眠る娘を見下ろした。後悔はないわ。ルーディは私の宝物だもの。私の人生に日々新しい喜びと驚きをもたらしてくれる大切な存在だもの。できればまっとうな人生を歩みたかった。ここまで道を踏み外したくなかった。J・Cがもっと正直な人だったら。もっと私に心を開いてくれていたら。過去に何かがあったのね。彼はとてもひどい経験をした。それで人を信じることができなくなってしまったのよ。

その経験とはどんなものだったのかしら？　彼は十歳のときに母親を亡くした。学校を出るまでは里親家庭を転々としていた。その間にトラウマになるような経験をしたの？　だから、父親を憎み、連絡を取ることさえ拒否しているの？　彼に残された肉親はその父親だけなのに。人がすることには、その人なりの動機や理由がある。でも、彼はそんなふうには考えていない。彼にとって白は白、黒は黒なのよ。灰色は存在しないんだわ。

かわいそうなJ・C。彼はこの先も一人で生きていくのね。そして、彼の娘はほかの男性の名字を持ち、テキサスで育つことになるのね。それもすべて彼が私を信じなかったせいよ。なんて悲しい話なの。ダービーのことを考えると、コーリーはさらに悲しい気持ちになった。ダービーに残された日々はわずかだわ。でも、その日々を幸せなものにするために、私はできる限りのことをしよう。

レンはJ・Cの様子がおかしいことに気づいた。

「心ここにあらずって感じだな」

J・Cはかぶりを振った。「彼女は赤ん坊と一緒だった。とてもかわいい子だ」絞り出すような声で彼はつけ加えた。

「メリーもその子に会いたがっていた。でも、うちの子が中耳炎になってしまって」レンはくすくす笑った。「いや、大変だったよ。坊主が泣くと、二人して夜通しつき添ったりして。生まれて二年は医者通いが続くと言うからな。予防接種を受けさせても、赤ん坊は思わぬ理由で病気になる」

「メリーは予防接種を数回に分けていたよな？」J・Cは上の空で尋ねた。

「ああ。予防接種は必要だが、僕は一度ですませることには反対だ。これが子犬だったとしても、僕なら何度かに分けて接種させるね。一度に多くのワクチンを接種すると、どんな相互作用が起きるかわからない。たぶん、医者もわかっていないはずだ。だから、用心するに越したことはないんだよ」

「親心ってやつだな」J・Cは笑った。だが、灰色の瞳は寂しげだった。「僕には一生関係ない話だ」

レンは話題を変えた。「コーリーの親父《おやじ》さんの具合は？　彼女はなんと言っていた？」

「順調らしいよ」ためらってからJ・Cは続けた。「土曜は休みだから、ちょっと様子を見てくるかな。彼に追い返されなければの話だが」

「そんなことにはならないよ。牧師は人を恨むことをしない。彼のドアは常に開かれている」

「だったら、新鮮な果物でも持っていくか。コーリーの話だと、彼は大の果物好きらしいから」

「プレゼントで仲直りか？　悪くないアイデアだ」

J・Cは笑った。「僕が牧師にかけた迷惑を林檎《りんご》数個で償えるわけがない。たぶん、追い返されるだけだろう。でも、やるだけはやってみよう」

「デルシーが大鍋でスープを作った。果物よりもそっちを差し入れたらどうだ？」レンが提案した。

J・Cは頬を緩めた。「そうだな。ありがとう」

ダービーは急速に坂を転げ落ちつつあった。コーリーは子守りのために看護師をもう一人雇った。今いる看護師はダービーの世話だけで手いっぱいの状態だったからだ。

ダービーの痛みを抑えるには大量の薬を投与する必要があった。彼はほとんどの時間を眠って過ごした。彼が目覚めたときにそばにいられるように、コーリーは昼も夜もベッドのかたわらにつき添った。

あるとき、意識を取り戻したダービーが弱々しい声でつぶやいた。「君は本当によくしてくれた。どれだけ感謝してもしきれないくらいだ」

「それはこっちの台詞《せりふ》だわ」コーリーは痩せ細った冷たい手を握った。「あなたのおかげで私の人生は救われたのよ」

「私はもう君のそばにはいられない。でも、これからはメアリーと一緒だ」ダービーは微笑した。「ゆうべ、彼女がここに来た。君が仮眠をとっていた間のことだ。彼女はベッドの横に座り、私にほほ笑みかけた。その時が来れば、彼女が迎えに来てくれる。私は怖くないよ。今はもう……」

死ぬときは最愛の人が迎えに来る。今までに何度同じような話を聞いたことか。ママが亡くなったときもそうだった。亡くなる前の日にママは言ったわ。お祖母《ばあ》ちゃんが見える、戸口に立ってほほ笑みかけていると。

そうね。人生は続いていくのよ。愛する人を永遠に失ったように思えるときでさえ。でも、人生の最後には離れ離れになっていた愛する人と再会できる。だから、ダービーは死を恐れていない。最愛の女性とまた一緒になれるから。

コーリーは授乳のために席を外した。ダービーには看護師がつき添っていた。別の看護師は彼の治療に必要なものを買うために薬局へ出かけていた。

看護師がコーリーの部屋に入ってきたのは、それからわずか五分後のことだった。彼女は顔をこわばらせていた。赤い目をしていた。

「ミセス・ハウランド?」小声で呼びかけると、看護師は一つ深呼吸をした。「ご主人が亡くなられました」

コーリーは息をのんだ。顔から血の気が引いていくのを感じた。「でも、さっきまで……」

「本当に残念です。深呼吸をした直後に息が止まって。あっと言う間の出来事でした」そこで看護師はためらった。「ご主人はリビングウィルをお持ちでした。もし何かあっても延命措置はしないでほしいと……」

「ええ、知っているわ。この子をお願い」コーリーは立ち上がった。哺乳瓶とルーディを看護師に預けて、ダービーの寝室へ引き返した。

ダービーは穏やかな顔をしていた。まるで眠っているかのようだった。コーリーは彼のかたわらに座った。顔を触ってみると、まだ温かかった。

「メアリーが迎えに来たの?」あふれる涙に頬を濡《ぬ》らしながら、コーリーはささやいた。「よかったわね、ダービー。私はあなたがいないと寂しいけど。ありがとう。今まで本当にありがとう」

彼女は前かがみになり、ダービーの額にキスをした。立ち上がりたくない。彼のそばを離れたくない。いいえ、これはただの抜け殻よ。ダービーはメアリーと一緒にいるわ。どこかの野原で笑いながら花を摘んでいるわ。そのイメージを心に刻んで、コーリーは看護師を呼びに戻った。彼女にはやるべきことが山ほどあった。

葬儀は立派なものだった。ダービーは退役軍人だったため、棺《ひつぎ》には星条旗がかけられた。地元の復員軍人会を代表する儀仗《ぎじょう》兵が礼砲を撃った。コーリーは沈痛な思いで儀式に臨んだ。母親を亡くして数年になるが、彼女は今も当時のことをはっきりと覚えていた。

かつて彼女の父親は言った。葬儀は年を重ねるほどつらく感じられる。葬儀のたびに古い記憶がよみがえる。記憶は悪夢のように積み重なり、過去の痛みを蒸し返す。来世を信じていたとしても、その痛みに変わりはないと。

その父親は今、最前列の信者席にコーリーと並んで座っていた。説教壇では、ジェイク・ブレア牧師が故人の思い出を語っていた。

ルーディは母親の膝の上でおとなしくしていた。幼いながらも教会で騒いではいけないと理解しているかのようだった。彼女は泣いている母親の顔を不思議そうに見上げた。母親を慰めるかのように小さな手を伸ばした。

コーリーはその手をとらえてキスをした。ダービーはこの子を心から愛してくれた。その恩に私はもう報いることができないんだわ。彼女は棺に視線を戻した。その中にいる男のことを愛情と喪失感とともに思い返した。

ダービーは地元の墓地に埋葬された。場所はメアリーの隣だった。コーリーはすでにメアリーと同じ墓石を注文していた。これからは祝日のたびに二人の墓に花を手向けるつもりだった。

告別式がすむと、トンプソン牧師はケイトローへ戻ることになった。彼が煩わしい思いをせずにすんだのは、またしてもサリー・フィオーレのおかげだった。ジェイコブズビルの空港では、自家用ジェット機が彼を待っていた。ジャック・モラレスが荷物をタクシーに乗せる間に、牧師は玄関ポーチで娘たちとの別れを惜しんだ。

「おまえを一人にしたくないんだが」

「一人じゃないわ。ルーディがいるもの。夏休みには二人でパパに会いに行くわね。私はまた法律事務所の仕事に戻るから、お金の心配はいらないわ。家のローンはダービーが完済していたし、あとは維持費を稼ぐだけですむはずよ」

「彼は裕福だったんだろう？」

「ええ、以前はね。癌《がん》はとてもお金がかかる病気なの。おかげで彼のお金は全部消えてしまったわ。でも、いいの。私はお金のために彼と結婚したわけじゃないもの」

「それはみんな知っている。だが、本当の理由を知っているのは我々だけだ」牧師は静かにつけ加えた。「彼はルーディに名前を与えてくれた。高潔で親切な人間だった」

「J・Cには絶対に真似《まね》できないことよね」コーリーは悲しげにつぶやいた。

一瞬、牧師は答えにつまった。彼は一年前よりもJ・Cという人間を知るようになっていた。だが、その話をしても、コーリーはよけいに傷つくだけだろう。「おまえがいないと寂しいよ、スウィートハート」彼は娘を抱きしめた。

「私もよ、パパ」

牧師はため息とともに抱擁を解いた。「ロッドもおまえのように育ってくれていたら」

「ふしだらな人間に？」コーリーは茶化した。

「いや、思いやりと責任感のある優しい人間という意味だ。あいつは連絡の一つもよこさない。何かよからぬことに関わっているんだろうか」

「もしそうだとしても」コーリーは不意に語気を強めた。「パパは絶対に巻き込まれないで。誰にも言えないけど、私はロッドの秘密を知っているの。私を信じて。パパは何も知らないふりをして。お願いよ。私のために。ルーディのために！」

牧師は娘の反応に面食らった。コーリーがロッドの秘密を知っている？　そういえば、ロッドは赤ん坊のことでJ・Cに嘘《うそ》をついたという話だったが。

「ロッドには助けが必要だ」

「助けようとしても無駄よ。本人が助けはいらないと思っているんだから。ロッドが自分の問題に気づいて、どうにかしようと思わない限り、私たちにはどうすることもできないわ」

牧師は緑色の瞳を探った。「奇跡は日々起きている」

「そうね、多くの人にとっては」

彼は悲しげに微笑した。「まあ、希望しかないときもあるが。体を大事にしろ。私の孫を頼んだぞ」

「うちに帰り着いたら電話して。パパの無事を確かめたいから」

「わかった、わかった」牧師は笑い、赤ん坊の額にキスをした。「二人とも元気でいてくれよ。近いうちにまた会おう」

「ええ。パパも元気でいてね」

ジャックのタクシーに乗り込むと、牧師は手を振った。走り去るタクシーをコーリーは涙で見送った。


これほど孤独を感じたのは生まれて初めてだった。

時が流れた。コーリーは週に二回は父親とスカイプで話していた。もちろん、実際の訪問には及ばないが、スカイプで距離を埋めることはできた。

彼女は知らなかったが、牧師にはもう一人、彼を見守っている人物がいた。

それは突然始まった。牧師が退院して間もないある夜のことだ。トンプソン家に来客があった。玄関のドアを開けると、J・C・カルホーンが大きなバッグを抱えて立っていた。

J・Cはバッグを差し出した。いつになく不安そうに見えた。「メリーとデルシーが作ったスープです。絶品ですよ。レンとメリーが術後のあなたにも食べてほしいと」

「それはありがたい」牧師は微笑した。「君もわざわざ持ってきてくれてありがとう」

「どうせうちに帰る途中だったんで」

しかし、J・Cは立ち去るそぶりを見せなかった。彼は家の奥に置かれたチェス盤に目を留めた。「やるんですか？」

「ああ。君は？」

「軍にいた頃は部隊のチェス・チームの一員でした。今もレンとやっています」

牧師は唇をすぼめた。「君は忙しいのかな？」

J・Cは虚を突かれた顔になった。「いや、それほどでも」

「一勝負いくか？」

「でも、病人を疲れさせていいのかな。虫垂炎で一時は大変だったと聞いていますが」

「もうだいぶよくなった。それに、話し相手がいるほうが楽しいよ」

J・Cはふっと息を吸い込んだ。「あの、これまでの件について……」

「さあ、入って。コーヒーをいれよう」

彼のためらいは一瞬で消えた。「オーケー」

彼らは二度勝負し、二度とも引き分けた。

「なかなかやるな」牧師が言った。

J・Cは小さく笑った。「母親に教わったんです。彼女は一時期ブリティッシュコロンビアの州政府で働いてましたが、出身はアイルランドで、赤毛に灰色の目をしていた。頭がよくて、親切で、愛情深い女性だった」彼の顔がこわばった。「でも、僕の父親はそうじゃなかった」

牧師は何も言わなかった。ただ耳を傾けていた。

「僕が子供の頃のことです。僕の学校で集会があって、母は父の運転でそこへ行くことになりました。父は例によって酒を飲んでいた。でも、母は両親揃《そろ》って出席するべきだと言い張った。結局、車は道路から飛び出し、母は命を落とした。本来なら父は刑務所送りになっていたはずです。でも、そうはならなかった。あの男は逃げた。それきり姿をくらました」J・Cの顔に険しい皺《しわ》が刻まれた。「僕は保護され、里親家庭を転々としました」

牧師は相変わらず無言だった。頭を傾けて、ただ待っていた。

チェス盤を見据えたまま、J・Cは長々と息を吸い込んだ。「二つ目の里親家庭で、僕は養母から現実を突きつけられました。僕は十二歳だった。彼女には嫌悪しか感じなかった。もし仮に……」彼はそこで言葉を切り、唾をのみ込んだ。「だから、僕はそのことを彼女の夫に話そうとしたんです。彼なら話を聞いてくれると思って。確かに、彼は話を聞いてくれた。でも、話を聞き終えるとドアを閉め、ロックをかけた。そして、言ったんです。女房がいやなら俺はどうだと」

牧師は行間を読み取った。「なんてことだ」彼は小声でうなった。「かわいそうに」

今まで誰にも言えなかった秘密。牧師は僕に同情してくれるのか？　コーリーを傷つけ、彼の人生にも傷をつけたこの僕に？

「吐き気がしましたよ。怖くてたまらなかった。僕は窓から逃げ出した。力が尽きるまで走りつづけた。行き着いた先はホテルの外だった。あんな恥ずかしいことは誰にも言えない。でも、僕は子供だった。独りぼっちだった。僕は警察の目をごまかしながら、物乞いで飢えをしのいでいた。そんなとき、同窓会のために町に来ていた鉱山監督とその奥さんに出会ったんです。とても親切な夫婦だった。僕は彼らに嘘をついた。両親が死んだばかりで行き場がないと」

「それで」牧師が穏やかな口調で促した。

「彼らはホワイトホースから数百キロ離れた町で暮らしていた。その町なら警察も追ってこないだろうと僕は考えた。彼らは僕を引き取ると言ってくれました。彼らには子供がいなかった。それに、僕への同情もあったんでしょう。どんな手を使ったのかは知りませんが、彼は許可を取り、僕をカナダから連れ出した。僕は一年近く彼らと暮らした。僕を養子にする話も進んでいた」J・Cはうつろな声で笑った。「ある日、僕は普段どおりに学校から帰ってきた。うちから四百メートルほど手前でバスを降りると、炎が見えた。僕はスクールバッグを放り出し、うちまで走った。彼らを助け出そうとした。でも、火の勢いが強くて、玄関に近づくこともできなかった。近くにいた消防士たちもお手上げの状態だった。それでもうちに近づこうとした僕は、近所の住民に力ずくで止められた。どのみち、そのときにはもう手遅れだったんですが」

「気の毒に」牧師はつぶやいた。

「僕のことが消防士たちから消防署長に伝わった。調べてみると、僕が里親家庭から逃げ出したことが判明した。僕は逃げた理由を説明しました。でも、信じてもらえなかった」J・Cはチェスの駒をもてあそんだ。「署長は当局に通報し、僕は里親家庭に戻されることになった。でも、僕は途中でトイレに行きたいと訴えた。担当者がガソリンを入れている隙に、建物の裏から逃げ出して、ヒッチハイクしたんです。僕を拾ってくれたのは二人連れの伐採業者だった。彼らは船でジュノーへ向かおうとしていた。車でジュノーへは行けないんですよ。船か飛行機で行くしかない」薄い笑みを浮かべて、J・Cはつけ足した。「それで、僕はまた嘘をついた。僕のうちはジュノーにある。こっちに住む親戚の家に泊まりに来たが、帰りの船に乗り損ねたと」

「そして、君はまた独りになったんだな」

J・Cはうなずいた。今まで誰にも話したことがないのに。なぜこの人の前だと自然に言葉が出てくるんだろう?

「僕は路上生活をしながら金を稼ぐ方法を探しました。そして、ギャングの世界に行き着いたんです。連中は僕と似ていた。社会に見捨てられたホームレスだった。連中は地元の犯罪組織に属していて、僕はそこの使い走りになった。違法なこともやりましたよ。でも、殺人と盗みだけは断った」

「少なくとも、君には居場所ができたわけだ」

「ええ。僕は路上で暮らしながら、なんとか高校を卒業しました。仲間たちにはからかわれましたよ。毎日学校に行ってなんになると。それでも、僕はやり遂げた。架空の両親をでっち上げ、学校と保護者のやり取りが必要なときは、仲間のパソコンを借りてごまかした。ホームレスの末路はだいたい悲惨なものです。僕は彼らのようになりたくなかった。幸い、母がアメリカに帰化していたので、僕にはアメリカの市民権があった。だから、高校を卒業したのを機に、自分と母の出生証明書を手に入れた。それで僕にアメリカの市民権があることを証明し、ビリングスへ流れ着いて、警官になったんです」

牧師の眉が上がった。彼はJ・Cが警官だったことを知らなかった。

「警察には二年いました。楽な仕事じゃありませんでしたが、僕は暴力と荒っぽい連中には慣れていた。そういう意味では天職だったのかもしれません。でも、僕は世界を見たかった。金はなかった。それで軍隊に入りました」J・Cは笑った。「軍隊の組織化された環境も僕に向いていたようですね。ただし、僕には普通の部隊より特殊作戦部隊のほうが合っていた。レンとはそこで出会ったんです。それからしばらくは請負仕事で世界を巡って、予備軍の仕事でまたレンに再会しました。僕は監視の専門家で、コンピュータのプログラミングの知識もあった。そこをレンに見込まれて、今の牧場で働くことになったわけです」

「君は女性が好きではないんだね」牧師が唐突に言った。

J・Cはたじろいだ。

牧師はただ待っていた。

「僕は女性に関してはおくてでした。ギャング時代の仲間には、たいてい女友達がいたんですけどね。彼らには慎みがなかった。無節操だった。僕は母からそういうふうにならないように育てられた。あの出来事のあとは、ますます女性に関心が持てなくなった」J・Cは椅子の背にもたれた。「セシリアと出会ったのは軍の基礎訓練が終了したあとのことでした。彼女は洗練されていた。金回りがよく、頭も切れた。僕はたまたま出かけたナイトクラブで彼女に会いました。彼女は僕の仲間の知り合いで、僕のことが気に入ったようでした。でも、本当はそうじゃなかった。彼女は僕の仲間から僕が金を持っていると聞いて、その金を狙っただけだった」彼はチェスの駒を手に取り、遠いまなざしで眺めた。「僕は彼女に夢中になった。彼女に高価なプレゼントを贈り、毎晩のようにデートをした。彼女は……最高だった」J・Cは言葉を濁した。男が理想とするベッドの相手だったとはさすがに言えなかった。「でも、彼女はコールガールだった。僕は最悪の形でその事実を知らされた。彼女の誕生日のことです。彼女を驚かせるために僕はサファイアのネックレスを買い、彼女の家へ行きました。ドアが半分開いていたので中に入ると」彼はうつろな声で笑った。「彼女が客と話をしていました。兵隊を一人引っかけた。彼女の職業にも気づかないばかな男で、どんな高級品でも買ってくれる。彼女の好きなように操れると」

牧師はひるんだ。

「僕は未熟者だった。女のことが何もわかっていなかった。もともと女をよく思っていなかったところにその一件が加わって、僕は家庭や家族に夢が持てなくなった。誘いに乗ることはあっても、その場にとどまることはなかった」そこでJ・Cはためらった。「コーリーに出会うまでは。彼女の友人のルーシーが言ってました。人生にリセットボタンはないと。確かにそのとおりです。でも、もし……」彼は苦悩の表情で牧師に目を向けた。「僕は嘘を信じてしまった。本当は嘘だと気づいていたのかもしれません。でも、彼女はあまりにも大きな存在になっていた。そして、僕は裏切られることに慣れていた」

「今の話だが、娘にはしていないんだね」

「ええ、いっさい。僕はそこまで彼女を信用していなかった」

「その間、君の父親はどこにいたんだろう？」

「知りません。知りたくもない。母を殺した男のことなんて」

「J・C」牧師は穏やかに語りかけた。「人がすることには必ず動機がある。怒り。心の弱さ。薬物の乱用。必ず理由があるものなんだ」

「母が言ってました。父の夢は牧場を持つことだった。でも、僕ができたせいで、生活のために鉱山で働くしかなかったと。母は州政府に勤めていましたが、肺が弱くて病気がちだったんです。父は物語に出てくるような愛情深い父親じゃなかった。それどころか、僕が邪魔だと思えば平気で蹴り倒すような男だった。父はいつも酔っていた。母に暴力を振って、警察沙汰になることも多かった」

これが娘が愛した男の実像か。この大きな肩にはそんなにも多くの不幸が背負われているのか。牧師は暗澹《あんたん》とした気持ちになった。

「それで、君は結婚に絶望したんだね」

J・Cは哀れっぽく微笑した。「そして、女にも。僕の母は女の鑑《かがみ》のような人だった。でも、その後に出会った女たちは母とはまったく違っていた」

「私の両親は伝道者だった」牧師は言った。「彼らは十代で結婚し、四十年間ともに暮らし、最後は竜巻で亡くなった。私はそれでよかったと思っている。どっちが先に亡くなっても、残された一人は生きていけなかっただろうから。私もそういう結婚をした。妻が亡くなるその日まで彼女を愛しつづけ、今も彼女の死を悲しんでいる」

J・Cは牧師の瞳を探った。もしそういう育ち方をしていたら、僕ももっとましな人生を送れたんだろうか。「コーリーはあなたのことを心から愛しています。僕が愚かな選択さえしなければ。僕と暮らすことが彼女に、あなたにどんな影響を及ぼすか、僕はまったく考えていなかった」

「行動には結果が伴う。人生は学びの連続だ。我々は過ちを犯すが、そこから何かを学ぶ。信仰は我々に教えてくれる。最も偉大な贈り物は許すことだと」牧師は頭を傾けた。「J・C、君もそろそろ君自身を許すべきだと思わないか？」

J・Cの手が震えた。危うくチェスの駒を落としそうになった。彼はその駒を慎重にチェス盤へ戻した。「なんですって？」

「それは虐待された子供によく見られる兆候だ。恵まれた家庭でも虐待は起こりうる。私はそういう例をたくさん見てきた。虐待された子供たちに共通するのは、我が身に起きたことを自分のせいだと考えることだ。彼らは自分の中にある邪悪なものが虐待を招いたと考えている。だが、それは違う」

J・Cは口を開かなかった。ただ熱心に耳を傾けていた。

「虐待者は自身も子供の頃に虐待を受けていたケースが多い。刑務所はそういう人間であふれている。信じてもらえないこと、状況が悪化することを恐れて誰にも打ち明けられず、黙って苦しみに耐えてきた子供たちで」

「その感覚は僕にもわかります」

「もちろん、そうだろう。君が理解するべきなのは、君が君自身を罰しているということだ。過去は水に流して、先へ進みなさい。後ろを振り返ってもいいことはないよ」

「背後に自動小銃を抱えた敵兵がいれば別ですけどね」J・Cは軽口をたたいた。

牧師は笑った。「私も昔は予備軍にいたんだよ。砂漠の嵐作戦のときは従軍牧師として現地に赴いた」コーリーと同じ緑色の瞳に悲しみがあふれた。「だから、戦争がどんなものかは知っている」

「僕は常に前線にいました。前線では一瞬たりとも気が抜けない。みんな怯《おび》えていましたよ」

「戦いで恐怖を感じなかったと言う人間がいたら、それは嘘つきだね。しかし、勇気とは恐怖心が欠落していることじゃない。最も恐れているときでさえ行動する胆力を持つこと。それが真の勇気だ」


J・Cは再びチェスの駒をいじった。視線を上げようとしなかった。「もっと早くあなたと話せていたらと思います」

「私もそう思うよ。心に恨みを抱えるのは感染した傷を無視するようなものだ。傷は化膿《かのう》し、炎症を起こす」

「うまいことを言いますね」

「それが私の仕事だからね」

J・Cは笑った。

「私は人に打ち明けられた秘密は絶対に口外しない。家族にももらさない。だから、心配は無用だ」

「別に心配していませんよ。でも、ありがとう」

「どういたしまして」牧師は瞳をきらめかせ、チェス盤を顎で示した。「もう一勝負いくかね?」

「いいですよ。コーヒーのおかわりをもらえるなら。僕はもう電池切れなので」

「私もだよ」牧師は笑った。

J・Cはしぶしぶ腰を上げた。ポーチに立ち、正直に打ち明けた。「実は門前払いも覚悟していたんです。僕はあなたの面目をつぶしてしまった」

牧師は肩をすくめた。「私はこの程度でへこたれはしないよ。いちばん傷ついたのはコーリーだ」

「わかっています」J・Cはジーンズのポケットに両手を押し込んだ。「一日ですべてが変わってしまった。あの日、僕は指輪を用意していたんです。エメラルドの指輪。彼女の瞳と同じ緑色の指輪を」

牧師の心臓がどきりと鳴った。

相手の驚きの表情に気づいてJ・Cは目をそらした。「まだ疑念はありました。それでも、僕はチャンスに賭けてみるつもりだった。彼女には言わないでください。彼女をよけいに傷つけるだけだから」

牧師は声を失った。返す言葉が見つからなかった。ただ娘が哀れでならなかった。

落ち着きを取り戻すと、彼は眉をひそめた。「コーリーから聞いたが、ロッドが空港で君を出迎えたそうだな」

J・Cはためらった。ロッドが何に関わっているのか。なぜ妹のことで嘘をついたのか。それを話せば、この親切な男をさらに傷つけることになる。

「そうか」牧師はぽつりとつぶやいた。「君は私を守ろうとしているんだな。薬物が人に及ぼす影響は私も知っている。カウンセリングのために拘置所へ行くと、そういう若者を大勢見るからね」

J・Cは下唇を噛《か》んだ。「彼は僕の友人でした」

「ロッドは道に迷ったんだよ」牧師は悲しげに答えた。「だが、私は彼を見捨てたりはしない。いつか彼は自分自身を壊していることに気づくだろう。そのときは私がそばにいる。私が支えになる。絶対に人を見捨てない。何をされても許す。それが信仰というものだ。今の世界には寛容さが足りない。信仰が軽んじられ、物欲ばかりが幅をきかせている」

「まったくです」Ｊ・Ｃはうなずいた。彼はまだ帰ろうとしなかった。

「私はチェスが好きでね」

Ｊ・Ｃは微笑した。「僕もですよ」

「次は金曜の夜でどうだね？　もし信徒からの呼び出しがなければだが」

Ｊ・Ｃの心臓が喉までせり上がった。「僕は大丈夫です。もう社会生活とは縁が切れましたから」

「チェスも立派な社会生活だよ」牧師は指摘した。「では、六時でいいかな？　チリとコーンブレッドを用意しておくよ」

Ｊ・Ｃはくすりと笑った。「じゃあ、僕はバターミルクを持ってきます」

「なぜ私の好物を知っているんだ？」

「コーリーです」Ｊ・Ｃの頬が赤らんだ。「本当にすみませんでした。僕は彼女とあなたの評判に泥を塗った。都会暮らしが長すぎて、小さな町が閉鎖的だということを忘れていたんだと思います」

「私は人を恨まない。それに、チェスができる知り合いは貴重だからね」

「同感です」

「では、次の金曜日に」

「六時ですね」そこでＪ・Ｃはためらった。牧師と目を合わせないまま、「ありがとう」とつぶやいた。詳しく説明できなかったが、それは話を聞いてくれたことに対する感謝の言葉だった。

それでも、気持ちは伝わったのだろう。牧師は答えた。「どういたしまして」

Ｊ・Ｃはこれまでのおこないを悔いた。自分を蹴飛ばしてやりたい気分だった。でも、コーリーの親父さんとは新しいスタートを切れた。いつかはコーリーとも新しいスタートを切れるかもしれない。僕の小さな娘とも。

12

トンプソン牧師は夫を亡くした娘が孫を連れて戻ってくることを期待していた。しかし、コーリーはジェイコブズビルから動かなかった。私はここでの暮らしが気に入っている、ここには家族も友人もいると言って。牧師は彼女が戻らない本当の理由を知っていた。コーリーは自分を信じていない。J・Cの近くにいれば、また父親に迷惑をかけることになると思っているのだ。

J・Cは折に触れてコーリーのことを尋ねた。牧師はそのたびに送られてきたルーディの動画を披露した。初めて歩いたときの動画。初めてしゃべったときの動画。J・Cは笑いながら鑑賞した。しかし、その笑いには悲しみが隠されていた。彼がその子供の父親だと名乗れる日は永遠に来ないのだ。

牧師は金曜の夜にJ・Cとチェスをしていることを娘に黙っていた。コーリーがJ・Cの名前を口にすることもなかった。彼女は子育てをしながら仕事も続けていた。ジェイコブズビルで幸せに暮らしているように見えた。それでも、いつかはケイトローへ戻ってきて、J・Cと向き合ってくれるかもしれない。牧師は自分に言い聞かせた。今の彼はJ・Cの素顔を知っていた。J・Cという男に大いに好感を持つようになっていた。

しかし、夫の死から二年が過ぎても、コーリーはワイオミングへ戻ろうとしなかった。とりわけルーディを連れて帰ることには抵抗があった。成長するにつれて、ルーディの髪は金褐色の巻き毛になった。淡いグレーの瞳はJ・Cと生き写しだった。ケイトローの町は彼女とJ・Cのことをまだ覚えているだろう。噂話《うわさばなし》が再燃すれば、また父親に迷惑をかけることになるのだ。

それに、ロッドは今も例の友人と行動をともにしているわ。私がケイトローに戻れば、あの友人は口封じに走るかもしれない。パパを、ルーディを危険な目に遭わせるわけにはいかない。J・Cは後悔していると言ったけど、結婚や家族に対する考えは変わらないようだった。ケイトローに戻れば、いやでも彼と顔を合わせる。そのたびに私の胸はかきむしられる。そんな苦しみを味わうくらいならジェイコブズビルにいたほうがましよ。ここにはいい仕事があるし、親戚も友人もいるんだから。

ある土曜日の夜、チェスの勝負の最中にJ・Cが言った。「燃料切れの蒸気機関車みたいな息をしていますよ。医者に行ったらどうです?」

牧師は顔をしかめた。「花粉症だよ。秋の花が咲くと、決まってこうなる」

J・Cは牧師の言葉を信じなかった。牧師とは二年以上のつき合いになるからだ。その間、彼は動画でルーディの成長を眺めてきた。我が子と認めることのできない子供の姿に喜びを感じてきた。

本当はコーリーに会いに行きたかった。しかし、彼にそれだけの勇気はなかった。苦しみばかり与えた彼を、コーリーが許してくれるとは思えなかった。這《は》いつくばって二度目のチャンスを乞うことも考えたが、そのたびにプライドが邪魔をした。彼は人に頭を下げたことのない男だった。

コーリーは親父《おやじ》さんを愛している。元の職場も喜んで彼女を雇うだろう。それなのに、彼女は戻ってこない。町の噂になりたくないからか。あるいは僕に愛想を尽かしたのか。だから、戻ってくる気がないんだろうか。

それでも、写真や動画が観《み》られるだけましだった。

彼らは今夜も動画を観た。二歳の誕生日を迎えたルーディが、自分の悪口を言った男の子にアイスクリームを投げつける動画。四カ月前に撮られたその映像を彼らは繰り返し楽しんでいた。

「この子は癇癪《かんしやく》持ちだな」牧師がくすくす笑った。

「この場合は仕方ないですよ」J・Cは険しい表情で答えた。「人を魔女呼ばわりするなんてもってのほかだ。コーリーもそうだった。彼女はほかの人間には見えないものを見ることが……」

「ああ、タンク・カークの奥さんみたいにな」牧師が遮った。「どんな地域社会にも、特別な才能ゆえに孤立する者たちがいる」

J・Cはしげしげと相手を見返した。「あなたは超常現象が怖くないんですか？」

牧師は微笑した。「特別な才能は神からの贈り物だ。大切なのは結果だよ。良い結果を生むものが邪悪であるはずがない」

「そうかもしれませんね。僕の父方の祖母は未来を予見できました。父の父はブラックフット族のシャーマンでした。先住民族の間ではそういう才能が自然なこととして受け入れられていたんでしょう」

J・Cはルーディの才能が自分の血筋から来たとほのめかしている。ルーディが自分の子供だと知っているのだ。牧師は以前からそのことに気づいていたが、ここでは何も言わなかった。

しばらくチェスの駒の動きに集中していたJ・Cがぽつりと言った。「コーリーがこっちに戻ってくることはあるんでしょうか？」

「どうだろうね。人の口に戸は立てられない。コーリーは結婚したが、ケイトローの人々はあの子が君と……」牧師の声が消えた。

J・Cはふっと息を吐いた。「ルーディまで白い目で見られますね。あの子は美しい子供だ。写真や動画を通じてあの子の成長を見ることが、僕にとってどれほど大きな意味を持つか、あなたにはわからないでしょう。あの子は……特別な存在だ」

「ああ、確かに。君はテキサスへ行こうと考えたことはないのかね？　君がルーディの真実を知っていると娘に話そうと考えたことは？」

「ええ、何度も考えました。でも、僕はコーリーを傷つけた。彼女は向こうで幸せに暮らしているようです」Ｊ・Ｃは視線を上げた。灰色の瞳には苦悩の表情があった。「僕は頼りにならない男だ。いい家庭がどんなものか知らない。僕は崩壊した家庭で育った。人を信じることができない」彼は目を伏せた。「あなたに話すことで救われた部分はあります。でも、傷が深すぎる。僕は……不安なんです。また彼女を傷つけてしまいそうで。そうなったら、僕は耐えられない。ルーディにも申し訳が立たない」

「ルーディは君を知らずに育っている」

Ｊ・Ｃはひるんだ。ああ、そのとおりだ。あの子にはほかの男の名前がついている。あの子は本当の父親を知らない。永遠に知らないままかもしれない。

「コーリーは僕にルーディのことを知られたくないでしょう」視線を上げた彼は牧師の苦痛の表情に気づいた。「そうですよね？」

牧師は前かがみになった。室内は寒かったが、彼の顔は赤く火照っていた。「コーリーが戻ってこなかったのは理由があってのことだ。ただし、その理由は君とは関係ない」

Ｊ・Ｃは眉を上げた。その理由とはいったいなんなんだ？

牧師は必死に空気を求めた。息ができない。胸が苦しい。「最近、うちの息子と会ったかね？」

「ロッドには避けられているみたいで。理由はあなたにもわかりますよね」

「君が元警官だからだろう。君は今でも法律のあるべき姿について理想を掲げている。私は立派だと思うよ」

J・Cは感銘を受けた。「ありがとう」

「私の息子は良心のない生き方を学んだ。何か違法なことに関わっていて、今ではめったにうちへ帰ってこない。祝日には電話をよこすが、簡単な挨拶だけで電話を切ってしまう」牧師は遠いまなざしになった。「あいつはジャクソン・ホールの友人とやらから離れない。ホームセンターもとうに辞めてしまった。それなのに、しゃれたスーツを着て、ジャガーの新車を乗り回しているらしい。工具を売る仕事でそれだけの大金は稼げないだろう」

J・Cは黙ってうなずいた。

牧師は胸に手を当てた。「もし私に何かあったら……コーリーを守ってやってくれ」気遣わしげな表情で彼は訴えた。「ルーディを守ってやってくれ」

J・Cは顔をしかめた。「あなたは何を知っているんです?」

牧師は空気を求めてもがいていた。「コーリーが言っていた。彼女の事務所の弁護士たちが担当している事件について。その事件にはジャクソン・ホールの麻薬組織の元締めが関係している。彼らが弁護しているのはその元締めにつながるギャングの一員で……彼らが集めた証拠によって元締めの罪も暴かれる可能性がある。彼らの依頼人の友人は国側の証人になり、密売人や仕入れ先の名前を明かそうとしている。すでに脅迫もあったそうだ」

J・Cはぎょっとした。「それにロッドが関係しているんですね」

「おそらくは。お願いだ。なんとしても私の娘と孫を守ってくれ」

「僕がコーリーと子供を守ります。誰にも手出しはさせません」J・Cは誓った。

「ありがとう」牧師の顔から赤みが消えていた。今は青白く見えた。「君は私にとって息子のような存在だ。できれば……なぜこんなに痛むんだ？」不意に言葉を切ると、彼は空気を求めてあえいだ。

牧師の話に夢中になっていたＪ・Ｃは、ようやくそれが心臓発作の兆候であることに気づいた。

「なんてことだ」彼は牧師を床に寝かせた。携帯電話を取り出して、九一一に通報した。

「コーリーを頼む。あの子に伝えてくれ。私はあの子を愛して……」なんとかそこまで話したところで牧師は意識を失った。


コーリーはいとこたちと夕食をとっていた。ルーディは先にベビーフードを食べ終え、おしゃぶりで遊んでいた。ところが、急におしゃぶりから手を離し、つぶらな灰色の瞳を母親に向けた。

「じいじ。じいじ、病気」

コーリーの顔から血の気が引いた。彼女も虫の知らせのようなものを感じていたからだ。彼女は携帯電話をつかみ、父親の番号を押した。呼び出し音が続いた。延々と。

土曜の夜ならパパはうちにいるはずだわ。信徒の中から病人が出たのかしら？　それとも、説教の推《すい》敲《こう》中で電話の音に気づかないのかも……。

呼び出し音が止まった。「コーリー？」

これはＪ・Ｃの声？　なぜＪ・Ｃがパパのうちにいるの？「私、パパに話が……」

「今、救急車が着いたところだ。たぶん心臓発作だと思う。僕は親父さんと一緒に病院へ行く。君もなるべく早くこっちに来てくれ」

「ああ、そんな」コーリーは声をつまらせた。

「君の親父さんなら、すべてのことに理由があると言うところだ」Ｊ・Ｃは声を絞り出した。「彼に頼まれた。君に愛していると伝えてほしいと。とにかく早く来てくれ。到着時刻がわかったら僕に連絡を。空港に迎えに行くから」

「ええ」コーリーは唇を噛《か》んだ。「ありがとう」

「急いで」J・Cは電話を切った。

　コーリーはいとこたちに向き直った。「パパが大変なの。J・Cは心臓発作だろうって。私、ケイトローに行かなくちゃ！」

「すぐにジェット機を用意させる」タイが立ち上がった。

「私は荷造りを手伝うわ」アニーが申し出た。

　コーリーは娘を抱き上げて、いとこのあとに続いた。寝室へ向かう間も、落ち着きなくしゃべりつづけていた。「事務所に連絡しなきゃ。土曜日だからミスター・ドナリーの自宅に電話するほうがいいかしら。でも、月曜までに戻れなかったら。いざとなったら有休を使うわ。私がいない間は臨時のスタッフを雇ってもらって……」

　ルーディが小さな手を伸ばし、母親の濡《ぬ》れた頬に触れた。彼女の灰色の瞳も濡れていた。「死んじゃった。じいじ、死んじゃった」

　コーリーは胸を貫くような痛みを感じた。ルーディの予言が外れたことは一度もない。それでも、彼女は娘の言葉を信じたくなかった。「お祖父《じい》ちゃんのところに行きましょう。お祖父ちゃんは無事よ。そうに決まっているわ！」

「死んじゃった」ルーディは同じ言葉を繰り返し、わっと泣きだした。

　アニーはひるんだ。彼女もルーディに不思議な力があることを知っていた。「とにかく荷物をまとめて、飛行機に乗って。なんなら私も一緒に行くわ」

「J・Cが空港まで迎えに来てくれるって」コーリーはかすれ声で言った。

　アニーの眉が上がった。「彼があなたのお父さんと一緒にいたの？　彼らが親しくしていたなんて、ちょっと信じられないんだけど」

「私もよ。たぶんJ・Cはレンに頼まれて、スープか何かを届けに来ただけじゃないかしら。パパの具合が悪いときは、メリーがスープを作って差し入れてくれるから」コーリーの頬を涙が伝った。「コート。コートがいるわ。ワイオミングの秋は寒いの。ルーディのコートも用意しなきゃ」

アニーはいとこを抱きしめた。「私たちがついているわ。だから心配しないで」

私だって心配したくはない。でも、ルーディが泣いているの。ずっと泣きつづけているの。

J・Cはコンコースで彼女たちを待っていた。彼らが顔を合わせるのは、二年以上前に牧師が盲腸で手術を受けて以来のことだった。彼は当時よりも老けて見えた。くたびれた感じがした。

コーリーから彼女の腕に抱かれた小さな女の子へ視線を移すと、J・Cは激しくたじろいだ。母親が一歩進むたびに、金褐色の巻き毛がはずんだ。淡い銀色の瞳が彼の視線をとらえた。彼が何者なのか知っているかのように。

「パパの具合は？」コーリーが即座に問いただした。

J・Cには言葉が見つからなかった。結局、彼は荒っぽい口調で言った。「本当に残念だ」

「じいじ、死んじゃった」ルーディが下唇を震わせた。

J・Cは唖然《あぜん》として幼女を見つめた。

「この子はパパに何かあったと知っていたの。私がパパに電話する前から」コーリーは唾をのみ込んだ。青ざめた頬を涙が伝った。もうパパには会えない。あまりにも急すぎるわ！

J・Cは手を差し伸べ、彼女の涙を拭った。ルーディが彼の指をつかみ、彼と同じ瞳で見上げてきた。

「じいじと遊んでたでしょ」幼い声が指摘した。

J・Cは頭がくらくらした。「ああ」

「遊んでた？」コーリーがきき返した。

「チェスでね」J・Cは車輪付きのスーツケースとルーディに必要なものがつまったバッグへ手を伸ばした。「先を急ごう」

「ロッドは?」

「最近、彼とは会っていない。電話しようとしたが、番号が変わっていた。だから、ジャクソン・ホールの警察署長に頼んでおいた。彼を見つけて、彼の父親のことを知らせてほしいと」

「パパはまだ病院にいるの?」出口のほうへ移動しながら、コーリーは尋ねた。

J・Cは歯を食いしばった。「いや。彼は……」

「そうね」コーリーは遮った。わかっていることとはいえ、〝葬儀場〟という言葉は聞きたくなかった。

「悪い人よ、ママ」駐車場へ向かっていたとき、ルーディが口を開いた。「悪い、悪い人が来るの」

J・Cはコーリーと驚きの視線を交わした。

「どんな悪い人なの?」コーリーが娘に尋ねた。

「悪い人。銃を持ってる」

コーリーは下唇を噛みしめた。

「こういうことはよくあるのか?」J・Cがそっけない口調で質問した。

「ええ」コーリーは娘を抱きしめ、涙で濡れた頰にキスをした。「大丈夫よ、ハニー。大丈夫だから」

ルーディは母親にしがみついた。「ママ」

J・Cは幼子の才能に動揺していた。二歳の子にここまでの力があるのか? 僕の祖母もそうだったんだろうか?

駐車場の出入り口の近くに黒いSUVが停《と》まっていた。新型モデルではあったが、それでも懐かしい感じがした。

コーリーは弱々しく微笑した。「何も変わっていないのね」

J・Cはくすりと笑った。「僕は黒が好きなんだ」

「大変、チャイルドシートを忘れてきたわ!」コーリーはうなった。「持ってくるつもりだったのに、気が動転して――」J・Cがドアを開けたとたん、彼女は口をつぐんだ。SUVの後部座席には、最高級モデルのチャイルドシートが設置されていた。

「手回しがいいだろう」

コーリーは驚きに声を失っていた。

「いい人」ルーディがJ・Cにほほ笑みかけた。あどけない頬にえくぼが現れた。銀色の瞳には好意の光があった。

「君もいい子だよ、おちびさん」J・Cの声がかすれた。

コーリーは小さな体をシートに固定し、娘のお気に入りのおしゃぶりを握らせた。「もうすぐおうちに着くからね。オーケー?」

「オーケー、ママ」

後部座席のドアを閉めると、コーリーはJ・Cの手を借りて助手席へ乗り込んだ。彼女はジーンズに白いセーターを着て、赤いコートを羽織っていた。ルーディは子供服の店でおねだりして買ってもらった白いダウンジャケットに身を包んでいた。

「少なくとも、季節に合った服装はしてきたな」エンジンをかけながら、J・Cは言った。彼もジーンズに新しいシェパードコートという格好だった。

相変わらず帽子はかぶらないのね。かすかな胸の痛みとともにコーリーは考えた。「こっちの秋は寒いもの」

SUVは町を通り抜け、牧師の家へ向かって走りつづけた。

コーリーは建築中の建物に目を留めた。「あれはなんになるの?」

「シーフードの店だよ。前の店は去年焼けたんだ」

「あそこの料理はおいしかったわ」

「ああ。ときどき無性に食べたくなる」

コーリーは運転席に目をやった。J・Cの顔には険しい皺《しわ》が刻まれていた。「なぜパパと一緒にいたの？」

J・Cは薄い笑みを浮かべた。「普段は金曜日の夜にチェスをやっているんだけどね。今週は入院した信徒を見舞うということで、土曜日に繰り越しになったんだ」

「普段？」そんな話、パパからは聞いていないわ。

J・Cはうなずいた。「料理は親父さんが作るときもあれば、僕が作るときも……」彼の声が途切れた。喉がつまって、先を続けられなかった。

そのことに気づき、コーリーは呆気《あっけ》にとられた。彼女の記憶にあるJ・Cは感情のない男だった。少なくとも、感情を表に出すことはしなかった。

しばらくは沈黙が続いた。SUVがトンプソン家へ通じる脇道に入った。すでに落葉が始まっていたが、森は秋の色に染まっていた。実家を目にしたとたん、コーリーの胸に痛みが走った。そこに宿る良い思い出と悪い思い出が一度によみがえった。

J・Cは玄関の前で車を停め、荷物を運び込むのを手伝った。コーリーはチェス盤に目をやった。盤上の駒が発作が起きたときのままの状態で残されていた。

「親父さんは胸の痛みを訴えた。すぐにぴんときたよ。これは心臓発作だと」チェス盤を見据え、J・Cは説明した。「だから、僕は彼を床に寝かせて救急車を呼んだ。救急車が来るまで心臓マッサージを続けた。でも、担架が運び込まれたときには、もう手遅れだとわかっていた。心臓発作は前にも見たことがあるが、親父さんの発作は重度なものだった」

「テレビでもよくやっているわよね。心臓マッサージをして、ステントを挿入して……」

「重度の心臓発作の場合、ほぼ一瞬で心筋の大半が死滅する。細胞が壊死《えし》してしまうんだ。発作を起こした場所が病院だったとしても、結果は同じだったと思う。親父さんがよく言っていたように、その時が来れば、何をしても止めることは……コーリー」

彼女が泣いていることに気づき、J・Cはひるみながらささやいた。コーリーとその腕の中のルーディをまとめて引き寄せ、強く抱きしめた。「残念だよ。本当に残念だ。親父さんは僕が知る中で最も親切な男だった」

コーリーはJ・Cの匂いを胸いっぱいに吸い込んだ。懐かしい匂い。忘れようとしても忘れられなかった匂い。私は今もこの人を求めているんだわ。あれだけのことがあったのに。

J・Cの腕に力が加わった。「じきにルーシーが来てくれる。君たちの到着を待つ間に連絡しておいたんだ」

「ありがとう」

「見習い牧師にも連絡した。彼がすべて取り仕切ってくれるそうだ」

「葬儀のことは？」

「親父さんの希望はわかっている。少し前に本人が話してくれたから。葬儀場にはすでに連絡ずみだ。朝になったら僕が車で送るから、君が手配の総仕上げをしてくれ」

コーリーは身を引き、涙で濡れた瞳で彼を見上げた。「ありがとう。何から何まで」

J・Cは彼女の濡れた頬に指を這わせた。「たいしたことじゃないよ。親父さんは君を心から愛していた。彼を救えなくて申し訳ない」

コーリーは虚を突かれた。J・Cはパパを愛していたのね！　ただここに通っていただけじゃない。本気でパパのことを思っていたのよ。

「親父さんは親切だった。こんな僕にさえ優しくしてくれた」

「パパは言っていたわ。人を許さない者は人生を無駄にすることになる。それが信仰というものだと」

J・Cは穏やかに微笑した。「人生は続いていく。死は長い旅の中の一歩にすぎない。今頃、親父さんは君の母親と野の花を摘んでいるだろう」

コーリーは思わず息をのんだ。ダービーが亡くなったとき、彼女も同じようなことを考えたからだ。

「でも、これは僕じゃなく君が言うべき台詞《せりふ》かな」

コーリーは彼の瞳を探った。「あなたは変わったのね」

「人は時とともに変わっていく。いい方向へ変わることもある」J・Cはチェス盤を見やり、ため息をついた。「僕は親父さんに会いたいよ」

「私も」

自分がどんなふうに変わったのか、コーリーにわかってほしい。J・Cがふさわしい言葉を探していると、彼の携帯電話が鳴った。彼はすぐに電話に出た。「カルホーン」

「署長のマーカスだ」低い声が聞こえた。「ミスター・トンプソンを発見し、父親のことを伝えた。彼は今日中にそっちへ行くそうだ」

「そうか」J・Cは答えた。「借りができたな」

「君は彼のことをどの程度まで知ってるんだ？」

「知りたくないことまで」

「彼にはＦＢＩの最重要指名手配リストまであと一歩という友人がいる」マーカス署長は言った。「彼にダニのように食らいついてる友人が。近いうちに何かが起きるぞ。彼も渦中に巻き込まれるかもしれない。その友人から見れば、彼は危険因子だからな。君も気をつけたほうがいい」

「僕は警官を二年やっていた。今もイラクで警官たちを教えている。我が身の守り方は心得ているよ」

「過信は禁物だ。この件には大金が絡んでる。違法に金を手に入れた連中は、死にものぐるいでその金にしがみつく。こっちではすでにＦＢＩが動いてるし、テキサスで進行中の裁判が起爆剤になるかもしれない」

「ああ、その件は承知している」

「こっちに来たときは顔を見せろ」署長はくすくす笑った。「たまには昔の話でもしよう」

「そうだな。重ねて礼を言うよ」

コーリーが問いかけの視線をよこした。

「ジャクソン・ホールの警察署長は僕の戦友でね」J・Cは説明した。「彼が君の兄さんを見つけてくれた。ロッドは今日中にこっちへ来ると言ったそうだ。たぶん、彼の友人も一緒だろう」彼はルーディへ視線を移した。ソファに座り、おしゃぶりで遊んでいる幼女を不安げな表情で眺めた。

「ロッドはこの家には入れないわ」コーリーがそっけなく言った。「私が玄関で阻止するから」

J・Cは彼女に視線を戻した。「ここに君一人を置いていくつもりはない」抗議しようとするコーリーに、彼はたたみかけた。「だから、ルーシーに相談した。ルーシーは葬儀がすむまでここに泊まってくれるそうだ」

コーリーの表情は言葉以上に雄弁だった。彼がここに残らないと知って安堵《あんど》しているのだ。J・Cは傷ついたが、それを表には出さなかった。

「いざというときは、我らが保安官コーディ・バンクスが駆けつける。彼にロッドのことを話したが、彼はすでに何もかも承知していた」

「何もかも？」コーリーはためらいがちに尋ねた。

「君の法律事務所はロッドと関係のある依頼人の弁護を担当している。知らないとは言わせないぞ」

コーリーは目を伏せた。「ええ、知っていたわ」

「君の親父さんも知っていた。君たち二人の身を案じる一方で、いつかロッドが正気に戻ることを望んでいた」

コーリーは再び視線を上げた。「あなたとパパがチェスをしていたなんて。とても信じられないわ」

「僕もだよ。最初にここへ来たのは、親父さんが手術を受けたあとだった。彼は僕をチェスに誘った」J・Cは悲しげに微笑した。「そこから始まったんだ。もちろん、すでに手遅れだったが」

もし事情が違っていたら。考えても悲しくなるだけね。「メリーとレンはどうしているの？」

「二人とも元気だよ。何日かこっちにいるなら、テキサスへ戻る前に顔を見せてやるといい」

「すべてが終わるまで何日くらいかかるのかしら」

コーリーはまた泣きそうになった。

「僕もできる限り力になる。親父さんはいい人だった。僕が知る中で最もいい人だった」

コーリーは灰色の瞳を探った。ルーディとよく似た瞳。J・Cはルーディが自分の子供じゃないかと疑ったことはないのかしら？　いいえ。もし私がそう言っても、彼は信じなかったでしょうね。

ぎこちない沈黙のあと、J・Cは言った。「じゃあ、僕はこれで。何かあったら、電話をくれ」

「うちまで送ってくれてありがとう」

「お安いご用だ」J・Cはルーディに目をやった。ルーディは興味津々の様子で彼を眺めていた。その姿が彼の胸を締めつけた。僕はこの子の成長を見逃してしまった。

コーリーは彼の苦悩を感じ取った。しかし、何も認めるつもりはなかった。

「ロッドがここに現れたら、僕に知らせてくれ。保安官に通報してもいい。とにかく無茶はするな」

コーリーは息を吸った。「ロッドは深みにはまっている。彼がそこから抜け出せるのか、抜け出す気があるのか、私にはわからない。でも、さっきの言葉は本気よ。彼をこの家に入れるつもりはないわ」

彼女は気づいていないらしい。女二人では力ずくの男を阻止できないことに。言葉で脅すだけではなんの役にも立たないことに。

「携帯電話は常に身につけておけ」

「いつもそうしているわ」

J・Cはしぶしぶ外へ出た。車で走り去りながら戸口に目をやると、コーリーがルーディを抱いて立っていた。僕が手放してしまった家族。今は彼女たちを守ることだけを考えよう。

自宅へ戻る途中、彼は保安官に電話を入れた。

「ジャクソン・ホールの警察署長と話した。ロッドは悪い連中と関わっているそうだ。コーリーは彼がこっちに戻ってきても家には入れないと言っているが、彼が友人を――麻薬組織の元締めを連れてくる可能性もある」

「彼が喧嘩《けんか》を売りに来るなら、その喧嘩を買ってやるさ」コーディ・バンクスはあっさりと言った。

「友人のルーシーを別にすれば、コーリーは娘と二人きりだ。僕がついていられればいいんだが、そうするとまた噂になる。これ以上彼女の評判を汚したくない」

「気遣いはけっこうだが、一ダースの携帯電話より家に男が一人いるほうがよほど役に立つぞ」

「わかってる」J・Cはぶっきらぼうに言った。

「失礼」保安官はいったん言葉を切った。「彼女のそばにいてやれる男はいないのか？」

「レンなら頼めばやってくれると思う。ウィリスも。彼の場合は狼《おおかみ》を連れてきそうだが」

「見えてきたぞ。サンドイッチ好きの女の子と肉に飢えた三本脚の狼が……」

「やめろ」J・Cはくすくす笑った。「あれはウィリスのペットだ」

「野生動物はペットにはならない。私が狐《きつね》を育てたときのことを忘れたのか？」

「ああ、あれね」J・Cは笑いをこらえた。

「あのろくでなしは私の指を食いちぎろうとした。

子狐の頃から育ててやったのに」保安官は嘆息した。

「その点、犬はいいね。うちのシベリアンハスキーはもう五歳になる。あれは亡くなる前の年に妻がくれたクリスマスのプレゼントだった」

J・Cは答えなかった。彼はその話を知っていた。地元民の大半が知っていた。コーディの妻は医師だったが、勤務先の病院で感染症にかかり、それが元で亡くなったのだ。以来、コーディは亡き妻を思いつづけ、独身を貫いていた。

「僕も子供の頃にハスキーを飼っていた」J・Cは言った。「危険な斜面を見つけては、一緒にそりで滑っていた。最高の相棒だった」

「基本的にはね。問題は泥棒に入られたときだ。ハスキーは泥棒のあとをついて回って、金目のもののありかを教えたあげく、それを逃走車に運ぶ手伝いまでするらしい」保安官は笑った。「まあ、番犬には向かない犬だな」

「確かに」

「コーリーに伝えてくれ。何かあれば、いつでも電話していいと。私はもともと眠りが浅いんだ。それに、彼女の兄貴を本来いるべき場所へぶち込みたくてうずうずしている。最後の部分は彼女には言わないでくれよ」

「彼女には言わないが、僕も同感だね。ロッドは危険な連中と関わっている。そろそろ罪を償ったほうがいい」

「眠っていた警官魂に火がついたか」

「そうかもしれない。援護を頼む」

「任せろ。コーリーは当分こっちにいるのか？」

「彼女はテキサスに仕事がある」J・Cの口調が重くなった。「それに、向こうで幸せに暮らしているみたいだ」

「ご亭主の件は気の毒だったな」

自分に代わってコーリーを支えた男のことを思う

と、J・Cはいたたまれない気持ちになった。「彼はルーディを愛していたそうだ」

「見た目はどうだったんだ?」

「彼女の夫か? さあ、どうだろう」

「まあ、どうでもいいことか。ちょっと待った」しばらく雑音が続いたあと、また保安官の声がした。

「州間ハイウェイで玉突き事故が発生した。今、現場へ向かっているところだ。またあとで話そう」

「わかった」

J・Cは電話を切った。コーリーの夫か。僕はルーディは自分の子供だと思っていた。親父さんもそう思っているようだった。でも、その夫はどんな見た目をしていたんだろう? 赤毛だったのか? 目は灰色だったのか? もしそうだとしたら、僕が勘違いしていただけかもしれない。

彼は落胆していた。そして、そんな自分に驚いていた。

13

コーリーはルーシーの腕の中で泣いた。ルーシーは慰めの言葉をかけながら彼女を揺すった。

「つらいわね、コーリー。あなたの気持ちはよくわかるわ。あなたはお父さんのことを愛してたもの」

「パパは病気と縁のない人だった。盲腸で緊急手術をしたけど、それ以外は……」コーリーは嗚咽《おえつ》をのみ込み、涙を拭った。「パパがJ・Cと毎週チェスをしていたなんて、まだ信じられない気分よ」

「J・Cはあなたのお父さんを気遣ってたのよ。いつもそばにいて、貧しい家庭に食べ物を配る手伝いもしてた。あなたのお父さんは言ってたわ。J・Cにはボランティアの才能があるって」

「知らなかったわ」コーリーはかつての自分の部屋をのぞきに行った。そこで眠っている娘の様子を確かめてから、リビングへ戻ってきた。「あの子、よっぽど疲れていたのね。パパの異変はあの子が教えてくれたのよ。パパが亡くなったことも、空港でJ・Cから聞かされる前に知っていたの」

「すばらしい才能ね」ルーシーは眉を上げた。「J・Cは空港まであなたたちを迎えに来たの？」

「そうなの。ルーディのためにチャイルドシートまで用意して」コーリーは頬を緩めた。「昔のJ・Cなら絶対にそんなことはしなかったわ」

「したかもよ。あなたが知らなかっただけで」

「その可能性は否定できないけど」

「あなたが送ってきたルーディの動画も観《み》てたくらいだもの」コーリーの表情に気づいて、ルーシーは下唇を嚙《か》んだ。「ごめんなさい。つい口が滑っちゃって」

「気にしないで。J・Cが疑いを抱いていることはわかっていたから。でも、私は彼に何も話していないわ。もしかしてパパが……」

「だったら、いっそのこと公表しちゃう？」ルーシーは顔をしかめた。「ごめん、今のは忘れて」

「でも、本当にびっくりしたわ。J・Cとパパがそんなに親しかったなんて」

「人生って何がどうなるかわからないものね」

「ええ、ほんと」

「あなたのお兄さんは葬儀に来るの？」

「ええ。でも、ここには泊まらないわ」コーリーはそっけない口調で言い切った。「私がこの家に入れないから。もしあの友人を連れてきたら、ロッドはパパの遺産にしか興味がないってことよ。それと、私の口封じのためもあるかしら」

ルーシーは眉をひそめた。「それがあなたがこの町を離れた理由だったの？」

「ええ。ロッドのことはパパにも言えなかった。パパがロッドに何か言えば、例の友人に伝わって、パパが狙われる可能性もあったから。ずいぶん悩んだわ。できればここに戻りたかった。でも、戻れない理由があまりに多すぎたの」

「最大の理由はJ・Cね」

コーヒーを用意するためにキッチンへ移動しながら、コーリーはうなずいた。「パパにはつらい思いをさせてしまったでしょう。これ以上迷惑をかけたくなかったの」再び涙が込み上げてきた。「もし時間を巻き戻すことができたら。すべてなかったことにできたら……」

「そうなると、ルーディもいなくなっちゃうのよ」

コーリーは潤んだ瞳で友人を見やった。「そうね。あなたの言うとおりだわ」

「あなたのお兄さんだけど、本当にあなたを傷つけるようなことをするかしら？」

コーリーはためらった。コーヒーポットをセットしてから口を開いた。「私にはわからない。本当にわからないの。軍隊から戻ってきたとき、私が愛した兄さんは別人になっていた。私が知らない誰か、知りたいとも思わない誰かになっていたのよ」

「麻薬は人を変えるから」

「どうしてこんなことに」コーリーは崩れるように椅子に座り、リビングのほうへ目をやった。そこに放置されたチェス盤を見て、友人に視線を戻した。「兄さんは悪い人じゃないの。ただ、気が弱くて、人の頼みを断れないのよ。善悪に関係なく、人の言いなりになってしまうの」

「人の言いなりになっても、ろくなことはないのに。私たちみたいな仕事をしてると、そういう人間の末路をいやでも目にするじゃない？」

「ええ。悲しい話よね」

「私の息子には、人に流されずに正義を貫く勇気を持ってほしいわ」ルーシーはため息をついた。「うちの子はまだ一歳だけど、私たちは親としてできる限りのことをするつもりよ」

「私も」コーリーは微笑した。「ねえ、私――」彼女の言葉を断ち切るように玄関のドアが開いた。

そこから入ってきたのはロドニーとジャクソン・ホールの友人バリーだった。

「コーリー」妹のそばにルーシーがいることに気づいて、ロドニーはためらった。「急なことでびっくりしたよ！」

私はもう内気で頼りない女の子じゃない。コーリーは椅子から立ち上がり、携帯電話を兄に突きつけた。「ここから出ていって。でないと、コーディ・バンクスを呼ぶわよ」

「ここは彼の家でもある」バリーが横柄な口調で宣言した。彼はコーリーが二年働いても買えないような高級なスーツを着ていた。

「いいえ、遺言書の検認がすむまではパパの家よ。あなたも法律くらいは知っているわよね？」コーリーは冷ややかにつけ加えた。

バリーは彼女をにらみつけた。もちろん、彼は法律を熟知していた。法の目をかいくぐって、ここまで生き延びてきたからだ。

ロドニーの視線が妹と友人の間をさまよった。彼は赤い顔をしていた。「なあ、頼むよ。僕にはここしか泊まるところがないんだ」

「ジャガーの新車でモーテルに乗りつけたら？」コーリーは切り返した。

ロドニーの顔がさらに赤くなった。「あれはデモカーだ。新車じゃない」彼はポケットに両手を突っ込み、友人に視線を送った。男同士の間でなんらかの合図が交わされた。「ちゃんと話し合おう」

「今はだめよ。葬儀の手配があるの。それに、眠っている娘を起こしたくないわ」

「ちびも連れてきたのか?」ロドニーは狼狽した様子でまた友人に視線を投げた。「あの子はテキサスの旦那のもとに置いてきたのかと……」

「私の夫は亡くなったわ」

「ああ」ロドニーは落ち着きなく身じろぎした。

「そうか。それは残念だったな」

「彼は癌《がん》だった。本人も死を覚悟していたわ」

ロドニーは顔をしかめた。「苦労したんだな」

「苦労？」ルーシーが彼をにらみつけた。「あなたに苦労の何がわかるの？」

ロドニーは目をそらした。

「行くぞ」バリーがロドニーに声をかけた。「話はまた今度にしよう。おまえの妹が一人のときに」脅しめいた口調で彼はつけ加えた。

「私がここにいることはJ・Cも知っているわ」コーリーは兄に告げた。「実際、彼が空港で私たちを出迎えてくれたのよ。兄さんも来ればよかったのに。

そうすれば、彼にまたでたらめを吹き込めたのに」

「調子に乗るな」バリーが吐き捨てた。「カルホーンごときになんの力がある？」

「コーディ・バンクスにはあるわ」コーリーは携帯電話を示した。「あなたたちが出ていったら、すぐ彼に知らせますから」

「コーリー……」ロドニーがおろおろとした様子で呼びかけた。

バリーは彼の腕をつかみ、外へ引きずり出した。大きな音をたててドアが閉まった。

「早くコーディに電話して」ルーシーが急《せ》かした。

「今のは脅迫よ」

「間違いなく脅迫ね」

保安官に電話をかけると、コーリーは状況を説明した。

「都合がついたら、部下を一人そっちにやろう」保安官は簡潔に答えた。「必要なときは私に電話を。

通信指令係を通せば、確実に私につながる。J・Cはロッドが戻ったことを知っているのか？」

「いいえ、まだ」

「彼には私から伝えておく。彼と牧師は親しい間柄だった。彼も我々に協力してくれるだろう」

コーリーは一抹の不安を覚えた。「あの……彼には言わないで。彼には私から話すから」

「わかった」一瞬置いてから保安官は続けた。「君のご主人は癌だったそうだね」

「多発性骨髄腫よ。見ているほうもつらかったわ」

コーリーはそこでためらった。「J・Cはパパと毎週チェスをしていたのね。びっくりしたわ」

「人は変わるんだよ。君には信じられないかもしれないが、私はそういう例を毎日見ている。世間に見限られた人間でさえ変わるときは変わるんだ」

コーリーは微笑した。「そうなのかしら」

「そうだとも。ご主人のことは気の毒だった。だが、人生は続いていく。妻に死なれたときは私の人生も終わった気がした。それでも、私は前へ進んだ。今も前へ進みつづけている。時とともに痛みは薄れるものだ。しかも、君には彼の忘れ形見がいる」保安官の言葉には問いかけに似た響きがあった。

「そうね」コーリーは答えた。「彼はルーディを誇りにしていたわ」

「ルーディか。その子はお祖母《ばあ》ちゃんの名前をもらったんだね？　君の母親の名前はルイーズだった。だが、みんなルーディと呼んでいた」

「ええ。ママが生きていてくれたら。でも、今はパパと一緒にいるのよね。そう思うと心が慰められるわ」コーリーは喉をつまらせた。

「少し休んだほうがいい」保安官は口調を和らげた。「必要なときは連絡を。J・Cにも知らせるんだよ」

「ええ、保安官。ありがとう」

電話を終えると、コーリーは友人に向き直った。

「保安官はJ・Cに話すと言ったけど、あなたもあの男の言葉を聞いたでしょう？　もしJ・Cに話したら、彼まで巻き込むことになる。彼が殺される可能性だってあるのよ」

「ハニー、それはあなたも同じよ。J・Cは警察官を訓練してる。彼自身も警察官だった。だから、暴力的な人間の扱いには慣れてるわ。これは深刻な事態なの。あなた一人じゃ無理よ！」

それでもコーリーの迷いは消えなかった。兄さんが私を傷つけたりするかしら？　あの胡散《うさん》臭い男に私を傷つけさせたりするかしら？

「あなた、ロッドが自分を傷つけるはずがないと思ってるのね」ルーシーが指摘した。「でも、連れの男ならやりかねない。ロッドは頼りにならないわ。何かあったら、真っ先にやられるタイプよ。彼が軍隊時代にどんな経験をしたか、あなたは知らないでしょう？」

「彼って？　ロッドのこと？」

「そう、ロッドのこと」ルーシーは歯を食いしばった。「誰もあなたのお父さんには言えなかった。あなたにも言えなかった。ロッドの分隊が反政府グループと衝突したときのことよ。ロッドは武器を捨てて逃げたの。彼の分隊から二名の死者が出たけど、ロッドには不名誉除隊が認められた。軍法会議にかけられずにすんだのは、彼の上官があなたのお父さんの知り合いで、彼をかばったからよ」

「そんな！」コーリーは愕然《がくぜん》とした。「ロッドは何も言わなかったわ！」

「言えなかったのよ」ルーシーはため息をついた。「退役軍人の中にはロッドを見捨てる者もいたわ。J・Cは見捨てなかった。忠誠心が強すぎるのね。でも、ロッドが麻薬の取引に関わるようになると、彼も距離を置くようになったの」

コーリーは椅子に崩れ落ちた。「衝撃の連続攻撃を受けているみたい」

ルーシーはコーヒーのおかわりを用意してから席に着いた。「ドアはロックしておくべきね。あと、携帯電話は常に手元に置いていること。J・Cに電話して、ここに泊まってもらったら？」

「そして、また噂《うわさ》の的になるの？」コーリーは悲しげに微笑した。「私だけだったら、そうしたかもしれない。でも、私には娘がいるのよ。私が軽率な真似《まね》をしたら、ルーディまで苦しめることになるわ。それに、パパの信徒団のことも考えないと。なんとかなるわよ。いざとなったら、保安官を呼ぶこともできるし。ロッドはうちの鍵を持っていないの。さっき彼が入ってこられたのはドアにロックがかかっていなかったせいよ」

「チェーンもかけるのよ。ピッキングされる可能性もあるんだから」ルーシーは助言した。

「ロッドはパパのために来たふりをしているけど、本当の目的は別にあるの。うちの事務所がある依頼人の弁護を担当していて、その依頼人の友人がジャクソン・ホールにつながる大がかりな麻薬取引事件で国側の証人になろうとしているのよ。そうなったらFBIがいっきに動きだし、麻薬組織のボスたちは国外に逃亡するしかなくなるわ」

「それがあなたとどう関係してるの？」

コーリーは友人を見つめた。私はロッドがあの友人から薬物を受け取るところを目撃した。そのことを誰にも言わない証《あかし》としてケイトローを離れた。パパと自分とおなかの子を守るにはそうするしかなかった。「あなたには言えないわ。あなたまで命を狙われることになるから。ただ、これが危険な状況であることは事実よ。明日、テキサスのボスたちに連絡して、協力を求めるわ。うちの事務所に凄腕《すごうで》の調査員がいるから、彼をこっちによこしてもらうわ。彼は陸軍の特殊部隊にいた人なのよ」

「必ずそうしてよ。明日の朝一番に」ルーシーが強い口調で念を押した。

コーリーは友人を抱きしめた。「あなたは最高の友達よ」

「昔からよく言うわよね――厳《タフ》しい状況になると、不屈《タフな》の人間が動きだすって」

「私がなるわ」ため息とともに身を引くと、コーリーはにっこり笑った。「そのタフな人間に」

長い夜だった。いつもは騒々しいルーディも今夜は妙におとなしく、不安げな表情で母親のほうばかり見ていた。彼女はまだ幼いが、二歳とは思えないほど賢かった。

「悪い人」眠りにつく前に、ルーディはつぶやいた。

「悪い人よ、ママ。悪い人が怖いことをするの」

「私たちは大丈夫よ。助けが来てくれるから」コーリーは微笑と優しいキスで娘をなだめた。

「あたし、パパに来てほしい」ルーディは灰色の瞳に涙を浮かべた。

コーリーは眉をひそめた。娘の濡《ぬ》れた頰にかかる金褐色の巻き毛をそっと押しのけた。「ルーディ、あなたのパパは亡くなったのよ」

「ほんとのパパじゃないもん。あたし、ほんとのパパがいいの」

コーリーは呆然《ぼうぜん》とした。返す言葉が見つからなかった。

「ここに来た人よ。あたしをおうちの中に運んでくれた人」

コーリーの顔から血の気が引いた。J・C。この子はJ・Cが自分の父親だと言っているの？　そんなはずないわ。この子が知るわけがない。この子の前ではJ・Cのことも彼との過去もいっさい口にしないように気をつけてきたんだから。

「ルーディ」コーリーは呼びかけた。しかし、そのあとをどう続ければいいのかわからなかった。

「パパはじいじが好きだったの」

「じいじのことはみんな大好きだったわ」

「ほんとのパパが悪い人をやっつけてくれるの」ルーディは目をつぶった。「あたし、ほんとのパパが好き……」そこで彼女の声は途切れた。

コーリーは娘を包む毛布にそっと触れた。自分の肩に世界が乗っているような重さを感じながら。

翌朝、コーリーは朝食を作り、娘に食べさせた。ルーディは相変わらずおとなしかった。食事がすむと、彼女は急いでキッチンを片づけた。片づけを終えたら今の職場に電話をかけ、調査員の派遣を要請するつもりだった。

しかし、電話をかける暇はなかった。食器をしまうより先に、玄関のロックが解除される音が聞こえた。かけてあったチェーンも力ずくで壊された。気がついたときには、彼女は娘とともにキッチンの隅に追いつめられていた。


レン・コルターの牧場〈スカイホーン〉に雪が降っていた。それでも、J・Cは動じることなく車を走らせた。雪はユーコン準州で過ごした子供時代を思い出させた。彼自身はワイオミング州の出身ではないが、祖先の中に隣接するモンタナ州の出身者がいた。その祖先のことを考えて、J・Cは頬を緩めた。ローズバッドの戦いでオグララ・ラコタ族のクレイジー・ホースと行動をともにしたブラックフット族の戦士。いつの日か彼のことをルーディに話してやろう。

ルーディ。僕の娘。J・Cはため息をついた。まだ可能性の段階だ。確証はない。コーリーの口から真実が聞けたらいいんだが。彼女は今もルーシーと一緒にいるだろうか？　ロッドとその友人が現れたんじゃないだろうか？　この目で確かめなくては。彼女たちの無事を。

J・Cは柵のそばに牛がいるのを見つけた。柵は倒木で曲がっていた。トラックを降りて近づくと、牛の脚に針金が絡まっているのがわかった。初産を控えた若い雌牛だった。

「そのまま動くなよ、ベッシー。今、助けてやるから」雌牛の頭を軽くたたくと、彼はトラックへ引き返し、牧場監督のウィリスに連絡して、自分たちの現在位置を伝えた。

「そりをよこしてくれ。切り傷程度で特に問題はなさそうだが、用心するに越したことはないから」

「そりゃそうだ」ウィリスは笑った。「グランディをそっちにやるよ」

「了解」

J・Cはワイヤーカッターを使って雌牛を救出した。雌牛がふらついていることに気づき、脚を触ってみた。骨は折れていないな。ということは大きなおなかのせいか？　彼は顔をしかめた。コーリーの妊娠を知ったときのことを思い出し、いたたまれない気分になった。

当時はそこまで気にしていないつもりだった。自分の気持ちに気づいたときはもう手遅れだった。彼は大きく息を吸った。喉に入ってくる空気が凍った指のように感じられた。

「よしよし」J・Cは雌牛に声をかけた。「あと少しの辛抱……」

何か聞こえる。奇妙な音。子供がすすり泣くような。彼はかぶりを振った。空耳だ。一人で過ごす時間が長すぎるから、聞こえるはずのないものが聞こえるんだ。

J・Cはワイヤーカッターをしまうためにトラックへ引き返した。タイヤの跡に気づいたのはそのときだった。なぜここにタイヤの跡が？　今日はこの方角には誰も来ていないはずだが。雪に覆われていない。ということは、これはついたばかりの跡か。

彼は片膝をつき、タイヤの跡を観察した。それが車のタイヤであることは一目でわかった。警官時代に事故の調査も担当していたからだ。さらにあるものを見つけて、彼は表情をこわばらせた。血だ！

J・Cは警戒のまなざしで周囲を見回した。トラックへ戻り、収納ポケットから取り出した四十四口径のマグナムをベルトのホルスターに収めると、改めて四方へ視線を走らせた。

道から外れた場所――雌牛が立ち往生していた柵の近く――に足跡があった。

彼はその足跡を追った。ずいぶん小さいな。子供の足跡か？　いや、こんな大雪の日に子供が牧場にいるはずがない。たぶん小動物の足跡だろう。それにしてもこの血は……。

またただ。また聞こえた。かすかな声が。

J・Cは頭を巡らせ、まぶたを閉じた。聞こえる音だけに意識を集中させた。あっちだ。左のほうから聞こえてくる。

左手にはロッジポールパインの木立と雪に覆われた茂みがあった。その茂みの下から、フード付きの白いジャケットがのぞいていた。羽毛で膨らませたジャケット。コーリーの娘が着ていたような。

彼は茂みの前でひざまずいた。手を差し伸べ、血で汚れたジャケットの肩にそっと触れた。冬の空を思わせる淡い灰色の瞳が彼を見上げた。金褐色の巻き毛に縁取られた顔は青ざめ、薔薇《ばら》色の頬は涙で濡れていた。

「ルーディ！　何があった？　どうしてこんなところにいるんだ？」

ルーディは下唇を噛んだ。大きく見開かれた瞳には、戦闘を経験した者のような怯《おび》えた表情があった。

「話はできる？」ジャケットの前にも血がついてい

ることに気づき、J・Cは眉をひそめた。「怪我《けが》をしてるのかな?」

「う、ううん」消え入りそうな声で答えると、ルーディは身を震わせた。

不意にJ・Cは悪寒に襲われた。「君のママはどこにいる?」

「知らない」灰色の瞳からまた涙があふれた。ルーディは小さな拳でそれを拭った。「ママはあたしを車から出したの。あたしに走って隠れろって言ったの。だけど……」

「だけど?」

ルーディは泣きじゃくった。「ママは撃たれちゃった」

J・Cは息をのんだ。「誰に撃たれた?」

ルーディは答えなかった。ただ震えていた。

「誰がママを撃ったんだ、ベイビー?」J・Cは口調を和らげてきき直した。

「あの人よ。あたし、走ったの。いっぱい走ったの。だけど、ママは撃たれちゃった!」

「なんてことだ」J・Cはルーディを抱き上げた。小さな体を揺すり、金褐色の巻き毛にキスをした。「大丈夫だよ、ハニー。君はもう安全だ」

彼は携帯電話を取り出し、保安官に通報した。

「なんだと!」話を聞いたとたん、コーディ・バンクスは声を荒らげた。「すぐそっちへ向かう。今いる場所からそこまでは三キロの距離だ。君がGPSを持っていてよかったよ。デイヴィスもそっちに向かわせる。我々が着くまで何にも触るなよ」

「ルーディは母親が誰かに撃たれたと言っている。コーリーを捜してくれ!」

「わかった。子供は無事なのか? 救急車も出動させるか?」

「頼む」

「すぐ行く」

J・Cは電話を切り、金褐色の巻き毛を撫《な》でた。コーリーのことを考えると、心臓が凍りついた気がした。「大丈夫。もう怖くないよ。僕が約束する」ルーディは相変わらず下唇を噛んでいた。涙もまだ止まらなかった。「ママに会いたい」彼女は泣き声で訴えた。

「みんなでママを捜すからね。約束だ」

ルーディが彼と同じ瞳で見上げた。「ロッド伯父ちゃんが悪い人を助けたの」

ロッド伯父ちゃん？　そんなやつは地獄に墜《お》ちろ。もしコーリーが死んだら、ただじゃおかない。

子供を抱いて立ち上がると、J・Cは慎重にあたりに目を配った。トンプソン家へ続くタイヤの跡。

ルーディはなぜここにいたんだ？　コーリーはどこへ連れていかれた？　ルーディはママが撃たれたと言った。もしコーリーがもう死んでいたら？　彼は目をつぶった。全身に震えが走った。

彼の苦しみを感じ取ったのか、ルーディが小さな手で彼の頬に触れた。淡い灰色の瞳で彼を見上げた。「あのね」少しためらってから彼女はうなずいた。金褐色の巻き毛が揺れた。その姿はJ・Cが前に見たことのあるシャーリー・テンプル人形にそっくりだった。「生きてる。ママ、生きてる」

彼はコーリーから聞いた話を思い出した。ルーディは空港へ着く以前に祖父の死を知っていたのだ。

「君にはわかるんだね？」

ルーディはまたうなずいた。小さな手は彼の頬に当てたままだった。「あなたはあたしのパパね」小さいがはっきりとした声で彼女は言った。

J・Cは息をのんだ。

ルーディは頭を傾け、彼を見上げた。「悪い人が怖いことをしたの。ママはおうちにいるわ。じいじのおうち」

J・Cは即座に携帯電話を取り出し、保安官に連絡した。「トンプソン牧師の家をチェックして、コーリーがいるか確認してくれないか？　なぜ知っているのかって？」彼は自分にしがみついている幼女に目をやった。「理由はどうでもいい。とにかくチェックを。ああ、ありがとう」安堵《あんど》のため息とともに彼は電話を切った。

「ママに会いたい」ルーディが泣きそうな声でつぶやいた。

J・Cは小さな体を抱きしめた。込み上げる涙と闘いながら、金褐色の巻き毛にキスをした。どうかコーリーが無事でいますように。どうか。どうか！

ルーディが彼の首に抱きついた。「あたし、怖いの。ママに悪いことをした人。あたしにも悪いことをするって言ったの」

J・Cの両腕に力が加わった。「大丈夫。僕が君を守るから。約束だ！」

小さな体からわずかに力が抜けた。しかし、泣きじゃくる声は止まらなかった。

雪景色を包んでいた静寂を破るように、サイレンの音が響き渡った。

二台のパトロールカーが停止し、一台目からコーディ・バンクス保安官が、二台目からは保安官代理のマット・デイヴィスが飛び出してきた。

幼女を抱いているJ・Cを見て、保安官は顔をしかめた。

「何も言うな」J・Cはぶつぶつ言った。「道の近くに血痕が残っている。この子が隠れていた窪《くぼ》みにも。この子のジャケットにも。証拠としては充分すぎるくらいだ。しかも、この子は母親が男に撃たれたと言っている」

「何も言う気はないよ」コーディは穏やかに答えた。ルーディが顔を上げた。彼女の涙と泣き腫らした目を見て、保安官はたじろいだ。「救急車もすぐに到着する」

その言葉が終わらないうちに、ライトを点滅させた救急車が停止し、制服姿の隊員たちがケースを手に降りてきた。

彼らがルーディの様子を確認する間に、保安官代理が物証を集めた。タイヤの跡やルーディが車から降りた痕跡も写真に収められた。

「問題はなさそうね」女性の救急隊員がルーディにほほ笑みかけた。「でも、念のために病院で詳しく検査したほうが……」

「やだ！」ルーディはJ・Cにしがみついた。

強い感情がJ・Cを揺さぶった。僕は今まで子供を望んだことがなかった。でも、この子がほしい。どうしても。

「病院には僕が連れていこう」彼は申し出た。

「検査がすんだら、我々が一時的に保護して……」

コーディが言いかけた。

「やだ！」ルーディは叫んだ。J・Cにしがみついたまま泣きだした。

J・Cは大きく息を吸った。「僕はこの子の母親と婚約していた。つまり、家族に近い存在だ。当分の間、僕がこの子を預かるよ」

ルーディの両腕に力が加わった。

子供と子供嫌いな男。どうやらこの二人の間には心の交流があるらしい。コーディは小さく笑った。

「じゃあ、裁判所のほうはこっちでなんとかしよう。ただし、その子は精神的ショックを受けている。なるべく早くカウンセリングを受けさせるべきだ。デイヴィス、始めるぞ」

「トンプソン牧師の家はチェックしたのか？」J・Cが尋ねた。

「そっちにはうちの助手を向かわせた。じきに報告が入るはずだ」

J・Cは無言でうなずいた。悪夢を見ている気分だ。コーリーがいない世界なんて想像できない。想像したくもない。

保安官事務所は捜査に必要な証拠をかき集めた。コーリー・トンプソン・ハウランドが乗っていた車の型と年式も判明した。ハイウェイの近くに設置されたレンの牧場の防犯カメラが、停止した車とそこから走り出てくる子供を記録していたのだ。車の所有者はJ・Cの親友ロドニー・トンプソンだった。

J・Cはすでにロドニーとの関係を断っていた。それでも、かつての親友の噂だけは否応《いやおう》なしに耳に入ってきた。地元のホームセンターで真面目に働いていた男はいつしか怠けることを覚え、ついには警察に追われる麻薬の売人となり果てた。J・Cが実の弟のようにかわいがっていた男はもうどこにもいなかった。

コーリーを撃ったのは誰なのか？　ルーディは名指ししなかったが、答えは火を見るより明らかだ。ルーディは伯父の車から逃げ出した。コーリーはまだその車の中にいるのだろう。もしかしたら、もう死んでいるのかもしれない。

ロッドが自分の妹を撃ったのか？　だとしたら、あいつは終身刑になるべきだ。J・Cは顔をこわばらせた。無意識のうちにその思いを口にしていた。

「同感だね」コーディがうなずいた。「そのためには彼の犯罪を証明する必要がある。トンプソン家には部下を一人差し向けた。証拠を消される前に彼の車を押収しておきたいところだ。最大の証拠となるのは……」ルーディの視線に気づいて、保安官は口をつぐんだ。幼い子供の前で〝被害者の遺体〟という言葉は使いたくなかった。

「僕はルーディを病院に連れていく」J・Cはそっけない口調で言った。「できることなら僕もトンプソン家へ行きたい。そこにコーリーがいるかどうか、この目で確かめたい。でも、たぶん彼女はいないだろう。それに、今優先するべきはルーディのことだ。

「自分が捜査に関われないことはわかっている。でも、僕はコーリーと婚約していた。ここ二年は毎週彼女の父親とチェスをしていた。最初は親父《おやじ》さん、今度はコーリー……。くそっ、もうたくさんだ！」

彼はルーディを引き寄せ、金褐色の巻き毛ごしに保安官を見やった。「何かわかったら、すぐに電話をくれないか？」

「そうしよう」コーディは約束した。ルーディの涙で汚れた顔を見て、ひるみながらつけ加えた。「残念だよ」

J・Cは自身の不安を隠そうとした。それは簡単なことではなかった。「じゃあ、僕たちは病院へ向かう」

14

玄関のロックが解除されたとき、コーリーは朝食の片づけをしていた。

ルーディがはっとして母親を見上げた。「ママ、悪い人。悪い人！」

コーリーが答えるより早く、ロドニーとバリーが入ってきた。ロドニーの顔には後悔と謝罪の表情があった。バリーの手にはピストルが握られていた。

「コーリー、おまえのボスたちに電話しろ。例の裁判から手を引くように言うんだ」早口でまくし立てると、ロドニーは友人に視線を投げた。「妹は必ず僕の言うことを聞く。だから、銃は……」

「いや、聞かないね」バリーは否定した。コーリーの表情を正確に読み取っていた。「おまえが刑務所にぶち込まれても、この女は屁《へ》とも思わない」

「でも」ロドニーが抗議の声をあげた。妹の身を本気で心配しているかのように。今朝の彼は目が充血していなかった。麻薬に溺れる以前の彼と変わりなく見えた。

「黙れ、ロッド」バリーは言った。「今さらごちゃごちゃ言うな。ガキを捕まえろ」コーリーに向かって、彼は続けた。「おまえは俺と来るんだ」

「お断りよ」コーリーはカウンターの上の肉切り包丁へ手を伸ばした。

バリーは四十五口径のピストルをルーディの頭に向けた。「さあ、どっちを選ぶ?」

コーリーはぞっとした。これははったりじゃないわ。もし裁判が進めば、この人は連邦刑務所で生涯を終えることになる。彼はそのことを知っている。そこまで追いつめられている。今の彼ならなんだってするわ。幼い子供を撃つことだって。

「わかったわ」彼女は肉切り包丁を置いた。「なんでもあなたの言うとおりにする。だから、ルーディには手を出さないで」

「悪い人」バリーを見つめながら、ルーディは言った。「悪い人」

「そうだよ」バリーは傲慢な笑みを浮かべ、コーリーに銃を向けた。「行くぞ。ガキも一緒にな」

「行くってどこに?」ロドニーがおどおどとした様子で尋ねた。

「ちょっとドライブしてくるだけだ。おまえは俺が戻ってくるまでここで待ってろ」バリーは命じた。「おまえの車のキーをよこせ」

ロドニーは命令に従った。逆らえば自分が撃たれるとわかっていたからだ。ただし、そのときの彼はまだ気づいていなかった。〝俺が戻ってくるまで〟という言葉が、バリーが一人で戻ってくるという意味であることに。

「私は何をされてもいい。でも、娘だけは助けて」

コーリーは懇願した。バリーが運転する車は、レンの牧場と並行して伸びる道路を走っていた。

「おまえは三年前に見たことを連中にしゃべった。俺がロッドにヤクのつまったスーツケースを渡したことを。それを証言できるのはおまえだけだ」

コーリーは息をのんだ。裁判がどうこうじゃない。この人の真の狙いは私の口を封じることなんだわ。

「私は誰にもしゃべっていないわ」

「よく言うぜ」バリーは吐き捨てた。「ただし、証言にはさせない」

「証言はしません。約束するわ」コーリーは膝に座っている娘を抱きしめた。

「何を今さら」バリーは車を停《と》め、銃を取り出した。

「ここにするか。人目もないしな」

コーリーはとっさに動いた。ドアを開け放ち、雪に覆われた地面に娘を押しやった。「走って！」彼女は叫んだ。「走るのよ……早く！」運転席の男が引き金を引いた。血が飛び散り、ルーディの白いジャケットを赤く染めた。

銃声を耳にして、ルーディは悲鳴をあげた。振り返ろうとした瞬間、母親の叫び声が聞こえた。

「走って！」

ルーディは牧場の柵をめがけて走った。大きな動物が掘ったのか、柵と雪の間に隙間ができていた。彼女は這《は》いずるようにしてその隙間を通り抜けた。涙で頬を濡《ぬ》らしながら、木立の中へ駆け込んだ。

「あの子には……手を出させない！」コーリーはバリーともみ合った。必死に抵抗した。しかし、傷が彼女の力を奪いはじめた。目眩《めまい》がした。息をするのもやっとだった。「あの子には……絶対に！」

「あいつも凍え死んでおしまいだ。どのみち、あんながキに証言はできないけどな」

「証言……」視界がかすんでいく。胸の傷口から変な音がする。コーリーは空気を求めた。拳で殴られたような衝撃が痛みに変わりつつあった。ルーディ。ルーディさえ無事なら……。

あえぐように息を吸うと、コーリーは意識を失った。こいつも外に放り出すか。バリーは思案した。いや、それはまずい。雪に跡が残る。誰かがその跡を見つけて、ガキまでたどり着くかもしれない。どうせこの女は死ぬ。死人に口なしだ。

彼は車を反転させ、ロドニーの家へ引き返した。

玄関ポーチで待っていたロドニーがバリーに駆け寄った。「いったい何をして……コーリー！」妹を見た瞬間、彼は叫んだ。

「やるべきことをやっただけだ」バリーは平然とうそぶいた。「これで俺の罪を証言できるやつはいなくなった。売人どもが何を言おうが、俺は痛くもかゆくもない。だが、目撃者の証言となれば話は別だ。俺は豚箱に行く気はないんでね」

「僕の妹を」ロドニーは泣きながらコーリーを抱き上げた。「僕の妹なのに！」

「おまえの車。この女の血。疑われるのは誰だ？」バリーが嘲笑《あざわら》った。

ロドニーは妹をポーチの床に横たえた。「よくも僕の妹を殺したな！」彼は助手席をのぞき込み、さらに怒りを募らせた。「ルーディはどこだ？」

バリーは肩をすくめた。「森で迷子になった。おまえも先のことを考えたほうがいいぞ。俺はジャクソン・ホールに戻る。そこからアルバ島にでも飛ぶかな。おまえはおまえで好きにしろ。おまえは三流の売人だった。おまえの妹を見張るために仕方なくつき合ってたが、それももうおしまいだ」彼はコーリーに目をやった。「この女はじきにくたばる」

「人殺し！」ロドニーは怒りに駆られて突進した。

バリーはその攻撃をあっさりとかわした。高価なスーツの乱れを直し、自分の高級車で走り去った。ロッドがお巡りを呼んだとしても、俺は安全だ。目撃者はいない。女の血が残ってるのはロッドの車だ。殺人罪で豚箱送りにされるのは俺じゃない。俺がしたことを見たのは……あのガキだけだ。これだけの大雪なら、ガキの死体もそう簡単には見つからないだろう。

ロドニーは使い捨ての携帯電話を使って九一一に通報した。ただし、この家の場所を告げただけですぐに電話を切った。僕はここにはいられない。バリーの言うとおりだ。もしコーリーが死ねば、僕が殺人犯にされてしまう。僕の妹。僕は金に目がくらんで、妹を裏切った。父さんは死んだ。コーリーも死のうとしてる。そして、ルーディは……あの子はどこにいるんだ？　バリーが戻ってくるまで、そんなに時間はかからなかった。でも、ここは広い土地だ。もし僕に時間があったとしても、ルーディを見つけることなんてできっこない。

ロドニーは妹の髪を撫《な》でた。胸部の開放創。早く助けないと、コーリーは死んでしまう。彼は家の中から大きなプラスチックの袋を持ってきた。それを胸の傷口に当て、毛布を巻きつけて固定した。彼は軍隊時代に様々な傷の応急処置を目にしていた。これで血は止まるはずだった。

でも、僕はここにはいられない。メモを残すべきだろうか。バリーの犯行をほのめかし、コーリーとルーディを巻き込んだことを謝罪するメモを。ルーディ！　ロドニーは冷水を浴びせられた気がした。あれはJ・Cの子供だ。コーリーにはJ・C以外の男はいなかった。あの子は間違いなくJ・Cの子供だ。もしあの子が死んだら、コーリーが助からなかったら、J・Cは絶対に黙ってない。

この国を出よう。どこか遠くへ行こう。金ならある。きっと逃げられる。急ぎさえすれば。

ロドニーは車に飛び乗った。助手席の血にひるみながらアクセルを踏み込んだ。どこかでペーパータオルを調達して、血を拭き取ろう。なるべく車通りの少ない道を選んで、寂れたガソリンスタンドを探そう。彼は妹の無事を祈った。コーリーが証言すれば、彼は刑務所送りになるだろう。だとしても、それは彼自身が招いた結果だ。父親は彼を善人になるように育てた。しかし、彼は弱かった。易《やす》きに流れて、悲劇を招いてしまった。父親は彼を恥じるだろう。彼も自分を恥じていた。それでも、車を停めることはできなかった。

ポーチに横たわるコーリーを発見すると、保安官代理は無線で救急車を要請した。救急車は一分とたたずにやってきた。ルーディが見つかった現場から直接駆けつけたのだ。

「見てよ、これ」急場しのぎの包帯に気づいた女性隊員が同僚に声をかけた。「誰かが彼女を助けようとしたんだわ」

「彼女を撃った人間かもな。幸い、俺たちにはもっとましな道具がある。さっそく搬送の準備だ」

「言われなくても」救急車へ駆け戻りながら、女性隊員は答えた。

ルーディの診察が終わった。心的外傷を別にすれば特に問題はないでしょう、と研修医は言った。雪の中にうずくまっていたんですって？　発見が早くて何よりでした。だから凍傷にならずにすんだんですよ。

J・Cは研修医に感謝し、ルーディを抱いて救急処置室を出た。

「ママはあそこよ」ルーディが指さした。

その方角を見やってから、J・Cはほほ笑んだ。

「違うよ、ベイビー。ママはまだ見つかっていないんだ」もし見つかったとしても、生きているかどうか。それを思うと、胸をかきむしられるようだ。いや、落ち着け。ルーディのために。

「ママ」ルーディが繰り返した。

再び目を向けると、救急隊員たちがストレッチャーに乗せた女性を運び込もうとしていた。

「コーリー！」J・Cはルーディを腕に抱いたまま駆けだした。ストレッチャーのあとを追いながら、隊員たちに声をかけた。「この子の母親なんだ。彼女の容態は？」

「銃創だ」隊員の一人が答えた。

「開放性胸創よ」女性隊員が続けた。「いい状態とは言えないわ。詳しいことはドクターから聞いて。あなたは身内の人？」

「彼女の婚約者だ」J・Cは言った。

「ママ」ルーディがまた泣きだした。「ママは大丈夫なの？」

「できる限りのことはするよ」男性隊員が請け合った。

ルーディはJ・Cの顔を軽くたたいた。「あたしのパパよ」

誇りと喜びの入り混じった表情でルーディを見返すと、J・Cは隊員たちに告げた。「僕たちはここで待たせてもらう」

二人の隊員はコーリーを乗せたストレッチャーとともに手術室の奥へ消えた。

手術着姿の男性が現れたのは長い時間がたったあとだった。彼は歩きながらマスクを外した。

J・Cは即座に立ち上がり、焦りぎみに問いかけた。「彼女の具合は？」

二対の灰色の瞳に見つめられながら、医師は答えた。「大丈夫。命は取り留めた」

「よかった」J・Cは重々しくつぶやいた。ルーディは医師に笑顔を見せた。

「肺の下葉に損傷があった。銃弾は結腸をかすめて背中で止まっていた。危険な場所なので摘出はしなかったよ。そのうち周囲に肉の盾ができる。本人はそこに銃弾があることに気づきもしないだろう」

「僕の体にも一発残ってますよ」J・Cは答えた。「中東で食らった銃弾が。僕はこんな記念品は望んでなかった。でも、あのときの軍医もあなたと同じようなことを言ってましたね」

「私は不要なリスクは冒さない。おかげで警察とは何度も衝突した。証拠品の銃弾を摘出しろと迫られてね。一度は法廷にまで呼び出された。結局、警察はほかの証拠品を捜すことになった」

「コーリーに会えますか？」

医師は渋い顔をしたが、ルーディの瞳をのぞき込んで表情を和らげた。「オーケー。ただし、一分だけだよ。まだ麻酔の効果が切れてないから」

彼らは医師のあとに続いた。回復室では一人の看護師が二人の術後の患者を見守っていた。

「彼女の娘だ」医師が説明した。ルーディの涙で汚れた顔を見て、看護師は微笑した。

「ママ！」ルーディが叫んだ。

シーツに覆われた体に近づくと、J・Cはつぶやいた。「まったく。こんなに必死に祈ったのは生まれて初めてだ」

「実際、危ないところだったよ」医師が説明した。「もし発見があと少し遅れていたら、傷口がふさがれてなかったら……」

「傷口が？」J・Cはきき返した。

「開放創がプラスチックで覆われていた。救急車が到着する前に、誰かが応急処置を施したんだろう。

実に効果的なやり方だ。その誰かが彼女の命を救ったとも言えるね」

「そうですか」J・Cはルーディを抱え直し、ベッドへ手を伸ばした。コーリーの白い顔に触れ、かすれ声でささやいた。「コーリー」

不意にコーリーのまぶたが開いた。彼女は二人を見上げた。頭の靄《もや》を払おうとするかのようにまばたきし、痛みにたじろいだ。

「ママ」ルーディが呼びかけた。

コーリーは娘に目を向けた。徐々に戻りつつある痛みに耐えて、なんとか笑顔を作った。「ルーディ。私のベイビー」

「誰に撃たれた？」J・Cが素早く尋ねた。

「バリーよ。彼は私を……私たちを殺すつもりだった。だから、私はルーディを押し出して……走れと言ったの。怖かったわ……この子が凍死するんじゃないかって！」

「ルーディは無事だ。しばらくは僕が預かる。だから、君も早く元気になってくれ」

コーリーは彼を見上げ、なんとか声を押し出した。「ありがとう……J・C」

J・Cは彼女の髪を撫でた。「明日、また二人で君に会いに来るよ。オーケー？」

コーリーは弱々しく微笑した。「愛しているわ、ルーディ」

「愛してる、ママ」ルーディが答えた。「悪い人は逃げちゃった！」

「はたして逃げ切れるかな」J・Cはそっけない口調で言った。「ワイオミング州の法執行官の半分に追われている状態で」

「五分……彼と二人きりになりたいわ」コーリーはつぶやいた。「タイヤレバーを用意して……」彼女は笑おうとしたが、その前に意識を失った。

「大丈夫。眠っただけだよ」医師が言った。「君たちは帰りなさい。私もこれで失礼する。次の患者が待っているから」

「ありがとう」コーリーを振り返りながら、J・Cは感謝の言葉を口にした。「おかげで少しは安心できました」

「もう大丈夫よ、パパ」ルーディが彼に鼻を押しつけた。

J・Cは金褐色の巻き毛ごしに医師にほほ笑みかけ、病院をあとにした。

牧場へ戻ると、J・Cは保安官に電話をかけた。コーディ・バンクスは電話に出なかった。それだけ忙しいということだろう。しかし、コーリーから聞いた話を保安官に伝えないわけにはいかない。結局、彼は折り返しの電話を求めるメッセージを残した。

彼はルーディをレンの妻のメリーに託した。ルーディが彼のキャビンに泊まることになった経緯を説明し、着替えとおもちゃを買いに行くので、その間にルーディを風呂に入れ、服を洗ってほしいと頼んだ。メリーは二つ返事で引き受けた。父親と娘の間にすでに絆《きずな》ができつつあるのを見て、喜んでいるようだった。

保安官から電話があったのは、子供服の店の前で車を停めたときだった。「病院でコーリーの話が聞けた」J・Cは報告した。「彼女を撃ったのはバリー・トッドだ。あいつはルーディも殺す気でいたが、彼女がルーディを車から逃がしたそうだ」

「そんなことだろうと思った。しかし、コーリーばかりか子供まで殺そうとするとはな。バリー・トッドは彼女に弱みでも握られているのか？」

「何か秘密があるんだろう。僕はテキサスの裁判に関係があると思っていた。その裁判である情報提供者が証言すれば、麻薬の流通機構が崩壊するという話だ。もちろん、バリーもただではすまない」

「つまり、やつには二つの理由があったわけか」

「誰かが彼女の傷を止血した。手当ての方法を知っている誰か。医者はその誰かが彼女の命を救ったと言っている」

保安官はため息をついた。「不幸中の幸いだな。バリー・トッドがやったとは思えないが」

「ああ。たぶん、ロッドだろう。彼は戦場を経験している。傷の手当ての知識もあるはずだ」

「そうか。彼の捜索指令を出しておいた。トッドのほうも。トッドに関してはＦＢＩの協力も期待できる。殺人未遂に加えて、コーリー親子を自宅から誘拐した件もあるからな。誘拐は連邦犯罪だ。あいつはもうおしまいだよ」

「そうなることを願っているよ」Ｊ・Ｃは冷ややかに答えた。「実は今、ルーディをメリーに預けて、あの子の服を買いに来ている。ついでにファストフード店に寄って、お子様セットも仕入れるつもりだ。僕は料理もできるが、今はそんな気分じゃないんでね。今日は本当に長い一日だった」

「わかるよ、その気持ち」保安官はうつろな声で笑った。「ちなみに私は強盗犯を包囲中だ。やつは服地屋を銃で脅し、数百ドルを奪って逃走した。今は自分の祖母の家に立てこもり、彼女を人質にして我々の撤退を要求している。私が病院へ行けなかったのはそういうわけだ。早くコーリーの話を聞きたいんだが。で、彼女は大丈夫なんだよな？」

「医者はそう言っている。ただし、銃弾は摘出できなかった」

「銃弾なら私も一発持っている」

Ｊ・Ｃは笑った。「僕もだ。そのうち銃弾友の会でも結成するか」

「そろそろ切るぞ。トッドかコーリーの兄さんが見つかったら、君にも教えてやるよ」

「ありがとう、コーディ」

「お安いご用だ」

J・Cは電話を切り、子供用品の店へ入っていった。店員がぎょっとした様子で彼を見つめた。彼女は常連客のルーシーからJ・Cのことを聞いていたのだ。

「娘のために買いたいものがあってね」J・Cは言った。娘という言葉に喜びを感じながら。

店員はにっこり笑った。「何をお探しですか？」

小さな女の子の服を買う。それはJ・Cにとって冒険に等しい経験だった。なにしろ買うべき服のサイズすらわからないのだ。返品も可能だという店員の言葉を頼りに、彼はあてずっぽうで服を選んだ。パジャマ一組とパンツ二本、シャツ二枚を買い、さらに下着と新しいジャケットも追加した。我が子に血で汚れた服を着せておきたくなかったからだ。カードで支払いをすませ、包装された品々を受け取ると、彼は黒い大型のSUVへ引き返した。

SUVの前にルーシーが立っていた。ルーシーは不安と希望の入り混じったまなざしでJ・Cを見つめた。「コーリーは？ 彼女の具合は？ ルーディは無事なの？」

「二人とも無事だよ。コーリーは胸を撃たれたが、ルーディは精神的なショックを受けただけだ」

「誰がやったの？ ロッドの友達でしょう？ バリー・トッドとかいうあの薄汚い男ね！」

「コーリーはそう言っている。問題は彼女が狙われた理由だ。彼女の法律事務所が麻薬がらみの裁判に関わっているというだけで、命まで狙われるとは思えないんだが」

「そうね」ルーシーはうなずいた。「コーリーはそれだけじゃないと言ってたわ。ずっと隠してきた秘密があるって。私に迷惑がかかるからと言って、詳しいことは教えてくれなかったけど。彼女がテキサスに残ったのはそのせいじゃないかしら。彼女にはケイトローに近づけない理由があった。でなきゃ、父親のそばを離れるはずがないわ」

J・Cはため息をついた。「だから、ロッドとバリーは空港で僕に嘘《うそ》を吹き込んだわけか。あの場で彼らをぶちのめしていれば。彼らじゃなくコーリーを信じていれば。でも、当時の僕にはそれができなかった」視線をそらして、彼はつけ加えた。

「チャンスは一度きりとは限らないわ」

J・Cはかろうじて微笑した。「これ以上事態をややこしくしたくない。彼女たちが生きているだけでも僕はありがたいと思っている」

「もしルーディのことで助けが必要なら、喜んで協力させてもらうわ」ルーシーが申し出た。

「ありがとう。コーリーに伝えておくよ。でも、ルーディは当面うちで預かることにした。追いつめられたトッドがまた襲ってこないとも限らないから。保安官に頼んで、コーリーの病院にも護衛をつけてもらうつもりだ」

「ぜひそうして。じゃあ、私はうちに帰るわね。ラジオで事件のことを知って、病院へ向かってたときにあなたの車を見つけたの。あなたなら事情を知ってると思って、ここで待ってたのよ」

「コーリーは集中治療室にいるから、面会は無理だろう。でも、医者は明日には病室へ移れるかもしれないと言っていた。ルーディと僕は回復室で彼女と会ったんだ。医者に特別な許可をもらって」

「彼女が生きててくれて本当によかった。私、簡単に友達を作れるタイプじゃないの。彼女がテキサスに行ってからは寂しくてたまらなかったわ」

「みんな同じ気持ちだったと思うよ」J・Cは腕時計に目をやった。「僕も牧場へ戻らないと。メリーにルーディの風呂を頼んだんだが」彼は小さく笑った。「今夜は子育ての短期集中講座を受けることになりそうだ」

ルーシーは静かに彼を見返した。「ルーディは特別な子よ。まだあんなに小さいのに、たぐいまれな能力を持ってるわ」

「あの子には見えないものが見える。僕の祖母もそうだった」

「あの子にはほんとに驚かされるわ。二歳の子供にしてはすごくしっかりしてるし」

J・Cはうなずいた。「ルーディは僕が話す前から祖父の死を知っていたそうだ」

「並外れた子供ね」

「しかも、母親のように気立てのいい子だ」J・Cはため息をついた。「彼女たちとの距離を埋めるにはどうすればいいんだろう」

「一歩ずつ着実に進むしかないわ」ルーシーは助言した。

J・Cは無言でうなずいた。


ルーディはJ・Cが買ってきたおもちゃに大喜びした。それは人の言葉をそのまま繰り返す熊のぬいぐるみだった。

「かわいい熊さん！」ルーディはJ・Cに駆け寄った。J・Cは彼女を抱き上げ、薔薇《ばら》色の頬にキスをした。「ありがとう、パパ」

J・Cはまだその言葉に慣れていなかった。ルーディにパパと言われるたびに、喜びで胸がいっぱいになった。満面に笑みを浮かべていた彼は、レンとメリーとデルシーの視線に気づいて顔をしかめた。

「どうせもう公然の秘密なんだろう？」J・Cは観念して開き直った。

「秘密も何も」メリーが口を開いた。「みんな知っていることよ。コーリーはほかの男性に見向きもしなかった。あなたしか眼中になかったわ」

J・Cの頬が赤らんだ。自分がコーリーを信じず、ロドニーの嘘を鵜呑《うの》みにしたことを思い出すと、今でもいたたまれない気分になった。

「コーリーは大丈夫なのか?」レンが尋ねた。「バリー・トッドはまだ捕まっていない。もし彼女が生きていることをあの男が知ったら……」

「保安官が集中治療室の近くに部下を一人配置してくれた。さっき本人から聞いたんだ」

「バリー・トッドとロドニー・トンプソンは壁に釘《くぎ》づけにされるべきだわ」メリーがぶつぶつ言った。

「耳に釘をぶっ刺してね」レンが冷ややかな笑みとともに同意した。

「野蛮人どもめ」J・Cはたしなめた。

「パパ、や……やば……それ、なんなの?」ルーディが問いかけた。

大人たちは彼女にほほ笑みかけた。

「野蛮人だよ」J・Cが答えた。「その質問はもう少し大きくなってからにしよう。オーケー?」

ルーディは真面目くさった顔でうなずいた。「オーケー、パパ」

J・Cは娘を抱き直した。「そろそろこの子を休ませないと。今日は大変な一日だったから」少しためらってから彼は続けた。「ルーディを風呂に入れてくれてありがとう。食事の件も助かった。何を食べさせたらいいのか、僕には見当もつかなかった」

「たまたまルーディとうちの子が同じ食事レベルで、うちに予備のフードがあったというだけよ」メリーはくすくす笑った。「でも、どういたしまして」

「コーリーの具合がよくなったら、僕たちも見舞いに行くつもりだが」レンが言った。「今は彼女の呼吸を持続させることだけに専念しよう」

「アーメン」J・Cはつけ加えた。

翌朝、J・Cが面会に訪れたときには、コーリーの呼吸はかなり安定していた。彼女は準個室に移され、入院着に着替えさせられていた。焦茶色の髪は乱れ、青ざめた顔には疲労の表情があった。銃弾を受けた左の胸部には包帯が巻かれていた。

「ルーディはどうしているの？」彼女は開口一番に尋ねた。

「元気にしている。子持ちのカウボーイから借りたベッドを僕のベッドの隣に置いて、そこにあの子を寝かせたが、夜中に一度目を覚ましただけだった」

「ありがとう」

「僕は楽しんでいるよ。自分でも意外なことに。子供がそばにいるのも悪くないね」J・Cはベッドのかたわらに立った。「以前は子供なんて煩わしいだけだと思っていたが」

「それはあなたの……あなたが知っている子供だからよ」コーリーは言い直した。

それはあなたの子供だから。本当はそう言いたかったんだろう。コーリーはまだ認めないのか。でも、彼女を責めることはできない。僕は彼女の信頼を損なうことばかりしてきた。この状況が落ち着くまでに彼女の信頼を取り戻せたらいいんだが。

「昨日、子供服の店の前でルーシーと会った。彼女も君のことを心配していたよ。病院へ行く途中だと言っていた。僕の話を聞いて、あきらめて帰ったが、今日は顔を見せに来るんじゃないかな」

「彼女は私にとって唯一真の友と呼べる人なの」コーリーは打ち明けた。まだ話すのも難しく、動くたびに傷が痛んだ。「昨日はこんなに痛くなかったのに……」

「昨日はショックで感覚が麻痺《まひ》していたんだよ。二、三日はつらいだろうが、じきに楽になる。ちゃんと薬をのんで、病院の言うとおりにしていればね」

「病室の外に制服姿の男性がいるのね。看護師さんが入ってきたとき、ちらっと見えたんだけど」

「あれは保安官事務所の人間だ。バリー・トッドがまた襲ってこないとも限らないからな」

「彼は今頃地球の裏側にいると思うわ」

「あの男には捜索指令が出ている。君の兄さんにも。もっとも、君が今生きていられるのは彼のおかげかもしれない」

「どういうこと？」

「ロッドが応急処置をしたんだ。君は胸部に開放創を負っていた。そのまま放置しておいたら、いつ死んでもおかしくない状態だった」

「パパの言葉は正しかったのかしら。ロッドの中にはまだ小さな善が残っているのかしら」

「連続殺人犯の中には、老人の荷物を運び、障害者の家のポーチを修理したやつもいるって話だ」

コーリーは無言で彼を見つめ返した。

「人間は一つの特質に支配されているわけじゃない。善行を施した直後に人を殺す者もいる。普通の人間にはそれがわからない。だから、殺人者が無罪になることもあるんだ」

コーリーは眉をひそめた。「そうなのね」

「ここに来る前に手術を担当した医者と話をした。彼は順調な回復が見込めると言っていた。ただし、時間はかかると」J・Cは語調を強めた。「つまり、君はしばらくはテキサスに戻れないということだ」

「覚悟はしていたけど。私の仕事」コーリーはひるんだ。「ボスたちに迷惑をかけてしまうわ」

「ルーシーに頼むといい。彼らに連絡して、事情を説明してほしいと」

「そうね」

「ルーディのことは僕に任せてくれ」

「でも、あなたの仕事はどうなるの？」

J・Cは小さく笑った。「僕の仕事の大半は牧場巡りだ。ルーディも連れていくよ。あの子は馬や牛や犬に興味があるようだから」

「ルーディは動物が大好きなのよ」

「君もそうだったね。ビッグ・トムが死んだときは、君の親父《おやじ》さんが悩んでいたよ。君に伝えるのが怖い、君にショックを与えたくないと」

「私はビッグ・トムを愛していたの」コーリーは苦しげに息を吸い込んだ。「また痛みがぶり返してきたわ」彼女はパネルを操作し、鎮痛剤を点滴に投入した。「現代のテクノロジーってすごいわね」

「まったくだ」

彼女はJ・Cを見上げて、不安を口にした。「もしまたバリーが襲ってきたら、私はどうすればいいの？」

「退院後は〈スカイホーン〉に来いよ」J・Cはあっさりと答えた。「メリーが予備の寝室が二つあると言っている。無事にうちへ戻れるまで、ルーディとそこに泊まればいい」

「なんて親切な人なの！」

「僕のうちに泊めることも考えたが、そうなれば町の連中はまた君とルーディの噂《うわさ》をするだろう。これ以上君たちに迷惑はかけられない」

コーリーは娘と同じ灰色の瞳を見上げた。

「僕は君と僕、両方の人生をめちゃくちゃにしてしまった」J・Cはいったん言葉を切った。「昔、お互いが告げられた予言を比較し合ったことがあっただろう？」

コーリーは当時を振り返った。「ええ」

「今にして思えば、あの予言は薄気味悪いほど的中していたな」

「ええ、怖いくらいに」

J・Cは彼女の乱れた髪を撫でつけた。「君の予言は悲しみのあとに喜びが訪れるという内容だったっけ？」

「たしか、そんな感じだったわ」

「僕のもそうだ」J・Cは前かがみになり、二人の唇をそっと触れ合わせた。「君がここを出たら、二人でその喜びを探してみないか？」

「喜び」コーリーは彼を見上げた。緑色の瞳に彼女の思いがあふれていた。

Ｊ・Ｃは彼女の唇をもてあそんだ。「僕は奇跡を信じたことがなかった。今までは」

「そうなの？」官能的な唇を求めて、コーリーは背中を浮かせた。ひさしぶりの感触。この感触をもっと味わいたい。

「ああ」彼女の唇に向かって、Ｊ・Ｃはささやいた。

「でも、今は……」

ドアが開き、看護師が入ってきた。Ｊ・Ｃははじかれたように身を起こした。頬が赤く染まっていた。

「あら、顔が赤いわ」看護師が言った。「あなたの熱も測ったほうがよさそうね」

コーリーはＪ・Ｃと視線を合わせ、笑みを交わした。Ｊ・Ｃのまなざしは天国を約束していた。

15

看護師と入れ替わるようにルーシーが現れた。Ｊ・Ｃはコーリーの頬に触れた。

「おとなしくしていろよ。あとでルーディを連れてくるから。オーケー？」

「オーケー、Ｊ・Ｃ」コーリーは眠たげに微笑した。

「彼女が脱走を試みたら、すぐにあなたに知らせるわ」ルーシーが約束した。

Ｊ・Ｃは笑いながら向きを変えた。病室の入り口で立ち止まり、コーリーを振り返った。淡い灰色の瞳が喜びにきらめいていた。

彼がいなくなるのを待って、コーリーはつぶやいた。「初めてだわ」

「何が初めてなの？」バッグとコートを予備の椅子に置きながら、ルーシーはきき返した。

「彼は絶対に振り返らない人だったの」

ルーシーは微笑した。「彼は昔の彼とは違うの。まるで別人よ。だって想像できる？　あのJ・Cが子供服の店で買い物するなんて！」

「できないわね」

「私だってできないわ」ルーシーはベッドに歩み寄った。「具合はどう？　ニュースで事件を知ったときは心臓が止まるかと思ったわ。それで病院に駆けつけようとして、あの店の外にJ・Cがいるのを見つけたの。彼なら詳しい事情を知ってると思って、車を停《と》めたのよ」

「彼は事情通だものね。昔からそうだったわ」コーリーは薄い笑みを浮かべた。

「何があったの？　あの男――ロッドの友達にやられたのね？」

「ええ」コーリーはふっと息を吐いた。「原因は三年前の出来事よ。私はロッドとバリーが麻薬を所持しているところを見てしまった。私がこの町を離れたのは、沈黙を守ることをバリーに示すためでもあったの。でも、私が今いる法律事務所が麻薬の流通機構を追い込もうとしていると知って、バリーは不安になったのね。もし私が三年前のことを証言したら、彼は連邦刑務所に入ることになるわけだから」

コーリーは目をつぶり、身震いした。「それで、彼は私をルーディともども始末しようと考えた。私たちに銃を突きつけ、ロッドの車に乗せて、人目のない場所へ連れ出した。私はドアを開けて、ルーディを押し出した。走ってと叫んだ。その瞬間、彼が引き金を引いたのよ。ルーディは言うことを聞いてくれた。でなきゃ、今頃は生きてなかったかも。私もロッドがいなかったら死んでいたと思うわ」

「どういう意味？」

「誰かが私に応急処置をしてくれたの。それが私の命を救ったとJ・Cは言っていたわ。バリーが私を助けようとするはずがない。でも、ロッドならありうるわ。ロッドは軍隊にいたから、手当ての方法も知っていたはずよ」

「ロッドはあなたをほったらかして逃げたのよ」ルーシーが冷ややかに告げた。「同僚から聞いたの。あなたの家に駆けつけた救急隊員の一人が彼女のいとこで。あなたは意識が朦朧《もうろう》としてた。でも、ロッドの車に乗ったことだけは覚えてた。ロッドの車は見当たらなかった。簡単な推理よね」

「彼らはどうしてうちに来ることができたの？」

ルーシーはためらった。「それは……ロッドが通報したからでしょうね。手遅れにならないように」

「私もそう思うわ」

「ロッドにもいいところはあるってことかしら。だけど、もし捕まったら刑務所行きは免れないわ」ルーシーはベッドの脇の椅子に腰を下ろした。「少なくとも、彼は麻薬の流通に関わった共犯者として起訴される。それだけでも重罪よ」

「そうね」コーリーはまぶたを閉じた。「ロッドは昔から流されやすいタイプだった。自分の考えというものがなかったの」

「残念ね。彼はあなたに残された唯一の近親者なのに」

コーリーはうなずいた。「家族を選ぶことはできないのよ」

ルーシーは唇をとがらせた。「ほんと、残念」

コーリーはなんとか笑おうとした。

J・Cは身重の雌牛たちを母屋に近い牧草地へ移す作業を手伝った。それは危険が伴う仕事だったが、彼はルーディを連れていった。そして、自分がいいと言うまでは車内に残り、窓から見ているようにと言い渡した。

栗色《くり》の牝馬《ひんば》でやってきたウィリスが、黒いSUVの横で歩みを止めた。くすりと笑って、彼は言った。

「今日は助手と一緒か？」

「狼《おおかみ》！」ルーディが窓を下ろして叫んだ。「狼の人。狼に会わせて。ねえ、お願い！」

男たちはルーディを見つめた。ウィリスがJ・Cに問いかけた。「この子に話したのか？」

J・Cは首を左右に振った。「いや」

ウィリスは口笛を吹いた。「この話、タンクの嫁さんに聞かせてやれよ」

「あそこは今、夫婦揃《そろ》って旅行中だ」

「いいよ、お嬢ちゃん。狼に会わせてやろう。J・C、この子を俺のキャビンまで連れてきてくれ。野生動物の行動は予測不能だが、網戸ごしのご対面なら問題ないだろう」

「わかった。すぐに行く」J・Cはレンに電話をかけ、娘の要望について説明した。レンは笑って快諾した。

J・Cのキャビンと同様に、ウィリスのキャビンも森の奥にあった。レンの牧場は国有林に隣接しているため、市街地からは遠く離れていた。

J・Cはキャビンの玄関の前で車を停め、ルーディを降ろした。「中には入れないからね」

ルーディは灰色の瞳で彼を見上げた。「お願い、パパ」

J・Cがその言葉を噛《か》みしめている間に、ウィリスは馬を柱につなぎ、ポーチへ上がった。

「あいつは気分屋でね。今日のご機嫌はどんな具合か、先に確認してくるよ」

父親と娘はポーチで待った。一分後、家の奥から三本脚の狼が出てきて、網戸の前に立った。ルーディの匂いを確認すると、彼は犬のようにくんくん鳴いた。

「お願い」ルーディが食い下がった。

「ハニー、危ないから……」

「お願い！」

「コーリーに殺されそうだ」ぶつぶつぼやきながらも、J・Cは網戸を開けた。

ルーディはキャビンの中へ駆け込み、狼の首に抱きついた。狼は小さな肩に頭をあずけ、彼女の匂いを嗅いではまたくんくん鳴いた。攻撃的な動きはまったく見せなかった。

「かわいい」ルーディはつぶやいた。「優しい狼さんね」

狼はさらに何度か鳴いた。灰色の目を閉じて、ごろごろと喉を鳴らした。

「こいつが俺以外の人間に甘えるとはな。メリーがここに来たとき以来だ」ウィリスがかぶりを振った。

「この子には……不思議な力があるんだ」J・Cは苦し紛れに説明した。

「なるほど」ウィリスは大きくうなずいた。

その後、J・Cはルーディを連れて病院へ向かった。コーリーは軽めのランチを終えたところだった。駆け寄ってくる娘を見たとたん、彼女の瞳が喜びに輝いた。

「気をつけて、ハニー」J・Cが注意した。「ママは怪我《けが》をしているんだ」

「わかってるわ、パパ」ルーディは笑顔で彼を見上げた。「ママ、あたし、狼を抱っこしたの！ 狼と仲良しになったのよ！」

J・Cは顔をしかめ、雷が落ちるのを待った。

しかし、コーリーは微笑しただけだった。「以前、町外れの道端で犬を見つけたことがあるの。獰猛《どうもう》さで知られた大きな犬だったわ。なのに、この子は私が止めるのも聞かずに犬に駆け寄ったのよ。そして、犬の隣にしゃがんで、話しかけはじめたの。犬は伏せたまま苦しそうに鳴いていたわ。牙をむくことさえしなかった。私たちはいとこのタイに手伝ってもらって、犬を獣医のところに運んだの。そして、うちの犬として迎えることにしたのよ。ルーディには特別な能力がある。そう獣医さんは言ったわ。タンク・カークの奥さんもそうらしいわね」

Ｊ・Ｃは安堵《あんど》のため息をついた。それから、気遣わしげな口調で問いかけた。「気分はどう？」

「痛みは相変わらずだけど、徐々に元気が出てきたみたい。保安官から何か連絡はあった？」

「まだ何も。通信指令係に伝言を頼んだから……」

言っているそばから彼の携帯電話が鳴った。かけてきたのはバンクスだった。Ｊ・Ｃはスピーカーモードに切り換え、コーリーにも聞こえるようにした。

「ＦＢＩがアトランタの空港でバリー・トッドを確保した。そこから南米にでも飛ぶつもりだったんだろう。やつは裁判のためにデンバーへ移送されるが、今度ばかりは有罪を免れないはずだ。コーリーのボスたちが充分な証拠を握っているというしな」

「証拠なら私も握っているわ」コーリーが答えた。「ハイ、保安官」

「ハイ、コーリー。少しはよくなったかい？」

「ええ」コーリーは息を吸った。自分の手を握るＪ・Ｃの大きな手を意識しながら続けた。「私はバリーがロッドに違法薬物がつまったスーツケースを渡すところを見たの。彼がロッドに薬物のさばき方を指示しているのも聞いたわ」

「こいつはたまげた！」バンクスは叫んだ。「本当に見たんだね？」

「本当よ」コーリーはＪ・Ｃの険しい表情に気づいた。「私がこの町を出たのは、私の口から秘密がもれる心配はないとバリーに思わせるためだったの。ここに戻らなかったのも、私の父親と娘を守るため

「私を頼ってほしかったね」保安官は言った。「私なら君を守れたと思うんだが」

「私は怖かったの」コーリーは目を伏せた。「それに、個人的にもつらい経験をしたばかりで。頭が混乱して、まともに考えられなくて。ただ逃げることしかできなかったの」

J・Cは目を閉じた。僕のせいだ。僕はこそ泥と悪党の言葉を真に受けて、コーリーを切り捨てた。僕は彼女を裏切った。その事実を忘れられる日は永遠に来ないだろう。

「気持ちはわかるよ」バンクスは続けた。「今の話を法廷で証言してもらえるかな？　君の安全は私が保証する」

保証？　もしバリーがその気になったら、誰も私を守ることなんてできないわ。でも、私に何があったとしても、ルーディはJ・Cが守ってくれる。それに、逃げるだけの人生はもう終わりにするべきよ。

「ええ、証言するわ」

「FBIに伝えておくよ。君には今回の事件についても証言してもらうことになるが、それはわかっているね？」

「ええ。自分の兄に不利な証言をするのは気が進まないけど。ロッドは見つかったの？」

「いや、まだ。だが、うちには地獄の底まで容疑者を追う捜査員がいる。彼は逃げられないよ。法を犯した以上はその代償を支払ってもらう」

「わかっているわ。でも、ルーディを別にすれば、ロッドは私に残されたただ一人の家族なの」

「私には第一級殺人罪で起訴されたいとこがいた」バンクスは答えた。「あのときはつらかった。彼は親友でもあったから。でも、法律は法律だ」

「私は何年も法律事務所で働いてきたの。刑事司法制度については理解しているつもりよ」

「そうだったな。何かわかったら、また連絡する」バンクスは約束した。

保安官に礼を言うと、J・Cは携帯電話をしまった。

ルーディが愛情あふれるまなざしで両親を見比べた。「大丈夫。悪い人は来ないわ」

「そうね、ルーディ。そうだといいわね」コーリーは腕を伸ばし、娘を引き寄せた。

「愛してる、ママ」

「ママもよ。愛しているわ、ハニー」コーリーは涙をこらえた。痛みは相変わらずひどかった。それに加えて、吐き気もあった。

「そろそろママを休ませてあげようか」J・Cは娘を抱き上げ、小さな頬にキスをした。「僕のシャーリー・テンプル」

「シャーリー・テンプルって誰？」ルーディがきき返した。

「今度、映画を観《み》せてあげるよ。ユーチューブで探して」

「ありがとう、J・C」コーリーは感謝した。「色々と助けてくれて」

J・Cは前かがみになり、彼女にそっとキスをした。「僕は当然のことをしているだけだ」彼はかすれ声でささやいた。灰色の瞳が言葉よりも雄弁に語っていた。

コーリーは腕を伸ばした。痛みに顔をしかめながらも彼の頬に触れた。「長い道のりだったわね」

「傷口はキスで治す」J・Cは優しい笑みを浮かべた。「考えてみてくれ」

コーリーには彼の言いたいことがわかった。人生は過酷な教訓を与えるが、やがて喜びの時が訪れる。その時が近づいていることを彼女は感じていた。

「それと、もう一つ」J・Cの灰色の瞳がきらめいた。「僕は本で勉強したよ！」

「本で?」コーリーは彼を見返した。その言葉の意味に気づき、頬を真っ赤に染めた。

「猛勉強した」J・Cは白い歯をのぞかせ、にんまりと笑った。「その件については、君が元気になったときに話し合おう」

「あの……そうだわ!」コーリーは叫んだ。「向こうのボスたちに報告を……」

「それは僕がやろう。名前と連絡先を教えてくれ」

「私の携帯電話を見ればわかるわ。そのひきだし。そこに私のバッグが入っているの」コーリーはベッドの脇のチェストを示した。

J・Cはバッグから携帯電話を取り出し、彼女に手渡した。

「これよ」コーリーは連絡先を表示した。「このミスター・コープランドという人。彼が……ダービーの後任者なの」ダービーのことを思い出すと、今でも泣きたい気持ちになるわ。彼は本当に優しい人だった。

「あとは僕に任せて」J・Cは情報をコピーし、彼女の携帯電話とバッグをひきだしにしまった。

「J・Cを困らせちゃだめよ」コーリーは娘に言い聞かせた。

「いい子にしてるわ。ねえ、ママ、優しいレディがあたしたちの絵を描いたの」

「あたしたちの絵?」

「メリーがルーディと僕の絵を描いているんだ。まだスケッチの段階だが、傑作になるのは間違いないね。彼女は東部のギャングを描くことで自分の命を救ったことがある。彼女がレンと結婚するときは、そのギャングが父親役を務めたくらいだ」

「メリーはいい人よね。昔から私に親切にしてくれたわ」

「君の部屋も早々と用意してくれた。あとは君の退院を待つのみだ。明日またルーディを連れてくるよ。

今、牧場は吹雪の対応に追われていてね。全員総出で雌牛たちを納屋の近くに集めているところだ」

「気をつけて」

J・Cは微笑した。「了解」

コーリーは彼を見つめ、三年前との違いを噛みしめた。以前ほど強烈な欲望は感じない。でも、愛情はより深まった気がする。私たちはこれからどうなるのかしら。

次の瞬間、彼女はロドニーのことを思い出し、暗い気持ちになった。

「ロッド伯父ちゃん」ルーディが声をあげた。「ママ、伯父ちゃんは戻ってくるわ。悪い人のことを話すわ」

コーリーはJ・Cに目を転じた。ルーディの言うとおりなら、それほど悲観することはないのかもしれない。少なくとも、司法取引で減刑される可能性はあるわ。

「まずは傷を治すことだ」J・Cは彼女に言った。「ルーディのことは僕に任せて」

コーリーは眠たげに微笑した。「頼んだわ」

「バイバイ、ママ」ルーディが戸口から叫んだ。

彼らがエレベーターに乗り込む頃には、コーリーはすでに眠りの世界にいた。

コーリーの退院が認められたのは、それから三日後のことだった。J・Cはルーディと一緒に迎えに行った。

「病院ではみんなに親切にしてもらったけど、やっぱり普通の生活がいちばんね」助手席でコーリーはつぶやいた。ルーディは後部座席のチャイルドシートに座っていた。

「傷の具合は？」車を走らせながら、J・Cは問いかけた。

「まだ少し痛むけど、ドクターに言わせると痛くて当たり前なんですって」彼女は膝に書類を収めたフォルダーを抱えていた。

「薬局に寄って、先にその処方箋を渡しておこう。薬の用意ができたら、僕が取りに行くよ」

「でも、薬代が……」

「ハニー、僕には金がある。君が望むものならなんでも買ってやれる」赤信号で停止すると、J・Cは彼女に笑顔を向けた。「どんなものでも」

「じゃあ、頭のおかしな悪人に怯《おび》えなくてすむ平和な生活を買ってほしいわ」

彼はくすくす笑った。「それは刑事司法制度に任せるしかないが」

「だから心配なのよ。陪審制度は悪人を無罪にすることもあるから」

「悪事を働く者には悪事が起きる」さらりと答えてから、J・Cは肩をすくめた。「君の親父《おやじ》さんの影響かな」

コーリーは泣きそうになった。本当に色々なことがあったわ。パパの死。ロッドの問題。そして、今回の事件……。

J・Cが彼女の手を握った。「親父さんに教わったことはほかにもある。信じることの大切さだ」

「そうね」コーリーは大きな手を握り返した。

J・Cが向かった先はレンの大きな家ではなく、彼自身のキャビンだった。

コーリーは戸惑った。「でも……」

J・Cは彼女の両手にベルベットの箱を置いた。「もう新聞にも出ている。携帯電話をチェックしてごらん。メールが山ほど届いているはずだ」彼は顔をしかめた。「最初のメールはルーシーからじゃないかな。先に彼女に話さなかったことに対する怒りのメールのような気もするが」

「ルーシーから？」

J・Cが荷物を運び込む間に、コーリーは携帯電話をチェックした。確かにルーシーからメールが届いていた。

おめでとう！　なんで私に言わなかったのよ？

コーリーは視線を上げ、娘を降ろそうとしていたJ・Cに尋ねた。「私、ルーシーに何を言わなかったの？」

「箱を開けて」

彼女は箱を開いた。そこにあったのは高価な指輪のセット――ダイヤモンドとエメラルドの婚約指輪とエメラルドを埋め込んだ金の指輪だった。

ルーディを家の中に残して、J・C一人が戻ってきた。コーリーは無言で彼を見つめた。

「三年前に買ったんだ。それをポケットに入れて空港まで戻ってきたら、ロッドたちが待っていた」

コーリーは下唇を噛んだ。J・Cは一度も愛していると言わなかった。将来のことなんて何も考えていないようだった。もしあのとき……。

彼女の頬を涙が伝った。

J・Cは彼女を両腕で抱き上げた。「僕のせいだ。僕が怖《お》じ気《け》づいて逃げたから。僕は君がほしかった。でも、自分の生い立ちに引きずられて、判断を誤ってしまった」コーリーをキャビンへ運びながら、彼は息を吸い込んだ。「なぜロッドの嘘《うそ》を信じたのか。僕は自分を責めつづけた。でも、僕たちは過去には戻れない。先へ進んでいくしかない」キャビンの中でコーリーを下ろすと、彼は緑色の瞳をのぞき込んだ。「僕を許すことはできないか？　僕の愚かなおこないを水に流すことはできないか？」

コーリーはまた泣きそうになった。「できるわ」

「僕は二度と君の信頼を裏切らない」J・Cは誓った。

「パパ、チーズ」ルーディがねだった。

「またチーズか」J・Cはくすくす笑った。「うちの冷蔵庫にはありとあらゆる種類のチーズが入っている。それをこの子に見つかっちゃってね。今では食事のたびにチーズ、チーズだ」

「チーズは私も好きよ」コーリーは慎重な足取りでキッチンへ向かった。「ただ、ゼラチンはもう見るのもいやだわ！」

J・Cは声をあげて笑った。「その気持ち、よくわかるよ。僕も入院したことがあるから」

彼は皿を取り出し、チーズを切りはじめた。チーズとともにクラッカーを盛りつけ、ルーディにはミルクを、自分とコーリーにはソフトドリンクを用意した。

冷えたジンジャーエールをすすって、コーリーは微笑した。「私、これが好きなの」

「知ってるよ」J・Cは椅子にもたれ、ルーディに目をやった。「この子は賢いな」

「賢すぎるくらいよ。急に妙なことを言いだすから、この子を怖がる人たちもいるわ」

「タンク・カークの嫁さんもいるし、ルーディにはこっちのほうが合っているんじゃないかな」

「千里眼の人ね。私も会ってみたいわ」

「今度紹介してやるよ。タンクはいいやつだ。数年前までは国境パトロール隊にいてね。そこで撃たれて重傷を負ったが、今はぴんぴんしている。彼の兄のマロリーはテキサスの女性――キング・ブラントの娘と結婚した」

「いとこのアニーから聞いたことがあるわ。テキサス南部では有名な人なんですって」

J・Cは頭を傾け、彼女に視線を据えた。「コーリー、君はここで暮らせるかな？」

意味深な質問だった。グラスを口へ運ぼうとしていたコーリーの手が止まった。もう一方の手は今も指輪のセットを握りしめていた。彼女は人生で愛しただ一人の男を見つめた。体の奥で古い欲望が目覚めるのを感じた。でも、今度はただの欲望じゃない。もっと深く、大きなものよ。J・Cは私に新しい人生を差し出そうとしている。私にそれを受け取るだけの覚悟はあるのかしら？

コーリーはようやく口を開いた。「ええ。ここで暮らせると思うわ、J・C」

「ジョン・カルヴィンよ」ルーディがチーズをかじりながら訂正した。

J・Cの頰が赤く染まった。

「この子に教えたの？」コーリーは尋ねた。

「いや。誰にも話したことがない。僕の母はアイルランド人だったが、その両親はスコットランド出身だった。二人とも長老派教会の信者で、プロテスタントの創始者の一人ジャン・カルヴァンを崇拝していた。僕の名前は彼から取られたんだ。母は父と結婚したときにローマ・カトリックに改宗したが」

「そういう名前のつけ方はすばらしいと思うわ。私はワイオミングの女性新聞記者の草分け的存在だった大伯母にちなんで、コリーン・メアリーと名づけられたのよ」

「僕は君の本名も知らなかった」J・Cは苦笑した。

「私たち、あまり話をしなかったものね」

「これからはいくらでも話せる。でも、まずは悲しい務めを終わらせよう。親父さんの葬儀について牧師見習いと話をした。彼も土曜日がいいだろうという意見だった。退院してすぐだと君の体力が心配だからね」

コーリーはうなずいた。「彼はいい人よ。ゆうべ奥さんと一緒にお見舞いに来てくれたけど、すてきなカップルだったわ」

「奥さんはテニスが得意らしいね。夫婦対決は彼女の圧勝だとか」

「そうなの。彼は頭が上がらないと言っていたわ」

J・Cはため息をついた。「でも、女は男に花を持たせるべきだと思うね。男は勝つことで自信がつく。自分が重要な人間になった気がするんだ」

「ばかみたい」

J・Cの瞳がきらめいた。「オーケー、面倒な話はここまでにしよう。『シャーロック』の新シリーズは今でも好き？」

「もちろん！」

「じゃあ、ちびが寝たら、自宅上映会といくか」

「楽しみだわ」

「パパ、ちびって誰のこと？」ルーディが尋ねた。

J・Cは娘の鼻にキスをした。「君のことだよ、おちびさん」

ルーディは笑った。「パパって変なの！」

「変でも僕は幸せだ」J・Cは金褐色の巻き毛に触れた。「僕のスウィートガール。僕のパパっ子」

ルーディは彼の首に小さな両腕を回して抱きついた。「愛してるわ、パパ」

「僕も君を愛している。でも、そろそろおやすみの時間だ」

「あたし、パジャマを着なきゃ」椅子を下りながら、ルーディは言った。

「あんなに小さな子が一人で服を着られるなんて、ルーディが来るまでちっとも知らなかったよ」

「あの子がおませなだけよ。ルーディには驚かされてばかりだわ。二歳でもう自分の名前が読めるし、数も数えられるの。テキサスの幼稚園では……」コーリーは言葉を切った。自分たち親子の生活の拠点が向こうにあることを思い出したのだ。

「こっちにもいい幼稚園がある。スカイプを使えば、君のいとこたちとも話ができる」

「ええ、そうね」

J・Cは彼女の手をとらえ、手のひらにキスをした。「僕は二度と君をあきらめない。絶対に」

コーリーは彼の頬に触れた。「長い三年間だったた。

わ」

「確かに長かった。親父さんも君を恋しがっていた。最初、親父さんは君が戻ってこないのは僕のせいだと思っていた。でも、ロッドの様子がおかしいことに気づいて、別の可能性を疑うようになった。君は脅されたのかもしれない、だから戻ってこないのかもしれないと」

「そのとおりよ。でも、パパには話せなかった」コーリーは悲しげな目で答えた。「話せば、パパまで巻き込むことになるもの。あなたには話したかもしれない。事情が違えばね。実際、話すつもりだったのよ。でも、ロッドにその機会を奪われたの」

「君は絶対に僕を裏切らない。僕はようやくそのことに気づいた。でも、そのときには君はすでに結婚していた。親父さんがいてくれなかったら、僕は頭がおかしくなっていただろう」

「あなたがパパとチェスをしていたなんて」コーリーは笑った。「最初は信じられなかったわ」

「親父さんは僕を切り捨てなかった。なんとか僕の力になろうとしてくれた」J・Cはかぶりを振った。

「僕は彼のような人間を知らなかった。僕にとって親父さんは最も父親に近い存在になった。僕は彼のためならなんでもした。どんなことでも」

「パパは特別な人だったわ」コーリーはうなずいた。

沈黙の中で彼らは悲しみを分かち合った。J・Cは彼女を引き寄せた。彼女の傷に障らないように遠慮がちに抱擁した。

「僕たちの再スタートだ。これからは君の言うことを無条件に信じるよ。もし君が空は桜の花をちりばめた緑色だと言ったとしても」

コーリーはにっこり笑った。「オーケー」

J・Cは彼女の柔らかな唇にそっとキスをした。

「そして、僕は君を愛する。空から星が消えるまで。星が消えたあとも永遠に」

コーリーの頬を涙が濡《ぬ》らした。「ずっとあなたを愛していたわ。私にはあなたしかいなかった。これからもあなただけ……」

J・Cは唇で彼女の言葉を封じた。彼女の顔を両手でとらえ、唇が痛くなるまでキスを続けた。

顔を上げると、彼は緑色の瞳をのぞき込んだ。二人の間に甘く濃厚な緊張感が流れた。

そのとき、隣の部屋から小さな声が聞こえた。

「ママ、トイレに靴下が落ちちゃった！」

「子育ての世界へようこそ」コーリーがからかった。

J・Cは肩をすくめた。「たかが靴下じゃないか。新しいのをいくらでも買ってやる」

「先週は靴下じゃなくタオル二枚だったのよ。トイレのつまりを直すのに配管工を呼ばなきゃならなかったわ」

「科学的な好奇心だ」J・Cは娘をかばった。「あの子は実験が好きなんだよ」

コーリーはにんまり笑った。「そこまで覚悟ができているなら、明日裁判所へ行って、例の許可証をもらってくる？」

「ぜひそうしたいね」

大きな体に寄りかかりながら、コーリーはため息をついた。「私もよ。でも、結婚より葬儀が先ね。それに、ロッドがまだ捕まっていないでしょう。バリー・トッドの問題も残っている。彼が刑務所送りにされたとしても、まだ安心はできないわ」

「明日のことは明日考えよう」J・Cは彼女の額にキスをした。「今夜のテーマは靴下問題だ」

「お先にどうぞ」

J・Cは笑って、問題の現場へ向かった。宝くじが当たったような気分だ。コーリーは昔と同じように僕を思ってくれていた。僕に二度目のチャンスを与えてくれた。今度こそ彼女の信頼に応えよう。なんとしても！

16

葬儀はジャレッド・トンプソン本人がそうであったように静かで威厳のあるものとなった。メソジスト教会の牧師見習いは故人の人柄を称《たた》え、彼が信徒団や教会に愛情を注いでいたことを語った。

故人が愛した歌も紹介された。聖歌隊が《アメージング・グレース》を歌いだすと、コーリーはこらえきれずに泣き崩れた。Ｊ・Ｃは彼女の肩を抱き、もう一方の手でルーディを引き寄せた。僕がようやく手に入れた家族。親父《おやじ》さんのおかげだ。彼は忍耐強く僕の話を聞いてくれた。僕の人生をいい方向へ導いてくれた。できることなら苦しみの日々をなかったことにしたい。ゼロからやり直したい。でも、それは不可能だ。僕は前へ進むしかない。コーリーとルーディを守るために全力を尽くすしかない。

彼の気持ちを感じ取ったのか、コーリーが視線を上げてほほ笑みかけた。Ｊ・Ｃも笑みを返した。

トンプソン牧師は退役軍人だったため、葬儀には儀仗《ぎじょう》兵も参加した。彼は棺《ひつぎ》にかけられていた星条旗を恭しい仕草でたたみ、悔やみの言葉とともにコーリーへ手渡した。

棺はティトン山脈を望む丘の上に埋葬された。墓前で祈りが捧《ささ》げられる間、ルーディはそわそわと身じろぐことさえしなかった。両親の間に座って、短い祈りの言葉を静かに聞いていた。

牧師見習いから牧師に昇格したマーヴィン・コンプトンが、悔やみを述べるためにコーリーのかたわらで足を止めた。「故人は立派な方でした。彼の人生に関われたことを光栄に思います」

「私も同じ気持ちです」彼女は悲しげに微笑した。

「じいじは天国にいるの」ルーディも牧師にほほ笑みかけた。「ばあばと天国にいるのよ」

「私もそう思うよ、お嬢ちゃん」牧師は笑みを返した。「あなたたちは日曜礼拝に来る予定ですか?」

「私はそのつもりですけど……」コーリーはJ・Cの様子をうかがった。

「あなたたちというのはあなたとルーディのことですよ」牧師はくすりと笑った。「J・Cは毎回最前列にいますから」

コーリーは目を丸くして牧師を見つめた。

「二列目だろう」J・Cが指摘した。「最前列はいつも君の子供たちに独占されている」

牧師は小さく笑った。「私の子供たちと妻と母と義母にね。みんな、教会が大好きだから」

「パパもそうだったわ」コーリーは答えた。「ええ、これからはルーディと私もJ・Cと一緒に教会へ通います。十五のときからそうしてきたんだもの」

「お父さんから聞いていますよ」牧師は言った。

「J・Cは二年前からですが」

二年前? コーリーは驚いてかたわらの男を見上げた。

J・Cは肩をすくめた。「親父さんの説得に負けたんだ」

コーリーの顔に笑みが広がった。J・Cも照れたような笑みを返した。

「では、また日曜日に」牧師は言った。「コーリー、本当にご愁傷様でした」

「ありがとうございます」

最初に席を立ったのはJ・Cたちだった。しかし、彼らはすぐに呼び止められた。弔意を表したがっている友人や隣人たちがいたからだ。その中にはレン・コルターと妻のメリー、二人の小さな息子も交じっていた。

「彼は立派な人だった」レンが言った。「彼の行く先はみんな知っているよ」

「ええ」メリーはうなずき、ルーディにほほ笑みかけた。「私、絵を描いているのよ。あなたとパパの絵を」

「あたし、知ってる！」ルーディは母親に向かってつけ加えた。「すごくきれいな絵よ。彼女は絵が上手なの！」

「楽しみね」娘に答えてから、コーリーはメリーに向き直った。「あなたがJ・Cを描いた絵もすばらしかったわ」

「モデルがよかったのよ」メリーは答えた。

「東海岸のギャングほどじゃないが」レンが茶化した。「彼女はあの絵で命拾いしたんだ」

「ああ」J・Cはうなずいた。「あれは暗黒の日々だった」

「で、僕たちは結婚式に呼んでもらえるのか？」

「当然だろう。式は教会で挙げる。今度の日曜日の午後二時からだ」

「ああ」牧師はレンの肩をたたいた。「式を執りおこなうのは私だ」

「ケイトローの住民の半分は来るんじゃないか」レンはJ・Cを顎で示した。「この男が本当に結婚するのかどうか確かめるために」

J・Cはコーリーの手を握った。「僕たちはすでに家族だ。ただ指輪が加わるだけさ」娘と顔を見合わせて、彼は笑った。

「この子の赤毛はどこから来たんだろう？」牧師が首をかしげた。

「僕の母親だよ」J・Cは答えた。「彼女は金褐色の巻き毛と淡い灰色の瞳をしていた。僕はその瞳を受け継いだんだ」

「じゃあ、その黒髪は父親から？」牧師が邪気のない口調で尋ねた。

J・Cに父親の話はタブーなのに。コーリーは息をつめて彼の反応を待った。

しかし、J・Cが声を荒らげることはなかった。「父はブラックフット族だった」一瞬ためらってから彼は続けた。「僕は自分の人生がうまくいかないのはすべて父のせいだと思っていた。でも、コーリーの親父さんが教えてくれたんだ。復讐《ふくしゅう》は無益なものであり、恨みは心の傷を化膿《かのう》させるだけだと」彼は肩をすくめた。「実は父を捜すために私立探偵を雇った。父が死ぬ前に和解できないかと思って。父がまだ生きていればの話だが」

「そっちのじいじは襟があるの」ルーディが口を挟んだ。「襟があるのよ」彼女はあくびをした。

J・Cはかぶりを振った。ルーディは疲れているんだな。だから、わけのわからないことを言うんだろう。「そろそろ帰るか。誰かさんは昼寝したほうがよさそうだ」

「確かに」牧師がJ・Cたちと握手した。レンもあとに続いた。メリーは全員を抱擁した。

「日曜日に教会で会いましょう。礼拝のあとは結婚式ね」メリーは穏やかに笑った。

「私たちも礼拝に出るわ」コーリーは約束した。J・Cを見上げながらつけ加えた。「三人揃《そろ》って」

結婚式には大勢の人々が参列した。新聞記者やカメラマンまで駆けつけた。

なぜマスコミの人たちが？　一瞬面食らったものの、コーリーはすぐにレン・コルターのにやにや顔に気がついた。どうやらレンが関係しているようね。ニュースにしたいならすればいいわ。私たちはケイトローの住民なんだから。町の中で結婚式があれば、そのことを知っておきたいと考える。それはごく自然なことだもの。

花嫁の付き添い役はルーシーとメリーが引き受け

た。フラワーガールはルーディが務めた。白いスーツにベール付きの帽子をかぶったコーリーはダークスーツを着たJ・Cと並んで立ち、悲しみ続きだった三年間を振り返った。J・Cと私がそれぞれの祖母から告げられた未来。長い悲しみのあとには大きな喜びが訪れる。彼女はJ・Cを見上げた。喜びに満ちたまなざしで灰色の瞳をのぞき込んだ。

牧師が彼らが夫婦となったことを宣言した。J・Cがベールを持ち上げた。緑色の瞳を見つめてから、花嫁の頬に片手を添え、恭しくキスをした。

大きな手に自分の手を重ね、コーリーは思いを込めて微笑した。

再び《結婚行進曲》の演奏が始まった。新郎新婦は通路を進み、彼らを祝おうと待ち受ける人々のもとへ向かった。

「幸せ？」披露パーティが開かれる教会のホールへ移動しながら、J・Cが尋ねた。

「最高に幸せよ。長い長い旅路を経て、ようやくここまでたどり着いたんだもの」

「でも、旅路の先には楽しい我が家がある」にんまり笑うと、J・Cは娘を抱き上げた。

「パパ」ルーディはため息をつき、大きな肩に頬をあずけた。

「僕のエンジェル」J・Cは娘を抱きしめ、金褐色の巻き毛にキスをした。

コーリーはそんな二人の様子を眺めていた。子供はいらないと言い張っていた人がこういう表情を見せるなんて。まるで夢を見ているみたいだわ。

「おめでとう、お二人さん」ルーシーが笑顔で声をかけてきた。彼女は腕に息子を抱いていた。かたわらに立つ夫のベンも笑みを浮かべていた。

「ありがとう、ルーシー。あなたには本当に助けてもらったわ」

「どういたしまして。私……」コーリーの背後から近づいてくる人物を見て、ルーシーは言葉を切った。コーディ・バンクスだ。彼は保安官の制服を着ていた。表情が険しかった。

コーリーも友人の視線を追った。歯を食いしばり、J・Cの手を握った。

「失礼」保安官は遠慮がちに声をかけてきた。「おめでたい日にけちをつけるような真似《まね》はしたくないが、フェイスブックやツイッターで知るよりは私の口から知らされるほうがましかと思って」

コーリーは身構えた。「続けて」

「君の兄さんを拘束した」

彼女は顔をしかめた。

「いや、逮捕したわけじゃない」保安官はあわててつけ加えた。「本人が自ら出頭してきたんだ。彼は共犯者としてバリー・トッドに不利な証言をすると言っている」

「あのロッドが？」コーリーは叫んだ。

「それこそが僕が知っていたロッドだ」J・Cが言った。「彼は道に迷った。でも、また自分が進むべき道を見つけたようだな」

「ああ」保安官はうなずき、コーリーにほほ笑みかけた。「彼も実刑は免れないだろう。だが、刑期は短縮されるはずだ。彼のおかげでトッドを終身刑にできるんだから」

「最高の結婚祝いだわ」コーリーは保安官にほほ笑みかけた。「何かお返しをしたいんだけど」

「私の好物はチョコレートパウンドケーキだ」

「さっそく用意するわ。明日、面接が終わったら」

「なんの面接だ？」J・Cが尋ねた。

「ルーシーのボスたちが私の再雇用を検討してくれているの」コーリーの説明に、ルーシーも力強くうなずいた。「もう一人の管理スタッフがお母さんの介護のためにモンタナへ行きたいらしくて。そうなると、新しいスタッフが必要でしょう」

J・Cは微笑した。「無理に働く必要はない。うちの家計予算なら充分にやり繰りできるはずだ」

「優しいのね。でも、私はずっと働いてきたのよ。こういう仕事をしていると、自分も世の中の役に立っているんだと思えるわ。法律事務所を訪れる人たちはたいてい不安や悲しみや怒りを抱えている。私は法律を介して彼らの力になりたいの」

「コーリーは怯《おび》えた人たちを元気づけるのが得意なのよ」ルーシーが言った。

「君の好きにすればいい」J・Cは笑顔でコーリーを見下ろした。「僕はいつでも君の味方だ」

コーリーは彼にもたれかかり、たくましい胸に頭をあずけた。「これ以上に嬉《うれ》しい言葉はないわ」

「ママ、ケーキちょうだい」ルーディがねだった。

「ねえ、お願い」

全員が笑った。J・Cはうなずいた。「オーケー、ちびすけ。どんなケーキがあるか見てみよう」そう言うと、彼は先に立ってホールへ入っていった。

花嫁の兄に関するニュースで水を差されたにもかかわらず、披露パーティは大いに盛り上がった。

カメラマンの前で乾杯のポーズを取りながら、コーリーはJ・Cに言った。「少なくとも、ロッドはようやく正しいことをしようとしているのよ」

「トッドには向こう百年は娑婆《しゃば》に出てきてほしくないね」J・Cは冷ややかに答えた。

「私もそう思うけど、実際は十年くらいで出てくるんじゃないかしら」コーリーはため息をついた。

「できることなら時間を巻き戻したいよ。君とやり直せるなら、僕はどんなことでもする」

コーリーは人差し指で夫の顎に触れた。「今やり直しているでしょう。少しずつ」

J・Cはため息とともに彼女を引き寄せた。「せめてハネムーンだけでも……」

「これからは毎日がハネムーンよ」コーリーは笑みを返した。

J・Cは笑った。「だったら、よしとするか」

彼らが自宅へ戻ったのは夜も遅い時間だった。外ではちらほらと雪が降っていた。ルーディは車の中で眠ってしまった。コーリーが寝間着に着替えさせているときにいったん目を覚ましたが、ベッドに横たえられると、すぐにまた睡魔に襲われた。

「じいじは襟があるの」ルーディは眠たげな声で繰り返した。

コーリーにはその意味がわからなかった。彼女はただ微笑し、薔薇《ばら》色の小さな頬にキスをした。「おやすみなさい、私のベイビー」

ルーディはにっこり笑って、眠りの世界へ戻っていった。

数週間後、コーリーの傷の治療が終わった。彼女は次の段階に向けて心の準備を始めた。

傷が癒えるまでの間も、優しいキスや愛撫《あいぶ》はあった。それでも、寝室の明かりが消えたときにはかすかな不安を覚えた。彼女はJ・Cを愛していたが、三年前の不快な経験を忘れることができなかった。

「大丈夫」二人の唇を合わせて、J・Cがささやいた。「僕を信じて」

コーリーは体がこわばるのを感じた。なんとか力を抜こうとした。「痛くない?」

J・Cは小さく笑った。「言っただろう。僕は猛勉強したんだ」

彼は以前と違うやり方でコーリーに触れた。コーリーははっと息をのんだ。

「リラックスして。そうだ、ハニー。力を抜いて」

体が歌っているみたい。こんなこと、ロマンス小説にも書いてなかったわ。もちろん、私は露骨な描写のある小説は読まないけど。私が好きなのは胸がきゅんとするような……！

コーリーは体を弓なりに反らした。自分のものとは思えない声が喉から飛び出した。深くゆったりとした愛撫を受けて、彼女は身をよじった。J・Cは彼女を焦《じ》らしつづけた。唇で彼女の体を押し開き、舌を差し入れた。

コーリーは素肌に冷たい空気を感じた。J・Cの体の熱と力強さを感じた。二人の肌が触れ合った。J・Cの粗い体毛の感触が彼女の肌を刺激した。いつしかコーリーはシーツの上で身もだえしていた。自ら腰を浮かせて、この果てしなく続く甘美な拷問を終わらせてほしいと無言で懇願していた。

J・Cが彼女の太腿をつかんで固定した。しかし、まだその瞬間は訪れなかった。

「ああ……お願い」コーリーはかすれ声でささやいた。「お願いよ！」

「わかった」J・Cは彼女に覆いかぶさり、少しずつ中へ入ってきた。彼はコーリーの記憶よりさらに大きかった。だが、彼は焦らなかった。コーリーの震えを感じながら、徐々に動きを速めていった。

コーリーは彼の尻に爪を立て、同じリズムで腰を動かした。ついには情熱の虜《とりこ》となって、J・Cに貫かれるたびに身を震わせた。

限界はいきなりやってきた。これ以上は無理よ。死んでしまう。コーリーは懇願した。身をよじり、J・Cの肩に噛《か》みついた。

J・Cはその懇願を聞き入れた。彼女をマットレスに押しつけ、熱いリズムで彼女を絶頂へ導いた。そして、彼女とともに無限の一瞬に身を委ねた。

コーリーは息をつくことさえできなかった。彼女はJ・Cに寄り添い、絶頂の余韻を味わった。大きな体が震えるのを感じて、両腕で彼を引き寄せた。

「どうだった？」J・Cが彼女の耳元でささやいた。

「どうって……！」コーリーは再び身を震わせた。

「私、こんなの初めてよ！」

「僕もだよ、ハニー」J・Cは彼女の髪を撫《な》でた。

「僕は一つのやり方しか知らなかった。僕が関わってきた女たちは経験豊富で、ベッドでは獣のように求めてきた。彼女たちは優しさを望まなかった。だから、僕は優しさを学ばなかった」彼は満足げに息を吸い込んだ。「でも、少しはコツがつかめてきたかな」

「少しは？」コーリーは叫んだ。

J・Cは彼女の汗で湿った髪にキスをした。一分ほど沈黙してから口を開いた。「僕たちは避妊について話し合ってなかったね」

「私、小さな男の子が好きなの。まだ若いうちに少なくとも一人は男の子を作るべきよ。ねえ、そう思わない？」

J・Cは愉快そうに笑った。「どっちでも歓迎するが、まあ、そうだね。男の子がいいかな」彼はコーリーのまぶたにキスをした。「ロッドのことは残念だ。彼にいい弁護士をつけてやろう。彼のためにできることはなんでもしてやろう」

「そうね。本当に残念。でも私、ロッドを誇らしく思ってもいるの」コーリーの声がうわずった。

「僕もだよ」

J・Cは彼女を抱き寄せた。暗い部屋の中に温かな静寂が訪れた。外では雪が勢いを増していた。

彼らはロドニーと面会するために郡の拘置所へ向かった。ロドニーは無口だった。深く悔いている様子だった。今の彼はコーリーが子供の頃から知っていた兄のように見えた。

「おまえには本当にすまないことをした」ガラスの仕切りの両側に置かれた電話ごしに彼は謝罪した。

「こうなったのは残念だけど」コーリーは答えた。

「私は兄さんを誇りに思っているわ！」

ロドニーはかすかに頬を赤らめた。「もう手遅れだよね。僕はとんでもないことを……」

「兄さんが何をしたとしても、私の愛情は変わらないわ。兄さんは私の命を救ってくれた。今度は私が兄さんの力になりたいの」

ロドニーは顔をしかめた。「僕はあの場にとどまるべきだった。それなのに逃げてしまった。僕が得意なのは逃げることだけだ。でも、今は人生をやり直したいと思ってる。父さんもそれを望んだはずだから」彼は涙をこらえた。「僕は大ばか者だ。父さんも僕を恥じたはずだ！」

「パパは理解してくれたと思うわ。どんなことをした人間も決して見下さない。パパはそういう人だったもの」

ロドニーはうなずいた。「父さんはほかの誰とも違ってた」

「そうね」

兄と妹は両親を失った悲しみを分かち合った。やがて、ロドニーは妹の背後にいるJ・Cへ視線を移した。「J・C、僕は君にもすまないことをした。僕が嘘《うそ》さえつかなかったら、君は最初から娘と一緒にいられたのに」

J・Cはコーリーの両肩に手を置いた。「僕は君の親父さんに救われたんだ。すべてのことに理由がある。それが彼の考え方だった。彼が生きていたらこう言っただろう。これは起きるべくして起きたことだと」

「だろうね」ロドニーはうなずき、なんとか笑顔を作った。「少なくとも、バリーはもう威張り散らすことはできないよ。あいつは独房に入れられたんだ。看守を殴って」

「ばかな男だ」J・Cはつぶやいた。

「ああ、大ばかだ。でも、本番はこれからさ。あいつは組織の上前をはねてた。今頃、誰かが気づいてるはずだ。ああいう連中に狙われたら、刑務所の中でも安全とは言えない」

「本でそういう話を読んだことがあるわ。彼は裁判までたどり着けないかもしれないわね」

「まあ、何が起きてもおかしくないね」ロドニーは答えた。

それから三日後、バリー・トッドは独房で死亡した。彼は麻薬に手を出さない売人として知られていたが、死因は薬物の過剰摂取だった。おそらく組織の怒りを買ったのだろう。誰もがそう考えた。しかし、彼の死を悼む者は一人もいなかった。

コーリーは元の法律事務所で仕事を再開した。ルーディの幼稚園への送り迎えはJ・Cと交代でやることになった。彼女は今の暮らしに満足していた。常に笑みを絶やさないところから見て、J・Cも満足しているようだった。彼は家族を見せびらかすのが好きで、どこへでも妻子を連れていった。かつてはJ・Cを批判していた人々も、今は彼に一目置くようになった。彼ら夫婦はコーリーの父親が始めた活動を受け継ぎ、無料食堂やホームレスの保護施設で献身的に働いた。

彼らの結婚は地元紙で報じられた。ニュースが少ない時期だったことから、その記事はモンタナ州の日刊紙にも転載された。そして、そこで思いがけない読者の目に留まることになった。

クリスマスを二週間後に控えた土曜日の午後、カルホーン家の前庭で一台のセダンが停止した。J・Cとコーリーはクリスマスの買い物から戻り、ルーディを家へ運ぼうとしていたところだった。

J・Cはとっさに警戒した。妻子をポーチに上げてから訪問者を待った。セダンから降りてきたのは、白髪にオリーブ色の肌をした背が高い男だった。男は黒いコートを着ていた。見るからにいかめしく堂々とした感じだった。

「うちになんの用だ？」家族を守るように立ちはだかって、J・Cは問いただした。

白髪の男は頭を傾け、しばらくJ・Cを見つめていた。それから、小さく微笑した。「私がわからないか」

J・Cは眉をひそめた。どこかで聞いたような声。でも、どこで聞いたんだろう？「ああ」彼は簡潔に答えた。

老人は一歩前へ出た。ポーチに目をやり、不意に相好を崩した。「教区民が古い新聞をくれた。布教に関する記事を見せるためだったが、そこにはおまえたちに関する記事も載っていた。私が暮らすビリングスでの話だ。君がコリーンだね？」彼はコーリーに声をかけた。「そして、その子がベス・ルイーズ、ルーディだろう？」

「じいじね！」ルーディが笑った。「襟があるじいじ！」

J・Cは顔から血の気が引くのを感じた。これが僕の父親？何年も僕を放っておきながら、何を今さら……！

彼が口を開きかけたそのとき、老人がコートのボタンを外した。襟が見えた。立ち襟が。ローマ・カトリックの聖職者の印が。

J・Cは声を失った。

コーリーが娘の手を引いて近づいてきた。半ば呆《ぼう》然《ぜん》としながら、彼女は老人に話しかけた。「前にこの子が言っていました。あなたには襟があるって」

老人は小さな女の子を見下ろした。「私の妻に似ているね。彼女も赤い巻き毛と灰色の目をしていた。美しい女性だった」

「じいじ！」ルーディは母親の手を振りほどき、訪問者に向かって両腕を差し伸べた。

老人は彼女を抱き上げ、涙声でささやいた。「かわいい子だ」

J・Cはまだその場に突っ立っていた。憎しみと怒りと好奇心の狭間《はざま》で揺れていた。

彼の父親——ドナルド・シックス・ツリーズは静かなまなざしで息子を見据えた。「私にはおまえに言うべきことがたくさんある。だが、どこから始めればいいのか。私の過ちを釈明する前に、まずは謝罪するべきだろうな」

J・Cは身を硬くした。しかし、老人を追い返そうとはしなかった。

「君の父親は牧師だったんだね？」老人はコーリーに問いかけた。

「ええ」コーリーは悲しげに微笑した。「数週間前に亡くなりました」

「彼のことは共通の友人から色々と聞いていた。惜しい人を亡くしたよ」

「コーヒーでもいかが？」夫を気遣わしげに見やりながら、コーリーは申し出た。

「いただこう」J・Cの瞳をのぞき込んで、老人はつけ加えた。「おまえさえかまわなければ」

「パパに言われたことを思い出して」コーリーは夫に訴えかけた。

J・Cは大きく息を吸い込んだ。「わかってる」

一分後、彼は目をそらして言った。「僕もコーヒーをいただこう」

「どうぞ中へ」コーリーが笑顔で促した。

ルーディを抱いたまま、老人は彼女とJ・Cのあとに続いた。

キッチンでコーヒーを飲んでいたとき、J・Cが言った。「僕の義理の父は、人の行動には必ず動機があると言っていた」

「その動機がより痛ましい場合もある」老人はカップを置いた。「私は事故を起こし、おまえの母親を死なせた。あのとき、私が酒を飲んでいたのも理由があってのことだった。私は弟と鉱山で働いていた。だが、弟は崩落事故で亡くなった。事故の原因は私のミスだった」老人の顔に深い皺《しわ》が刻まれた。「私は事故の前から飲んでいた。だが、酒に溺れるようになったのは弟の亡骸《なきがら》を見てからだ。弟の妻は亡骸に覆いかぶさった。私を振り向き、人殺しとなじった。私も自分は人殺しだと思っていたが、言葉の力は強かった。私は仕事を辞め、地元のバーに入り浸るようになった。家へ帰る頃はいつも泥酔状態だった。おまえの母親は学校の集会にこだわっていた。私は行きたくなかった。あの日も酔っ払っているから無理だと断った。だが、彼女は三キロ程度の運転なら問題ないと言い張った。彼女自身が運転していくことはできなかった。二日前に足首を捻挫していたからだ。私は酔って理性をなくしていた。言われるままにハンドルを握った。そして、カーブを曲がり損ね、橋から川へ突っ込んだ」老人はかぶりを振った。「私は逃げた。逃げて、逃げて、逃げつづけた。彼女が死んだことはわかっていた。もし捕まれば、自分が刑務所へ送られることも。だが、逃げてもなんの解決にもならなかった。問題を悪化させただけだった。自分がしたことと向き合い、過ちを認めるのに何年もかかった。私はおまえの母親を殺しただけじゃない。おまえが私を最も必要としているときにおまえを見捨ててしまったんだ。正気に戻ると、私はおまえを捜した。だが、おまえはすでにちゃんとした家庭に預けられたという話だった」

「ちゃんとした家庭？」J・Cは嘲るような口調で吐き捨てた。「ああ、確かにね」

「私は東へ向かった。ベネディクト会の神父に拾われるまでは、ずっと肉体労働に従事していた。彼は私を教会へ連れ帰り、人の役に立ちたければまず自分を許さなければならないと教えてくれた。彼のおかげで、私は己の身勝手さに気づくことができた。私はいつも自分のことしか考えていなかった。自分以外の誰かを優先したことがなかった。つらい更生の日々だった。だが、私はその日々に耐えた。聖職者の道を目指し、私を救ってくれた神父とともに今の教区で働きはじめた。去年、彼が亡くなると、私がその後を引き継いだ。その間もずっとおまえを捜しつづけていた」J・Cのこわばった顔を見据えて、彼はつけ加えた。「そして、もうだめかとあきらめかけていたとき、新聞でおまえたちの結婚を伝える記事を見つけた。写真を見て、すぐにおまえだとわかったよ。若い頃の私とよく似た容姿。おまえの母親がつけたジョン・カルヴィンという名前。カルホーンはおまえの母方の祖父の名前だった。しかも記事には、おまえがユーコン準州で子供時代を過ごしたと書いてあった」

J・Cは何か言いかけた。開きかけた口を閉じ、また開いた。

「仲直りよ、パパ」ルーディが父親の脚にもたれかかった。「あたしのじいじはもうじいじだけなの」

「この子の言うとおりだわ」コーリーも夫にほほ笑みかけた。

J・Cは苦悶《くもん》の表情を浮かべた。しかし、最後は吹っ切れた様子で娘の頭を撫でた。「確かにこの子の言うとおりだ。憎しみは増殖するだけで何も生み出さない」

老人は微笑した。「そして、許しは神の御心《みこころ》だ」

「神の御心」J・Cは老人を見返した。「子供の頃から憎みつづけてきた男。でも、その憎しみは僕自身を苦しめていただけだった。親父さんが言ったように、人の行動には必ず理由がある。その行動が痛ましいものであればなおのこと。「まあ、再出発も悪くないか」

「長い旅も最初の一歩から始まる」老人はためらった。「おまえにその気があれば、私は試してみるつもりだ」

しばらく考えてからJ・Cはうなずいた。「僕も試してみよう」

老人の暗い瞳に輝きが戻った。時間はかかったが、父親と息子はようやく同じ場所に立ったのだ。目の前の老人はJ・Cの記憶にある酔っ払いではなかった。罪を購《あがな》った聖職者だった。彼が息子を愛していることは明らかだ。報復よりも許しを。J・Cと同様に、この老人も自分の過去のせいで高い代償を支払った。そろそろ前へ進むべき時が来ていた。

それから数週間後、コーリーは夜遅く帰宅したJ・Cを玄関で出迎えた。彼女は興奮した様子で夫の手を取り、自分のおなかへ導いた。

彼女は何も言わなかった。しかし、J・Cにはすぐにわかった。彼は歓声をあげ、コーリーを振り回した。彼女の唇が腫れるまでキスをした。

「あたしに弟が生まれるの！」ルーディがにんまり笑った。

「妹かもしれないよ」J・Cはからかった。「パパは女の子がいいな」

ルーディは小さな頭を振った。「男の子よ！」そう断言して笑った。

八カ月後、J・Cとコーリー・カルホーンは新しい家族の誕生を発表した。小さな男の子はジャレッド・ロドニー・トンプソン・カルホーンと名づけられた。ルーディは勝ち誇りさえしなかった。

ハーレクイン®

幼すぎた愛は

2018年12月20日発行

著　　者	ダイアナ・パーマー
訳　　者	平江まゆみ（ひらえ　まゆみ）
発 行 人	フランク・フォーリー
発 行 所	株式会社ハーパーコリンズ・ジャパン 東京都千代田区外神田 3-16-8 電話 03-5295-8091（営業） 0570-008091（読者ｻｰﾋﾞｽ係）
印刷・製本	大日本印刷株式会社 東京都新宿区市谷加賀町 1-1-1
装　　丁	高岡直子

定価はカバーに表示してあります。

造本には十分注意しておりますが、乱丁（ページ順序の間違い）・落丁（本文の一部抜け落ち）がありました場合は、お取り替えいたします。ご面倒ですが、購入された書店名を明記の上、小社読者サービス係宛ご送付ください。送料小社負担にてお取り替えいたします。ただし、古書店で購入されたものについてはお取り替えできません。®とTMがついているものは株式会社ハーパーコリンズ・ジャパンの登録商標です。

この書籍の本文は環境対応型の植物油インクを使用して印刷しています。

VEGETABLE OIL INK

ISBN978-4-596-80097-8 C0297

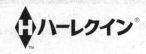

◆◆◆ ハーレクイン・シリーズ 12月20日刊 発売中

ハーレクイン・ロマンス　愛の激しさを知る

大富豪の無垢な人質	アビー・グリーン／中村美穂 訳	R-3378
シンデレラを拒んだ秘書	ジェイン・ポーター／片山真紀 訳	R-3379
アドニスにこの身を捧げ	アニー・ウエスト／中野　恵 訳	R-3380

ハーレクイン・イマージュ　ピュアな思いに満たされる

海賊富豪と愛の妖精	ジェシカ・ギルモア／神鳥奈穂子 訳	I-2543
いつも笑顔で (ベティ・ニールズ選集23)	ベティ・ニールズ／上村悦子 訳	I-2544

ハーレクイン・ディザイア　この情熱は止められない!

消えた花嫁と忘れじの愛	ジョアン・ロック／八坂よしみ 訳	D-1831
プリンスの贈り物 (ハーレクイン・ディザイア傑作選)	ジェニファー・グリーン／泉　智子 訳	D-1832

ハーレクイン・セレクト　もっと読みたい"ハーレクイン"

クレタ島の謎	サラ・クレイヴン／高杉啓子 訳	K-586
強いられた情事	キャロル・マリネッリ／井上絵里 訳	K-587
黒い瞳の後見人	イヴォンヌ・ウィタル／すなみ　翔 訳	K-588

文庫サイズ作品のご案内

◆ハーレクイン文庫…………毎月1日発売

◆MIRA文庫………………毎月15日発売

※文庫コーナーでお求めください。

12月26日発売

ハーレクイン・シリーズ 1月5日刊

ハーレクイン・ロマンス

愛の激しさを知る

億万長者に買われた天使	アンジェラ・ビッセル／西山南海 訳	R-3381
黒騎士と悲しみの乙女	ミランダ・リー／藤村華奈美 訳	R-3382
愛を誓わぬイタリア富豪	タラ・パミー／山本みと 訳	R-3383
金の鳥かごの寵姫	スーザン・スティーヴンス／東　みなみ 訳	R-3384

ハーレクイン・イマージュ

ピュアな思いに満たされる

白雪姫と七人目の秘書 (愛の寓話Ⅱ)	ジェニファー・フェイ／北園えりか 訳	I-2545
結べない一夜の絆	アリスン・ロバーツ／すなみ　翔 訳	I-2546

ハーレクイン・ディザイア

この情熱は止められない！

傲慢なボスに片想い	レッド・ガルニエ／土屋　恵 訳	D-1833
約束できない愛	ロクサナ・セントクレア／堺谷ますみ 訳	D-1834

ハーレクイン・セレクト

もっと読みたい“ハーレクイン”

忘れられた愛の夜	ルーシー・ゴードン／杉本ユミ 訳	K-589
孤独なフィアンセ	キャロル・モーティマー／岸上つね子 訳	K-590
幼な妻の憂い	ケイ・ソープ／寺尾なつ子 訳	K-591

ハーレクイン・ヒストリカル・スペシャル

華やかなりし時代へ誘う

侯爵に恋した人魚姫	ルイーズ・アレン／高橋美友紀 訳	PHS-198
伯爵の華麗なる復讐	シルヴィア・アンドルー／井上　碧 訳	PHS-199

※予告なく発売日・刊行タイトルが変更になる場合がございます。ご了承ください。

ハーレクイン・シリーズ
おすすめ作品のご案内

1月5日刊

『黒騎士と悲しみの乙女』
ミランダ・リー

ケイトは想い人を妹に略奪され悲嘆に暮れていた。妹の結婚式で会った大富豪ブレイクに人生で初めて優しくされて舞いあがるが、彼には真の狙いがあった。

●R-3382
ロマンス

『結べない一夜の絆』
アリスン・ロバーツ

赤ちゃんだけ欲しい。男性不信のジョージアは一夜を過ごしたイタリア人マッテオの子を宿し、独りで産み育てるつもりだったが、消せない愛の記憶に苛まれる。

●I-2546
イマージュ

『傲慢なボスに片想い』
レッド・ガルニエ

父の借金返済のため、恥を忍んで給金の前借りと支援を、ボスのマーコスに願い出たヴァージニア。見返りに命じられた恋人役を演じるうち、身ごもってしまう。

●D-1833
ディザイア

『愛は死なず』(初版：R-739)
イヴォンヌ・ウィタル

ジュリアは前途有望な外科医ネイサンのキャリアを慮り、理由を告げず婚約解消した。5年後、偶然再会した彼はまるで人が変わったようにジュリアを責め……。

●PB-245
プレゼンツ・作家シリーズ別冊

『侯爵に恋した人魚姫』
ルイーズ・アレン

海で泳いでいたタムシンは、漂流してきた美しい男性の命を救った。そしてクリスと名乗るその男性に激しく切ない恋をした──彼が侯爵だとは夢にも思わずに。

●PHS-198
ヒストリカル・スペシャル

※予告なく発売日・刊行タイトル・表紙デザインが変更になる場合がございます。ご了承ください。